DER TOTE VON SANTANYÍ

Claudia Wenk, 1965 in Hamburg geboren, ist hauptberuflich für eine internationale Hilfsorganisation tätig und gibt außerdem Schreibworkshops. Sie veröffentlichte bisher mehrere Kurzkrimis und erhielt 2015 den Publikumspreis des schleswig-holsteinischen Krimifestivals KrimiNordica. Claudia Wenk gehört zu den Finalistinnen des Mallorca-Krimi-Wettbewerbs mit der Mallorca Zeitung und der Literaturagentur Lianne Kolf.

Dieses Buch ist ein Roman. Handlungen und Personen sind frei erfunden. Ähnlichkeiten mit lebenden oder toten Personen sind nicht gewollt und rein zufällig.

CLAUDIA WENK

DER TOTE VON SANTANYÍ

Mallorca Krimi

emons:

Bibliografische Information der Deutschen Nationalbibliothek
Die Deutsche Nationalbibliothek verzeichnet diese Publikation in der Deutschen Nationalbibliografie; detaillierte bibliografische Daten sind im Internet über http://dnb.d-nb.de abrufbar.

FSC
www.fsc.org
MIX
Papier aus verantwortungsvollen Quellen
FSC® C083411

Umschlagmotiv: Katharina Jaeger/Lookphotos
Umschlaggestaltung: Nina Schäfer, nach einem Konzept von Leonardo Magrelli und Nina Schäfer
Umsetzung: Tobias Doetsch
Gestaltung Innenteil: César Satz & Grafik GmbH, Köln
Lektorat: Susann Säuberlich, Neubiberg
Druck und Bindung: CPI – Clausen & Bosse, Leck
Printed in Germany 2018
ISBN 978-3-7408-0389-6
Mallorca Krimi
Originalausgabe

Unser Newsletter informiert Sie regelmäßig über Neues von emons:
Kostenlos bestellen unter
www.emons-verlag.de

Dieser Roman wurde vermittelt durch die Verlagsagentur Lianne Kolf, München.

Für meine Eltern

1

Graphitgraue Wolkenberge hatten sich vor die Sonne geschoben. Eine eigenartige Stille senkte sich über die Ebene. Selbst die Hühner waren verstummt. Gerade noch waren sie aufgeregt gackernd im Zickzack durch ihr Gehege gerannt und hatten sich immer wieder blitzschnell gegenseitig einen Schnabelhieb verpasst. Jetzt suchten sie Schutz in ihrem Stall.

Sie beobachtete durch das Fenster, wie Senyora Pons einen Riegel vor die Tür schob. Als fürchtete sie, der aufkommende Wind könne sich eine ihrer Hennen holen. Oder womöglich den Hahn.

Es wurde von Augenblick zu Augenblick dunkler. Die Umrisse der Windräder am Horizont im Süden von Campos waren kaum noch auszumachen. Bei schönem Wetter konnte sie sonst die Holzlamellenflügel der alten Pumpmühlen, mit denen früher Grundwasser gefördert und Sümpfe trockengelegt wurden, klar erkennen.

Eine Gänsehaut lief über ihre Arme. Sie nahm einen Schluck von ihrem Kaffee. Die unbeschwerte Sommerszenerie hatte sich in nur wenigen Minuten völlig verändert. Es war die Ruhe vor dem Sturm. Sie versuchte sich einzureden, dass dies kein schlechtes Vorzeichen war und nichts mit dem zu tun hatte, was an diesem Tag vielleicht noch kommen würde.

Das Klingeln des Telefons zerschnitt wie ein Schrei die angespannte Stille. Ihr Herz klopfte bis zum Hals, als sie das Gespräch annahm. »Dr. Mayol, sind Sie es?«

»Ja, ich –«

»Endlich. Wie ist es gelaufen?«

»Ich fürchte, ich habe keine guten Neuigkeiten für Sie.«

Eine Panikwelle rollte heran wie donnernde Brandung. Draußen zogen sich die Unheil verkündenden Gewitterwolken zu einer blau-schwarzen Wand über der flachen Landschaft im Süden der Insel zusammen.

Sie drehte dem Fenster den Rücken zu. »Reden Sie.«

»Er will nicht verkaufen.«
»Was genau hat er gesagt? Will er darüber nachdenken? Will er vielleicht mehr Geld?«
»Hören Sie, ich habe nicht einmal fünfzehn Minuten mit ihm sprechen können, bevor er mich gebeten hat, sein Haus zu verlassen. Um es freundlich auszudrücken. Er hat seine Ablehnung nicht begründet. Ich denke nicht, dass es ein weiteres Gespräch geben wird.«
»Der verdammte Scheißkerl.«
Für eine Sekunde herrschte Schweigen.
»Es tut mir leid, nicht mehr für Sie tun zu können.«
»Ja, mir tut es auch leid. Sehr sogar.«
»Auf Wiederhören.«
Ein Klicken in der Leitung zeigte an, dass das Gespräch beendet worden war. Für einen Moment stand sie bewegungslos da.
»Doch, es wird ganz sicher ein weiteres Gespräch geben. So leicht kommt er diesmal nicht davon«, flüsterte sie.
Der Wind nahm gefährlich an Geschwindigkeit zu. Sie merkte kaum, wie sie sich vor unterdrückter Wut auf die Unterlippe biss. Erst als sie einen metallenen Geschmack auf der Zunge verspürte, entluden sich ihr Zorn und die Enttäuschung. Zusammen mit dem ersten Donnerschlag zerschellte der Keramikbecher, den sie bis eben noch haltsuchend mit der einen Hand umklammert hatte, auf dem Steinboden, und das Arabeskenmuster zersprang in tausend schimmernde Scherben.

2

Miquel Planas fluchte. Schwere Regentropfen zerbarsten bereits auf der Windschutzscheibe, während er noch nach einem Parkplatz in der Nähe des Hauses suchte. Er war die enge Straße zwischen den luxuriösen Villen oberhalb der von Felsen gesäumten Bucht in Cala Santanyí bereits in beide Richtungen abgefahren. Zweimal. Er fand keine Lücke.

Verdammt, dachte er, wenn ich den Wagen noch weiter weg abstellen muss, bin ich bis auf die Knochen nass, wenn ich zu Fuß zum Haus laufe.

Er fühlte sich außerdem nicht mehr ganz sicher auf den Beinen. Er kam geradewegs aus Llucmajor, wo er sich mit seinen Kumpels beim Stammtisch des Fanclubs von Real Mallorca einige Gläser *Herbes* genehmigt hatte. Und wie immer hatte er es sich nicht nehmen lassen, vor der Heimfahrt einmal das Denkmal der Schuhmacher auf dem palmenbestandenen kleinen Platz an der Carrer D'Antoni Maura zu passieren und in seine Richtung zu spucken. Die eingemeißelten Handwerksszenen standen für den Wohlstand, zu dem die Zunft der Stadt verholfen hatte. Für Planas stand die in Stein gehauene Ehrung für die verfahrene Situation, in der er sich befand. Daher pflegte er sein Ritual, weil er sonst nichts ausrichten konnte gegen den einen Schuhfabrikanten, den er so hasste.

Eigentlich hätte ich in diesem Zustand gar nicht mehr Auto fahren dürfen. Zumindest geht Sitzen besser als Laufen. Er grinste bei dem Gedanken, wendete erneut den Wagen und fuhr auf das Haus zu. Er hatte die Nase voll. Er würde auf die Auffahrt fahren und sich vor die Garage seines Schwiegervaters stellen. Der würde heute sicher nicht mehr wegfahren wollen.

Er stoppte den Wagen, sprang heraus und hakte das Tor auf. In wenigen Sekunden war er bereits klitschnass. Das Regenwasser lief ihm in den Hemdkragen. Er fluchte abermals, bevor er endlich den Wagen auf dem Grundstück parkte.

Gerade wollte er im Laufschritt zur Haustür eilen, als er eine Stimme vernahm.

»Was machst du denn da? Ich hab dir doch gesagt, du sollst deinen Wagen nicht vor der Garage parken.«

Sein Schwiegervater. Als hätte er es geahnt. Planas überkam augenblicklich eine große Wut, denn der Alte hielt einen übergroßen Regenschirm über sich, während er selbst inzwischen aussah wie ein aus der Bucht gefischter nasser Hund.

»Mensch, es ist nichts frei in der Straße, und es gießt. Das siehst du doch.«

»Das interessiert mich nicht. Du kennst die Regel.«

Die Regel. Planas hätte beinahe laut losgelacht. Wer außer Bernat Crespí brauchte derlei Regeln für das Zusammenleben mit seiner eigenen Familie? Vermutlich niemand. In Wirklichkeit ging es ihm doch nur darum, den alten, zerknautschten Seat des Schwiegersohns nicht vor seiner Nobelvilla sehen zu lassen. Er war nicht ausreichend repräsentabel. Und das war schließlich alles, worauf es ankam. An jedem einzelnen verdammten Tag.

»Willst du denn heute noch weg?«

»Das hat damit nichts zu tun. Los, los.« Mit einer gebieterischen Handbewegung, als würde er eine lästige Fliege verscheuchen, gebot Crespí seinem Schwiegersohn, das Grundstück von seinem Auto zu befreien. Überheblich kräuselten sich die Lippen unter dem bleistiftdünnen Oberlippenbart, dessen Enden sich leicht nach oben bogen, was ihm Ähnlichkeit mit Salvador Dalí verlieh.

Planas hasste diesen Gesichtsausdruck. Es reichte ihm. »Und wenn nicht? Lässt du mein Auto abschleppen, oder rufst du gleich die Polizei und lässt mich verhaften?«

»Hier habe immer noch *ich* das Sagen. Du wohnst in *meinem* Haus auf *meinem* Grund und Boden, und solange das so ist, hast du dich nach *meinen* Regeln zu richten.«

Damit drehte Crespí sich um und ließ Planas im Regen stehen. Er war nicht einmal laut geworden, doch diese ätzende Arroganz war schlimmer, als wenn er gebrüllt hätte.

Planas ballte die Fäuste. Er konnte nichts machen. Iñes und

er konnten sich im Moment nichts anderes leisten. Sie waren den Schikanen des Alten ausgeliefert.

Nicht mehr lange, schwor er sich ein ums andere Mal. Irgendwann werden die Karten neu gemischt.

Er rannte zurück zum Auto, tränkte den Sitz mit seiner triefenden Kleidung und suchte sich einen Parkplatz in einer weiter entfernten Nebenstraße.

Dieser Scheißkerl, dachte er bei jedem Schritt zurück zum Haus, bei dem ihm das Wasser aus den Schuhen quoll. Nicht mehr lange, das schwöre ich.

3

Iñes Crespí hörte, wie sich nach zwei vergeblichen Versuchen endlich der Schlüssel im Schloss herumdrehte.

»Wie siehst du denn aus?«, entfuhr es ihr, als ihr Mann vor ihr stand und sich anschickte, die Enden seines Hemds auszuwringen. »Du tropfst den ganzen Teppich voll. Geh ins Bad!«

»Da kannst du dich bei deinem Vater bedanken. Ich durfte nicht auf der Auffahrt parken. Nicht mal bei dem Wetter hat der Kerl ein Einsehen.«

»Bitte, Miquel, nicht schon wieder eine Diskussion über meinen Vater. Meine Mutter sagt, er hatte heute einen schlechten Tag. Da war so ein Typ bei ihm, ein Anwalt oder ein Notar. Sie weiß es nicht genau. Seitdem ist er ungenießbar.«

Mit vor Wut verzerrtem Gesicht kickte Planas seine schmutzigen Schuhe in die Ecke des Korridors, wobei sich Dreckspritzer über die blütenweiß gekalkte Wand verteilten. Iñes warf ihm einen ärgerlichen Blick zu.

»Seitdem? Guter Witz. Ich würde sagen, dein Vater ist immer ungenießbar. Eines Tages, das sage ich dir, eines Tages brennt mir die Sicherung durch. Mir oder jemand anderem. Gibt ja genug Menschen, die er schikaniert. Nur so werden wir endlich unsere Ruhe haben.«

»Bist du verrückt geworden? Wie kannst du so etwas sagen?«

»Das ist meine ehrliche Meinung. Es wäre eine Befreiung für alle.«

»Du weißt doch nicht, wovon du redest. Soll ich dir sagen, was passieren würde? Es gäbe niemanden mehr, der sich um meine Mutter kümmert. Das hinge alles an mir. Finanziell und überhaupt. Es ist doch bisher schon schwer, wenn sie einen akuten Schub hat wie im Moment, in ihrer Euphorie drei Dinge auf einmal machen will und am Ende von allem die Hälfte vergisst und Dinge durcheinanderbringt. Auf alles müssen wir ein Auge haben. Irgendwann müsste ich sie wahrscheinlich betreuen wie ein Kind.« Das Kind, das wir nicht haben, dachte sie, behielt diesen Gedanken jedoch für sich. »Ich könnte nie mehr arbeiten gehen. Wir hätten weniger Geld. Soll ich weitermachen?«

»Es gibt für alles eine Lösung. Du musst den Gedanken nur mal ganz zu Ende denken, falls du verstehst, was ich meine.«

Iñes fragte nicht nach. Sie wollte es nicht wissen. Sie war dieser Gespräche so überdrüssig. Seit Jahren ging das schon so. Miquel hatte recht, mit ihrem Vater konnte man nicht unter einem Dach leben. Er hatte sich über die Jahre zum Tyrannen entwickelt, ganz nach seinem eigenen Vater.

Sie erinnerte sich noch gut an ihren Großvater. Herrschsüchtig und grob war er gewesen. Und wenn seine Familie nicht tat, was er wollte, war ihm schon mal die Hand ausgerutscht. Jedenfalls galt das für seine erste Familie. Oder er hatte die kleine Iñes an den Ohren gezogen, wenn sie über den Rasen gelaufen und dabei aus Versehen auf die akkurat angeordneten Kräuterbeete getreten war. Oder das Gartentor nicht richtig hinter sich geschlossen hatte, wenn sie von der Schule oder von Freunden nach Hause gekommen war.

Ihr Vater hatte, solange sie sich zurückerinnern konnte, kein gutes Wort für ihren Großvater übrig gehabt. Doch nach dessen Tod war er genauso geworden wie er. Vielleicht war er sogar noch schlimmer. Er wendete keine körperliche Gewalt an, doch Worte konnten manchmal viel verletzender sein.

Iñes ging ins Bad, drückte eine Schlaftablette aus der Vertiefung unter der Silberfolie und spülte sie mit Leitungswasser hinunter. Wenigstens für ein paar Stunden wollte sie nicht mehr darüber nachdenken müssen.

4

Im Nachbarhaus wurde der Vorhang am Fenster im Erdgeschoss wieder ordentlich in Falten gelegt. So, wie er gewesen war, bevor er dezent zurückgezogen wurde, um den Blick auf die streitenden Männer freizugeben. Ganz brachte Maria Garau es noch nicht fertig, sich abzuwenden. Sie verharrte nah an der Scheibe, als hoffte sie auf eine Zugabe.

»Eines Tages schlagen die sich die Köpfe ein«, sagte sie zu ihrem Sohn Josep, der hinter ihr am Küchentisch saß und in der »Diari de Balears« blätterte.

»Ach, was du wieder hast«, erwiderte Josep Garau desinteressiert.

»Ich sag es dir, das knallt da eines Tages. Der ist doch von Anfang an nicht einverstanden gewesen mit dem Schwiegersohn.«

Garau verdrehte die Augen. »Woher willst du das denn wissen. Hat er dir das vielleicht erzählt?«

»Das braucht mir niemand zu erzählen. Ich kann eins und eins zusammenzählen. Der ist nicht gut genug für seine Tochter. Du erinnerst dich vielleicht nicht mehr, weil du selbst noch ein Kind warst. Schon als Iñes noch klein war, durfte sie nicht mit den anderen Kindern spielen. Sie musste herausgeputzt und frisiert mit ihrer Mutter in den Künstlerateliers in Santanyí und auf Vernissagen in Palma posieren, während alle anderen unten am Strand herumgetobt sind.«

»Tja, wir waren böse Schmuddelkinder.« Garau seufzte theatralisch.

»Ach was, Schmuddelkinder. Ganz normale Kinder wart ihr. Damals konnte man sein Kind auch noch von Sonnenaufgang bis Sonnenuntergang mit den anderen draußen in der Bucht herumstromern lassen, ohne Angst haben zu müssen, dass es abends nicht wieder nach Hause kommt.«

»Außer …« Garau beendete den Satz seiner Mutter nicht, denn er wusste schon, was kam.

»Außer wenn ihr euch an der Caló des Moro herumgetrieben habt. Hundertmal haben dein Vater und ich damals gesagt, ihr sollt euch von den Klippen fernhalten …«

»Aber …« Garau gab die Stichworte vor wie ein Souffleur.

»Aber diese verrückten Klippenspringer, die hatten es euch angetan. Wie oft habe ich zu deinem Vater gesagt, ›Josep wird sich das Genick brechen. Verbiete ihm, dorthin zu gehen‹, habe ich gesagt.«

Maria erinnerte sich mit einem Schaudern an die malerische Bucht, deren Strand die Besucher nur zu Fuß über einen abschüssigen Pfad erreichen konnten. Gastronomie und Rettungsschwimmer hatte es nicht gegeben. Gerade deshalb hatten sich dort die wagemutigsten Jungs getroffen, um sich von den mit Pinien bewachsenen Felshängen ins Wasser zu stürzen. Sie war heute noch froh, dass ihr Josep nicht so mutig gewesen war.

»Und dennoch, früher war alles besser.«

Einer aufmerksameren Zuhörerin wäre Garaus ironischer Ton aufgefallen. Maria allerdings war zu beschäftigt mit dem Fortgang ihrer Ausführungen. »War es auch. Zumindest gab es da noch nicht diese grässlichen Castingshows im Fernsehen. Ich sage dir, wenn es die schon gegeben hätte, die hätten die Iñes da hingeschleppt. Immer was Besonderes sollte sie sein. Mit diesen ganzen Diäten. Das arme Ding. Die Iñes hat als Kind nie etwas Anständiges zu essen bekommen. Und das hat mir ihre Mutter selbst erzählt.« Maria reckte den Zeigefinger in die Luft, um ihren Worten Nachdruck zu verleihen. Ein winziger Tropfen Olivenöl rann dabei hinab zu ihrem Handgelenk. Das Schauspiel nebenan hatte begonnen, als sie gerade mit der Zubereitung des Abendessens beschäftigt gewesen war.

Sie hatte die weiblichen Hausangestellten schon vor langer Zeit entlassen, da diese ihrer Meinung nach ihrem Mann viel zu oft schöne Augen gemacht hatten. Nach seinem Tod hatte sie es dabei belassen, sich um die Küche und den Rest des Hauses selbst zu kümmern. Und das hatte einen ganz einfachen Grund: Das eingesparte Geld konnte sie in die horrende monatliche Telefonrechnung investieren. Der tägliche Schwatz mit ihren Freundinnen war ihr heilig. Und etwas anderes hatte sie schließlich sowieso nicht zu tun.

»Die war sogar noch stolz darauf, dabei hätte sie sich schämen sollen. Jeden Abend grünen Salat und Mineralwasser. Und *Pa amb oli*, allerdings für das arme Mädchen ohne Olivenöl. Von Schinken ganz zu schweigen. Das ist doch nichts für ein Kind. Sie musste ja in die Designerkleider passen, die der Herr Schuhfabrikant für sie ausgesucht hatte.«

»Mission erfüllt. Sie ist dünn wie eine Stricknadel«, meinte Garau ohne eine Spur von Mitleid.

»Sicher. Ihre Eltern haben ja auch den Grundstein gelegt für so eine Essstörung.«

»Woher hast du denn das wieder? Aus einem deiner Magazine? Oder einer Dokusoap?«

»Ach, davon hast du keine Ahnung.«

Plötzlich hielt Maria den Atem an. Da war etwas. Sie meinte, eine Bewegung im Nachbargarten wahrgenommen zu haben. Bei den Oleanderbüschen. Und einen Schatten?

Erwartungsfroh kniff sie die Augen zusammen, um den Regenschleier mit ihrem Blick zu durchdringen. Als sie jedoch nichts ausmachen konnte, verzog sie enttäuscht das Gesicht, wie um eine ersehnte Fortsetzung der Abendunterhaltung gebracht. »Komisch, ich dachte, ich hätte …«

»Was?«

»Ach, nichts«, seufzte Maria, verließ ihren Posten und widmete ihre Aufmerksamkeit wieder der *sopa de peix*, die auf dem Herd leise vor sich hin simmerte. Der Duft von Fisch, Lorbeer und Knoblauch hing schwer in der Luft.

»Endlich«, murmelte Garau.

5

Es war bereits spät in der Nacht, und ihre Wut war noch immer nicht verraucht. Verònica Martí lief auf und ab über den kühlen Steinboden und ließ dabei eine Handvoll matt schimmernder Kunstperlen von einer Hand in die andere kullern. Das beruhigte sie.

Aufgezogen zu einer Kette, hatten die Perlen ihrer Mutter gehört. Es war ein Geschenk ihres Mannes gewesen, der das Schmuckstück eigens für sie hatte anfertigen lassen, als der zehnte Hochzeitstag mit dem einhundertsten Geburtstag des Unternehmens »Majorica« in dasselbe Jahr gefallen war. Sie riss, als sie das Haus verloren, als würde damit auch die letzte Verbindung zu ihrem bisherigen Leben durchtrennt werden.

Doch es war nicht ausschließlich Wut, was Verònica empfand. Es kam noch etwas anderes hinzu. Eine unsägliche Enttäuschung. Sie hatte auf dieses Vorhaben jahrelang hingearbeitet, alles getan, was ihr möglich gewesen war. Und sie hatte doch verloren. Ärger über Antoni Mayol grummelte außerdem in ihren Eingeweiden.

Er hatte ein weiteres Gespräch ausgeschlossen. Und auch noch einfach das Telefonat beendet, ohne mit ihr eventuelle nächste Schritte zu besprechen. Ein Hasenfuß. Ganz offensichtlich der falsche Mann für ihr Anliegen.

Wie damals, dachte sie.

Ihre Mutter hatte auch den falschen Anwalt und Crespí die besseren Kontakte gehabt. Monat für Monat waren die Ersparnisse ihrer Mutter geschrumpft. Crespí hatte sie mit seiner Hinhaltetaktik regelrecht ausgeblutet. Dazu kam, dass sie sich vom kaltschnäuzigen und vermeintlich einflussreicheren Crespí gewaltig hatte einschüchtern lassen. Am Ende hatte sein längerer Atem gesiegt. Und nun war es zu spät.

Verònica schloss die Augen. Bilder stiegen vor ihrem inneren Auge auf. Sie erschienen ihr wie die vom verlorenen Paradies. Sie sah die unzähligen, von ihrer Mutter gepflanzten orangefarbenen Marigold, die die Auffahrt säumten wie eine Zierborte. Sie liebte den aromatischen Duft und verband mit ihm immer die Erinnerung an eine bessere Zeit.

Sie dachte an die Obstbäume im Garten hinter dem Haus. Es gab Orangen, Feigen und Äpfel, eingerahmt von wildem Rosmarin und den Oleanderbüschen. Die Kinder hatten von den Physalis genascht, als die tiefgelben Früchte noch gar nicht richtig reif gewesen waren, sondern noch so sauer, dass sie die komischsten Grimassen schnitten, wenn sie sie verspeisten. Tränen stiegen ihr in die Augen und rannen gleich darauf über ihre Wangen, sosehr sie auch versuchte, sich zusammenzureißen. Alles verloren. Alles vorbei und nur noch Erinnerung. Und irgendwann würde auch die verblassen.

Verònica schnäuzte in ein Papiertaschentuch. War wirklich alles vorbei? Ihr Blick wanderte zu ihrem Schreibtisch, über den Stapel Papiere. Anwaltskorrespondenz, Gebäudegutachten und eine Testamentskopie.

Crespí verkauft also nicht. Jedenfalls zum derzeitigen Zeitpunkt nicht. Vielleicht sogar nie. Und? Soll er doch zum Teufel gehen, wo er zweifellos hingehört. Sie ballte ihre Faust und fühlte sich wie Scarlett O'Hara mit der Erde von Tara in der Hand. Wäre es ihr nicht so ernst gewesen, hätte sie gelacht.

Sie machte sich selbst ein Versprechen. Crespí würde sie nicht kleinkriegen. Diesmal nicht.

Verònica atmete ein paarmal tief durch, straffte die Schultern, bis die Wirbel knirschten, und merkte, wie ihre Melancholie wieder dem Groll Platz machte. Das war gut. Groll trieb sie voran.

Ihr Blick blieb abermals an den Papieren hängen. Der Samen für einen neuen Plan wurde gepflanzt.

Dann hole ich mir das Haus eben auf andere Weise wieder. Er hat es ja nicht anders gewollt.

Doch erst nahm sie sich eine Schaufel und fegte die Scherben vom Nachmittag zusammen.

6

Bernat Crespís Augen weiteten sich. Mit einem hohen, entgeisterten Japsen nach Luft wich er einen Schritt zurück. Fast machte er einen Hüpfer. Im selben Moment wurde ihm klar, wie das wirken musste. Dass er seinem Gegenüber dadurch zeigte, wie eiskalt er erwischt worden war und dass er die Kontrolle über das Geschehen verloren hatte.

Er straffte sich, plusterte sich auf wie ein Kampfhahn und holte tief Luft. Doch alles ging so schnell, dass er nicht wahrnahm, wie sich die Hand seines Gegenübers zur Seite ausstreckte und nach etwas langte. Zu sehr war er damit beschäftigt, seiner Bestürzung Herr zu werden und stattdessen seiner Entrüstung Ausdruck zu verleihen. Doch noch bevor er fragen konnte, was zum Teufel dies alles zu bedeuten hatte, sauste der Arm auf ihn zu.

Zum Ausweichen war keine Zeit. Der Sockel der Statuette traf ihn genau an der Schläfe. Crespí konnte gerade noch seine Augenbrauen empört hochziehen, bevor seine Beine nachgaben. Er spürte, wie etwas Warmes über sein Gesicht rann, ehe um ihn herum alles schwarz wurde.

7

Der Duft von frisch zubereitetem *café con leche* wogte durch den Raum. Er mischte sich mit der kühlen Morgenluft, die durch die weit aufgerissenen Fenster strömte und den Mief der Nacht vertrieb. Es würde ein strahlender Tag werden. Der Regen hatte aufgehört, die Wolken hatten sich verzogen und machten einem kobaltblauen Himmel Platz.

Einzig der Lärm von draußen störte den morgendlichen Frieden. Eine Garage der Palmesaner Feuerwehr befand sich direkt neben dem Kommissariat in der Carrer de Marbella. Bereits zum zweiten Mal rückte ein Einsatzfahrzeug aus.

Inspektor Rafael Salvà streckte seinen Strubbelkopf durch die Tür zum Büro seines Vorgesetzten, der in diesem Moment in seine Ensaimada biss und Puderzucker über Hemd und Tastatur verteilte. »Gabriel, es gibt Arbeit.«

Chefinspektor Gabriel Ferrer sah vom Bildschirm auf. Es war sechs Uhr. Er war noch nicht das, was er im Allgemeinen unter bereit für den Tag verstehen würde. Er sah seinen jüngeren Kollegen Salvà auffordernd an. »Worum geht es?«

»Die Kollegen von der Policía Local in Santanyí haben uns gerade benachrichtigt. Die haben einen Toten. Fremdeinwirkung.«

»Fremdeinwirkung. Haben die es auch etwas genauer?«

»Schlageinwirkung.«

»Wo?«

»Auf den Schädel.«

»Wo der Tote gefunden wurde, will ich wissen.« Begriffsstutzigkeit konnte Ferrer am frühen Morgen noch weniger vertragen als zu anderen Tageszeiten.

Salvà sah ihn entschuldigend an. »In der Küche seines Hauses in Cala Santanyí. Der Name ist Bernat Crespí. Ein Schuhfabrikant.«

»Wer hat ihn gefunden?«

»Die Ehefrau. Sie hat ihre Tochter und den Schwiegersohn

geweckt, die im selben Haus wohnen. Die Tochter hat daraufhin die Notrufzentrale benachrichtigt.«

»Und alle drei haben in der Nacht nichts mitbekommen? Was ist denn das wieder für eine Geschichte.« Ferrer strich sich mit einer müden Geste durch das dunkle Haar, das von ersten silberfarbenen Fäden durchzogen war, und griff nach seiner Lederjacke. Den letzten Schluck Kaffee spülte er im Stehen hinunter. »Also los. Sehen wir uns die Sache mal an.«

8

Das Wohnviertel nordwestlich der Bucht von Cala Santanyí bediente gehobene Ansprüche. Von der Carrer sa Costa d'en Nofre gingen mehrere, teilweise im Zickzack verlaufende Nebenstraßen ab, zu deren beider Seiten beeindruckende Villen lagen, die sich ein Polizist nicht leisten konnte. Auch nicht ein Chefinspektor.

Die meisten Häuser trennten Natursteinmauern und üppige Gärten von der Straße. Hier ging es nicht so privat zu wie in Son Moja, aber auch nicht so touristisch wie unten am Strand, der im Sommer von den Tagesausflüglern aus Cala Figuera bevölkert wurde.

Als Ferrer und Salvà an der angegebenen Adresse ankamen, wimmelte es auf der Straße vor der schneeweißen Villa mit der verschachtelten Architektur bereits vor Menschen wie in einem Ameisenhaufen. Sie bahnten sich einen Weg durch die herumstehenden Schaulustigen, die vom Absperrband auf Distanz gehalten wurden. Vermutlich handelte es sich um die lieben Nachbarn.

Ferrer und Salvà marschierten zielstrebig über den sicher dreißig Meter langen Kiesweg auf das Haus zu. Er führte sie durch einen Vorgarten, in dem Zwergpalmen, Agaven, Bougainvilleen und eine Fülle von Geranien wuchsen. Vor dem Eingang trafen sie auf einen uniformierten Beamten, den Ferrer von früheren Einsätzen bereits kannte.

»*Bon dia*, Sánchez«, begrüßte er den jungen Mann, der ihn auch heute wieder irritiert ansah. Sánchez war kein Mallorquiner, nicht einmal ein Katalane, wusste Ferrer. Er stammte aus der Provinz Pontevedra, und so kam ihm der katalanische Gruß wohl eher wie der seiner portugiesischen Nachbarn auf der anderen Seite des Río Miño zu Hause in Galicien vor. Ferrer hatte den Eindruck, Sánchez konnte sich hier einfach nicht daran gewöhnen.

»Wie schaut es aus? Können Sie mir schon etwas sagen?«

»*Buenos dias*, Chefinspektor Ferrer. Die Tatortsicherung ist abgeschlossen. Die Familie ist im Haus. Ehefrau, Tochter, Schwiegersohn. Die Notärztin Doctora Pujol hat sich den Toten bereits angesehen.«

»Und ist fröhlich durch unseren Tatort gelatscht?«

Sánchez räusperte sich.

»Nein, ist sie nicht«, ertönte eine leicht pikierte weibliche Stimme hinter Ferrer. »Denn sie ist ja nicht blöd und macht den Job auch nicht zum ersten Mal.«

»Freut mich zu hören. *Bon dia*, Doctora Pujol.« Ferrer drehte sich um und stand der hochgewachsenen Ärztin mit den streng zurückgebundenen Haaren gegenüber, die ihn sogar noch um ein paar Zentimeter überragte. Vielleicht trug auch das dazu bei, dass er mit ihr einfach nicht recht warm werden wollte.

Doctora Pujol ließ sich von seiner Ironie nicht beeindrucken und begann zu berichten. »Der Mann hat einen Schlag mit einem stumpfen Gegenstand auf den Kopf erhalten. Der Schlag ist allerdings nicht wie so oft auf den Hinterkopf ausgeübt worden, sondern auf die seitliche Stirn im Schläfenbereich. Was darauf hindeutet, dass Täter und Opfer sich gegenüber- oder seitlich zueinander gestanden haben. Genaueres müssen die Kollegen von der Rechtsmedizin herausfinden. Die können den exakten Schlagwinkel berechnen.«

Ferrer zog amüsiert die Augenbrauen hoch. »Doctora Pujol, wollen Sie uns unsere Ermittlungsarbeit wegnehmen?«

Die Notärztin quittierte diese Bemerkung mit Nichtbeachtung. »Ob eine durch den Schlag ausgelöste Hirnblutung tödlich war oder wie bei einem Reflextod ein tödlicher Kreislaufstillstand verantwortlich ist, wird ebenfalls eine Obduktion ergeben.« Sie hielt Ferrer den Totenschein vor die Nase. »Die Leichenstarre hat bereits eingesetzt. Im Gesicht, genauer gesagt um die Augen, und an der Kiefermuskulatur. Nacken und Hals sind noch nicht betroffen, also dürfte der Tod vor circa zwei bis vier Stunden eingetreten sein. Falls Sie noch weitere Fragen haben, stehe ich zu Ihrer Verfügung.« Damit ließ sie den einigermaßen beeindruckten Ferrer stehen und verschwand in der Menge.

Der nahm sein Handy und benachrichtigte erst die Kriminaltechniker und danach die Staatsanwaltschaft. In wenigen Minuten würde der Ameisenhaufen Zuwachs bekommen und er vor lauter Bäumen den Wald nicht mehr ausmachen können. Vorher wollte er den Toten und den Tatort gesehen haben, um sich einen eigenen Eindruck zu verschaffen.

Doch als er einen Fuß auf die Stufen vor dem Eingang setzte, winkte ihm einer der Polizisten zu. »Hier entlang, Chefinspektor. Der Tote ist dort hinten. Im Vorderhaus geht es zur Tochter.«

Ferrer hatte von der Straße aus gar nicht gesehen, dass sich hinter dem Haupthaus mit den schrägen Dächern und der ummauerten Veranda, deren Ziegeldach auf massiven Säulen ruhte, noch ein flacherer Gebäudeteil von beinahe derselben Grundfläche erstreckte. Er hatte einen eigenen Eingang.

Ferrer trat durch die Tür in den Eingangsbereich. Gewohnheitsmäßig schnell nahm er erste Eindrücke in sich auf. Mallorquiner Naturstein und weiße Marmorfliesen bildeten die Kulisse für exquisite Möbel und feinste Stoffe, mundgeblasene Glaskunst und Vasen mit üppigen Blumenarrangements. Ferrer fühlte sich wie am Set für ein Fotoshooting eines der vielen Magazine, in denen die typische Wohnkultur einer bestimmten Region präsentiert wurde.

Die Sonne flutete durch bodentiefe Fenster und malte Kringel auf den spiegelblanken Boden. Und doch lag über all dem eine Schwere, die Ferrer sich nicht erklären konnte. Nicht einmal damit, dass er sich schließlich an einem Tatort befand. Es war, als ließen sich Verdruss und Trostlosigkeit mit Händen greifen.

Die Küche war der letzte Raum am Ende eines langen Korridors. Der Kollege dort tippte sich zum Gruß wortlos an die Stirn, trat einen Schritt zur Seite, damit Ferrer eintreten konnte, und entfernte sich.

Auf einem massiven Eichentisch, der mindestens zehn Personen Platz bot, zeugten nicht abgeräumte Tapasschälchen von einem Nachtmahl. Ferrer schaute auf Reste von gefüllten Oliven, frittierten Sardinen, Tintenfischringen und in Öl gebackenen Kartoffeln. Überall waren Brotkrümel verstreut. War das Opfer beim Essen gestört worden?

Er ging neben dem Toten in die Hocke und betrachtete ihn. Um die sechzig Jahre alt, schätzte Ferrer. Lackschwarze Haare ohne eine Spur von Grau, mittelgroß, hager, mit langen Armen, die Ferrer an Spinnenbeine erinnerten. Auf den ersten Blick keine weiteren Auffälligkeiten.

Der Tote lag zusammengesackt auf dem Boden, als wäre er gegen die Wand hinter sich geprallt, an ihr hinuntergerutscht und zur Seite vor die Ofenklappe gekippt. Dabei hatte er seine Brille verloren, sie lag neben ihm. An der Innenseite des Bügels erkannte Ferrer den Schriftzug eines namhaften Designers. Crespí hatte sich die gute Sicht etwas kosten lassen.

An der linken Seite des Schädels klaffte eine Wunde, die Ferrer sich nicht näher ansehen wollte. Das überließ er den Medizinern. Über Brust und Bauch des Toten hatte sich ein Blutfleck ausgebreitet, der bereits zu trocknen begonnen hatte und das Burgunderrot des Hausmantels an diesen Stellen fast schwarz wirken ließ. Genau wie das Blut in den Fugen zwischen den erlesenen Mosaikfliesen, das dort ein bizarres Muster gebildet hatte.

Ferrer betrachtete die weißen Tonscherben. Eine Siurell, erkannte er an den roten und grünen Pinselstrichen. Oder vielmehr ein Kunstobjekt, das eine der mallorquinischen Tonflöten darstellte, welche im Original viel kleiner waren. Damit hätte man niemanden erschlagen können. Allerdings mit diesem Exemplar, was er anhand der Bruchstücke schloss. Die glücksbringenden Kräfte, die man der Siurell nachsagte, hatten hier jedoch versagt.

Crespís Augen waren weit aufgerissen. Ferrer fand nicht, dass es aussah, als wäre es vor Angst oder Überraschung geschehen. Vielmehr hatte der Gesichtsausdruck des Opfers einen empörten, hochmütigen Zug. Als ob er fragen wollte, wer es wage, Hand an ihn zu legen. Dieser Ausdruck ließ bei Ferrer spontane Abneigung aufkommen.

Am anderen Ende des Korridors hörte er Stimmen. Die Spurensicherung traf ein.

Gleich wird es ungemütlich, dachte Ferrer, stand auf und ging den Kollegen entgegen.

Er konnte sich nicht helfen, für ihn sahen sie in ihren weißen Kapuzenoveralls immer aus wie Schneezwerge. Er wies ihnen den Weg und trat auf Salvà zu. »Wo ist die Familie?«

»Im Vorderhaus. Die Personendaten sind aufgenommen, und eine erste Befragung wurde durchgeführt. Ergeben hat das erst mal nichts von Wichtigkeit. Niemand hat etwas gehört oder gesehen.«

»Aber wie kann das denn sein? Jemand spaziert mitten in der Nacht ins Haus und erschlägt den Hausherrn?« Ferrer schüttelte verständnislos den Kopf. »Wie ist der Täter hereingekommen?«

»Es gibt keine Spuren von gewaltsamem Eindringen in das Haus. Jemand hatte also einen Schlüssel oder wurde hereingelassen. Bei der Ehefrau, Leonor Ros Llobera, haben wir es nach Aussage der Tochter mit einer bipolaren Störung in einer akuten manischen Phase zu tun.« Salvà sagte das, als würde er überlegen, ob manisch gleichbedeutend mit gewalttätig war.

Ferrer fand schon immer, dass sein jüngerer Kollege zu viele amerikanische Filme guckte. Dennoch kam auch er ins Grübeln. »Aber in einer manischen Phase leiden die Betroffenen unter Schlafstörungen. Tiefschlaf, sodass sie nichts mehr mitbekommen, ist eigentlich unüblich.«

»Stimmt«, setzte Salvà seine Ausführungen fort. »Sie hat auch nicht geschlafen. Sie hat ihre eigenen Räume auf der anderen Seite des Hauses und dort ein kleines Atelier, wo sie malt. In der Nacht mit Musik über Kopfhörer, um den Rest des Hauses nicht zu stören. Und scheinbar so laut, dass sie selbst nichts mehr hört. Heute früh ist sie in die Küche gegangen, um sich ein Glas Wasser zu holen, und hat ihren Mann gefunden. Doctora Pujol hat ihr eben etwas zur Beruhigung gegeben. Sie steht ziemlich neben sich, aus ihr kriegen wir nicht viel heraus.«

»Und die Tochter?«

»Auch nicht viel besser. Sieht aus, als wäre sie magersüchtig. Seit vier Monaten wegen einer unklaren Stresssymptomatik nicht mehr arbeitsfähig und auch unter Medikamenteneinfluss.«

»Großer Gott, das kann ja heiter werden. Der Schwiegersohn?«

»War gestern beim Stammtisch mit seinen Fußballkumpels in Llucmajor. Kannst dir ja vorstellen, wie das abgelaufen ist. Er hat danach geschlafen wie ein Murmeltier.«

»Gut. Ich bin da vorn an einem Arbeitszimmer vorbeigekommen. Sieh dich dort um. Computer, Notizbuch, Kalender, Telefon. Was auch immer für uns interessant sein könnte. Ich werde erst einmal selbst mit der Familie sprechen.« Ferrer machte kehrt und ging Richtung Ausgang.

»Warte, du brauchst nicht außen herumzugehen. Vorderhaus und Hinterhaus sind durch eine Tür miteinander verbunden. Dort drüben.« Salvà wies auf eine Tür am anderen Ende des Raumes, die Ferrer für eine Tür zu einem Vorratsraum gehalten hatte.

»Was soll das heißen? Der Täter kann also auch durch das vordere Haus eingedrungen sein?«

»Theoretisch ja. Die Überprüfung hat allerdings keine Einbruchsspuren ergeben. Auch nicht an der Tür zum Keller, durch den man ebenfalls ins Haus gelangen kann.« Salvà zuckte mit den Schultern, als wolle er sich dafür entschuldigen, dass der Täter ihnen keine brauchbaren Hinweise hinterlassen hatte. Doch da war Ferrer schon durch die Tür verschwunden.

9

Ferrer war nicht gut darin, mit Hinterbliebenen zu sprechen. Sein berufsmäßiges Misstrauen verhinderte, dass er Angehörigen in Momenten wie diesem das nötige Mitgefühl übermitteln konnte. Er dachte immer daran, dass einer von ihnen auch der Täter sein konnte. Manchmal wünschte er sich beinahe, für diese Situationen eine weibliche Kollegin an seiner Seite zu haben, die mit mehr Empathie ausgestattet wäre als er selbst. Laut ausgesprochen hätte er das allerdings niemals.

Als er ins Wohnzimmer trat, wo die Familie des Toten beisammensaß, wappnete er sich daher wieder einmal bestmöglich gegen das, was ihn erwartete. Tränen und Verzweiflung und das Nichtbegreifen dessen, was geschehen war. Zu seiner Überraschung traf er nichts dergleichen an. Die beiden Frauen saßen nebeneinander auf einem Sofa, jedoch nicht etwa im Schmerz einander zugewandt, sich gegenseitig stützend. Nein, es war auf den ersten Blick eine Distanz zwischen den beiden zu sehen und zu spüren.

Die Ehefrau war eine verhärmte Frau mit fahler Gesichtsfarbe. Auch die offensichtlich teure Kleidung und der gepflegte Haarschnitt konnten nicht verhindern, dass sie wie die personifizierte Freudlosigkeit auf Ferrer wirkte. Das Medikament, das Doctora Pujol ihr verabreicht hatte, erklärte vermutlich ihre augenscheinliche geistige Abwesenheit. Ihr Blick ging ins Leere, wanderte mal in die eine Zimmerecke, mal in die andere und wieder an der Wand empor bis zur Decke.

Die Tochter war ein jüngeres Abbild ihrer Mutter. Nur sogar noch dünner. Salvà mochte mit seinem Kommentar zu einer möglichen Magersucht richtigliegen. Die langen schwarzen Haare waren wie bei einer der Flamenco-Tänzerinnen, die jeden Mittwoch im »Teatre Sans« in Palma mit rhythmischem Klappern der Schuhsohlen, dem *Zapateado*, über den Tanzboden wirbelten, streng in der Mitte gescheitelt und im Nacken zu einem Knoten gebunden. Es fehlten nur der Haarkamm und Blumenschmuck. Ferrer sah ihren leicht geröteten Augen an, dass sie geweint hatte. Inzwischen schien sie sich unter Kontrolle zu haben. Sie wirkte, als sei jeder Muskel und jede Sehne angespannt. Sie riss sich zusammen, das war ihr deutlich anzumerken.

Der Schwiegersohn stand mit dem Rücken zu Ferrer, sah aus dem Fenster in den Garten und wandte sich erst um, als Ferrers Hüsteln ihn dazu aufzufordern schien. Er war unrasiert, mit Rändern unter den Augen, und rauchte mit fahrigen Bewegungen eine Zigarette, was seine Schwiegermutter augenscheinlich störte. Von Zeit zu Zeit wedelte sie mit der Hand vor ihrem Gesicht herum, um den Rauch zu vertreiben. Das einzige Zeichen dafür, dass sie doch noch irgendwie mit ihnen hier in der Gegenwart weilte.

Es war eine seltsame Situation. Keiner der drei sah Ferrer an.

Er wusste nicht, an wen er eigentlich das Wort richten sollte. Schließlich räusperte er sich noch einmal mit Nachdruck und sprach einfach in den Raum hinein. »Ich bin Chefinspektor Gabriel Ferrer. Ich möchte Ihnen zunächst mein Beileid aussprechen.«

Nichts an der Haltung der drei Personen veränderte sich.

»Meine Kollegen haben ja bereits mit Ihnen gesprochen, ich möchte Sie jedoch auch noch einmal fragen, ob Ihnen seitdem noch etwas eingefallen ist, das Sie mir mitteilen möchten.«

Keine Reaktion. Die Qualmwolke einer weiteren Zigarette stieg einsam in die Höhe.

»Gut. Sie werden dennoch zu uns ins Kommissariat nach Palma einbestellt werden. Es lässt sich leider nicht umgehen, Sie ausführlicher zu befragen.«

Bei diesen Worten regte sich endlich etwas. Die Ehefrau begann, mit ihren Zähnen an der Nagelhaut ihres rechten Ringfingers zu rupfen, was gar nicht mehr zu ihrer vornehmen äußeren Erscheinung passte. Der Schwiegersohn stieß ein entrüstetes Prusten aus. Als die Tochter des Hauses endlich als Erste das Wort ergriff, fuhr Ferrer unmerklich zusammen. Die zerbrechliche junge Frau hatte eine ganz zu ihrer Statur passende zarte, jedoch brüchige Stimme.

Wie ein Vogel, der von seinem Gesang heiser geworden ist, dachte Ferrer.

»Was wollen Sie denn noch von uns? Wir haben doch schon alles gesagt, was wir wissen.«

Wie oft er diese Sätze bereits gehört hatte. »Selbst wenn Sie uns zum Tathergang und zu der fraglichen Zeit keine Angaben machen können, brauchen wir dennoch Ihre Hilfe, um uns einen Eindruck von dem To… von Ihrem Vater zu machen. Wir müssen etwas über sein Umfeld erfahren, über die Menschen, mit denen er sich in letzter Zeit vielleicht getroffen hat, ob er etwas erzählt hat über Auseinandersetzungen oder Probleme, die er mit irgendwelchen Leuten hatte. Das ist die übliche Routine.«

Keine Antwort. Die drei verfielen wieder in dieses brütende Schweigen.

»Halten Sie sich also bitte zu unserer Verfügung. Sie hören von uns.«

Ferrer wartete noch einen Moment, um ihnen eine letzte Gelegenheit zu geben, eine Bemerkung zu machen oder eine Frage zu stellen. Nichts geschah. Nur der Schwiegersohn zündete sich eine weitere rote Fortuna an, nachdem er den Stummel der vorigen aus dem Fenster geschnippt hatte.

Ferrer war geneigt, vieles auf den Schock zu schieben. Ungewöhnlich war jedoch, dass gleich alle drei eine so eigenartige Haltung annahmen. Eine Mischung aus Verbocktheit und Teilnahmslosigkeit. Er hatte kein offensichtliches Zeichen der Trauer erkennen können.

Dankbar, dass er es hinter sich hatte, trat er ins Freie und atmete tief durch. Er war wirklich nicht gut in diesen Dingen, stellte er wieder einmal fest.

10

Garau beobachtete das Spektakel vor dem Nachbarhaus vom Küchenfenster aus. Er hatte den Posten seiner Mutter eingenommen, die so nah am Absperrband stand, wie die Polizisten es zuließen. Garau konnte sie sehen. Aus der linken Seitentasche ihres karierten Kittelkleides lugte der Zipfel ihres Putztuchs hervor. Sie hatte es so eilig gehabt, nach draußen zu kommen, um nichts zu verpassen, dass sie vergessen hatte, es aus der Tasche zu nehmen. Diese Blöße hätte sie sich sonst niemals gegeben. Im Gegensatz zu ihr beschäftigten ihre Nachbarn alle noch mindestens eine Putzfrau. Nun stand sie dicht gedrängt beisammen mit ein paar anderen neugierigen Gänsen aus der Straße, denn sensationslüstern waren sie am Ende alle. Sie schnatterten, steckten die Köpfe zusammen und schlugen sich mit gespieltem Entsetzen die Hand vor den Mund.

Verdammte Heuchler, dachte Garau. Wer von euch konnte ihn denn schon wirklich leiden.

Mit einem Mal kam Bewegung in die Menge. Die uniformierten Polizisten scheuchten die Klatschbasen weiter zurück. Schließlich sah es aus, als würden sie gebeten, sich ganz in ihre Häuser zu begeben. Selbst auf die Distanz konnte Garau die enttäuschten, beinahe schmollenden Gesichter der Frauen erkennen. Im nächsten Moment hörte er die schweren, schleppenden Schritte seiner Mutter auf den Stufen vor dem Eingang.

Seltsam, dachte er spöttisch. Als sie hinauswollte, um einen Platz in der ersten Reihe zu ergattern, ist sie die Treppe nahezu hinuntergeflogen.

Mit noch keuchendem Atem legte Maria Garau los. »Hab ich es dir nicht gesagt? Hab ich nicht? Gerade gestern?«

»Ja, Mutter, hast du«, sagte Garau seufzend.

»Es hat ja so kommen müssen eines Tages.« Sie wackelte auf den Korridor und kam mit dem Telefon in der Hand zurück.

»Wen willst du denn so früh am Morgen anrufen?«

»Deine Tante Rosaria natürlich. Sie hat ihn doch auch gekannt. Und meine Freundin Beatriz und –«

»Verstehe schon. Eure Betroffenheit zum Ausdruck bringen.«

Deutlich verärgert schaute seine Mutter ihn an. »Du brauchst gar nicht so moralisch daherkommen. Hast ihn auch nicht leiden können. Jeder bekommt am Ende, was er verdient. Sag mir nicht, dass du das nicht auch so siehst.«

»Oh nein, das sag ich gar nicht. Sie kriegen alle dran am Ende.«

»Sag ich doch, sag ich doch«, plapperte seine Mutter weiter, während er hörte, wie sie im Nebenzimmer auf das Sofa plumpste. »Und nun ist es eben der alte Crespí.«

Er hörte sie wählen. In Seelenruhe steckte er sich eine Zigarette an, ließ den Rauch genüsslich in Kringeln entweichen und wandte sich wieder zum Fenster.

»Wer redet denn von dem alten Sack. Als ob der mich kümmert. Ich rede vom Schwiegersohn«, sagte er zu sich selbst. Seine Mutter war bereits in ihr Telefonat vertieft.

11

Ferrer und Salvà hatten kaum das Haus verlassen, als Iñes zu ihrem Mann herumschnellte, der immer noch qualmend wieder mit dem Rücken zu ihr stand. Mit hochrotem Gesicht und bemüht, die Stimme nicht zu sehr anzuheben, zischte sie ihn an. »Was hast du getan? Was um Gottes willen hast du getan?«

»Ich? Bist du von allen guten Geistern verlassen? Du denkst allen Ernstes, dass ich …?«

»Was soll ich denn sonst denken? Du hast es doch gestern geradezu angekündigt. Und nun ist mein Vater tot!«

Planas schwoll vor Zorn die Halsschlagader an. »Du hast sie doch nicht alle. So was redet man halt mal, machen doch alle. Das heißt doch nicht, dass man es wirklich tut.«

Nachdem er immer lauter wurde, nahm auch Iñes keine Rücksicht mehr auf ihre Mutter, die immer noch wie benommen in einer Sofaecke kauerte. Ihre Stimme überschlug sich beinahe. »Muss ich etwa allen Ernstes meine Mutter in Sicherheit bringen? Das ist doch der Gedanke, den du gestern zu Ende denken wolltest, nicht wahr? War es nicht das, was du gemeint hast?«

»Sei still! Bist du bescheuert? Die stehen immer noch vor dem Haus. Willst du, dass die das hören?«

Iñes ging gar nicht darauf ein. »Und was kommt danach? Bin ich an der Reihe? Damit du alles erbst?«

Planas packte sie an den Schultern und schüttelte sie, bis sich das Haarband löste. Die Haare flogen ihr ins Gesicht. Tränen schossen ihr aus den Augen. Er ließ sie los. Es war vorbei.

»Nimm deine Medikamente«, war sein knapper Kommentar. Dann ließ er Iñes mit ihrer Mutter allein.

Wieder saßen die beiden Frauen wie zwei Fremde nebeneinander, ohne dass einer von ihnen auch nur ein einziger Satz eingefallen wäre, den sie der anderen zum Trost hätte sagen können. Beide wussten, dass sie keinen Trost benötigten, da weder die eine noch die andere Trauer empfand.

12

Staatsanwalt Felip Castro, dessen ausgeprägte Tränensäcke denen von Luis Buñuel in nichts nachstanden, war inzwischen eingetroffen und hatte mit Ferrer und Salvà das Wichtigste in Kürze besprochen. Die Spurensicherung hatte ihre Arbeit gemacht, und somit gab er die Leiche zum Abtransport in das rechtsmedizinische Institut in Palma frei. Sie winkten den Kollegen mit dem Zinksarg.

Ferrer dachte nicht zum ersten Mal darüber nach, was das doch für ein unwürdiger Abgang war. Wie eine Sardine in der Blechbüchse.

Er kam glücklicherweise nicht dazu, tiefer in diesen Gedanken einzutauchen, denn Castro ergriff abermals das Wort. »Gut, meine Herren.« Er schaute auf seine goldene Armbanduhr, die eng sein fleischiges Handgelenk umspannte. »Für heute Nachmittag werde ich eine Besprechung einberufen. Bis dahin möchte ich den Tatortbefundbericht und den Bericht der Spurensicherung vorliegen haben, um über das weitere Vorgehen zu entscheiden. Wir werden zu klären haben, ob wir richterliche Durchsuchungsbeschlüsse beantragen müssen, welche weiteren Untersuchungen die Kriminaltechniker durchführen sollen und letztendlich auch, wie wir mit der Presse umgehen.« Bei diesen letzten Worten verzog er angewidert das Gesicht. Jeder wusste, dass die Medienvertreter nicht gerade zu seinen geschätzten Freunden zählten.

Ferrer fühlte ganz mit ihm. Auch er redete nicht gern mit den Presseleuten. Er redete eigentlich überhaupt nicht gern. Das unterschied ihn von seinem Kollegen Salvà. Der verkörperte das, was Urlauber aus aller Herren Länder in den Mallorquinern, den Südländern generell, sehen wollten. Lebensfreude, Optimismus, Quirligkeit. Speziell Letzteres war für Ferrer gleichbedeutend mit Geschwätzigkeit – und das war nichts für ihn. Er war ein Vertreter der mallorquinischen Mentalität, welche sich durch Reserviertheit und Wortkargheit kennzeichnete und dementsprechend nicht so populär war. Es brauchte lange, bis man auf der Insel echte Freundschaften schloss. Ferrer war da nicht anders.

Castro schlug ihm die Hand auf die Schulter. »Noch Fragen? Nein? Gut. Ich weiß, dass Sie Ihre Sache gut machen werden. Also los.« Er ließ Ferrer und Salvà im Vorgarten stehen, stieg in seinen schnittigen Sportwagen und brauste davon.

Ferrer dachte, dass nur noch eine Staubwolke und quietschende Reifen diesen Abgang hätten überbieten können. Und dass der Wagen für den schwergewichtigen Castro eigentlich viel zu sportlich war.

13

Verònica befand sich nach einer komplett schlaflosen Nacht in einem beunruhigenden Zustand zwischen Erschöpfung und ungeduldiger Euphorie. War ihr auch kein Fehler unterlaufen? Hatte sie nicht irgendetwas übersehen? War sie in irgendeinem Punkt nachlässig gewesen?

Mit dem dritten Kaffee an diesem Vormittag setzte sie sich wieder an den Schreibtisch und sah erneut auf all ihre Notizen vom Vortag. Sowie ihr Entschluss festgestanden hatte, hatte sie die einzelnen Schritte wie im Rausch heruntergeschrieben, und nun wuchs die Angst, dass sie einen gravierenden Denkfehler gemacht hatte, ohne ihn zu bemerken.

Das Koffein machte sie fahrig. Sie schob ein Blatt Papier von links nach rechts und ein anderes von rechts nach links. Als sie auf den Computerausdruck mit Erklärungen zur gesetzlichen Erbfolge bei Nichtvorhandensein eines Testaments nervöse Kreise malte, klingelte es an der Tür. Vor Schreck klopfte ihr Herz schneller.

»Verdammt«, fluchte Verònica leise vor sich hin. »Wer ist das denn jetzt? Das Letzte, das ich momentan gebrauchen kann, ist Besuch.« Sie ging zur Haustür und warf auf dem Weg dorthin einen schnellen Blick in den Spiegel im Korridor.

Das ist ja ein großartiger Anblick, dachte sie.

Sie hatte Ringe unter den Augen, und ein paar der rotbraunen Locken, die sie sich vor Stunden eilig hochgesteckt hatte, fielen ihr inzwischen wirr ins Gesicht.

Es ist ein schmaler Grat zwischen lässig und nachlässig, dachte sie grimmig. Hoffentlich beschränkt sich das auf meine Haare und betrifft nicht die letzte Nacht.

Sie öffnete und war nicht wenig erstaunt, als sie ihren Anwalt vor der Tür stehen sah. Mit zusammengekniffenen Augen betrachtete sie Dr. Antoni Mayol forschend. Sie musste tatsächlich lachen. »Sie sehen ja noch schrecklicher aus als ich.«

Mayol war normalerweise ein gepflegter, nicht unattraktiver

Mann Ende dreißig, also etwa in ihrem Alter. Akkurate Kleidung, geschliffene Manieren. Der Mann, der in diesem Moment vor ihr stand, sah aus, als hätte er eine Nacht lang durchgezecht. Er war unrasiert, trug zum ersten Mal bei einer ihrer Begegnungen keine Krawatte, sein Hemd war zerknittert, als wäre er in das vom Vortag geschlüpft, und sein Haar … Das sah noch schlimmer aus als ihres. Er wirkte zerstreut.

Verònica dachte, dass sie noch nie vorher bei einem Mann gesehen hatte, dass er unter augenscheinlich großer Anspannung die Schultern hochzog. Eine Angewohnheit, die sie für gewöhnlich eher Frauen zuschrieb. Mit einer Handbewegung bat sie ihn herein. »Was, um Himmels willen, ist Ihnen denn widerfahren? Sie sehen ja aus, als wäre Ihnen der Leibhaftige begegnet.«

Als er nicht antwortete, ging ihr ein Licht auf. »Verstehe. Ich habe den Nagel auf den Kopf getroffen. Sie hatten es gestern mit Crespí zu tun. In der Tat könnte eine Begegnung mit dem Leibhaftigen nicht schlimmer sein.«

Mayol brachte ein schiefes Lächeln zustande, sah sich indes weiter ständig um und ließ immer wieder suchend den Blick durch den Raum wandern.

Verònica konnte sich nicht helfen, er wirkte auf sie wie ein verängstigtes Kind, das den schwarzen Mann hinter dem Vorhang fürchtet. »Er ist nicht hier. Versprochen.«

»Gut zu wissen«, sagte Mayol, offenbar endlich wieder Herr seiner Sinne. »Ich will Sie nicht lange stören. Ich wollte Ihnen nur Ihre Unterlagen zurückgeben. Der Fall ist abgeschlossen, und ich benötige Ihre Dokumente nicht mehr.« Er reichte ihr eine dicke Mappe.

»Ja, für *Sie* ist der Fall abgeschlossen«, entgegnete Verònica barsch. Die Betonung auf »Sie« machte klar, dass sie Mayol sein Aufgeben übel nahm.

Er begann, an einem seiner Hemdknöpfe zu pulen. Immer wieder drehte er ihn in eine Richtung, dann wieder in die andere. Verònica wartete darauf, dass der Faden riss und Mayol den Knopf in der Hand hielt. Er war sichtlich übernervös.

»Senyora Martí, ich habe durchaus darüber nachgedacht,

noch einen zweiten Versuch zu unternehmen. Ich glaube allerdings nicht, dass Crespí zu den Menschen gehört, die erst dreimal gebeten werden müssen. Er ist nicht der Typ, der nur aus Prinzip nicht gleich zustimmt, weil er Spaß daran hat, andere erst mal zappeln zu lassen.«

»Ach, so genau haben Sie ihn gestern kennengelernt in der knappen Viertelstunde, die Sie mit ihm verbracht haben?« Verònica zog spöttisch eine Augenbraue nach oben.

Da läutete es erneut an der Haustür. Sie seufzte. Das war ja schlimmer als auf dem Bahnhof. »Entschuldigen Sie mich bitte einen Moment, ich bin gleich wieder da.«

Vor der Tür stand ihre Vermieterin, Senyora Pons. Von Zeit zu Zeit tranken sie einen Kaffee zusammen. Seltener, als Senyora Pons es gern getan hätte, und öfter, als Verònica es ertragen konnte. Senyora Pons war eine Quasselstrippe, hatte unendlich viel Zeit und leider nur wenige Interessen. Auf einmal war Verònica froh, dass Mayol in ihrem Wohnzimmer stand und sie nicht einmal lügen musste.

»Es tut mir furchtbar leid, Senyora Pons. Ich habe gerade Besuch und überhaupt keine Zeit.«

»Oh, wirklich?« Enttäuschung machte sich auf Senyora Pons' rundlichem Gesicht breit. Doch sie fing sich schnell. »Ich habe gerade einen *gató* gebacken. Wenn Sie kurz zu mir herüberkommen, und ich packe Ihnen etwas ein? Ich habe auch Mandeleis dazu.«

»Senyora Pons, ich liebe Ihren Mandelkuchen, das wissen Sie ja. Nur passt es gerade wirklich nicht.«

Da tauchte Mayol neben Verònica auf, was die Augen von Senyora Pons kugelrund werden ließ und ihr Ähnlichkeit mit einem Koboldmaki verlieh. Wie beiläufig zupfte er Verònica einen Fussel vom Ärmel ihres T-Shirt, was sie beinahe aus der Fassung geraten und Senyora Pons ob der Vertrautheit dieser Geste endgültig falsche Schlüsse ziehen ließ.

»Ich habe Zeit. Und auf Mandelkuchen warte ich doch gern«, hörte Verònica ihn sagen.

Ist er vollkommen verrückt geworden?, dachte sie. Ehe sie sich versah, hatte Senyora Pons sie auch schon am Arm gepackt und zog sie mit sich. Verònica sah sich zu Mayol um und hoffte, ihr Blick brachte ausreichend zum Ausdruck, dass dies ein Nachspiel haben würde.

Zehn Minuten später war sie mit einem Kuchentablett in der einen und einer Schüssel voll Eiscreme in der anderen Hand auf dem Rückweg in ihre Wohnung.

Ich will endlich meine Ruhe, schickte sie ein flehentliches Stoßgebet zum Himmel und trat ins Wohnzimmer. Schon im Türrahmen blieb sie jedoch wie erstarrt stehen. Mayol stand mit dem Rücken zu ihr an ihrem Schreibtisch. Schnüffelte er etwa in ihren Notizen herum?

Sie warf die süßen Köstlichkeiten beinahe in hohem Bogen auf den Esstisch. Mit drei großen Schritten war sie bei ihm. Blitzschnell knallte sie den Deckel ihres Notebooks zu.

Mayol schrak zusammen. So schnell es ging, schob sie die über den ganzen Tisch ausgebreiteten Blätter zu einem Stapel zusammen. Wie viel hatte er gesehen? Welche Unterlagen hatten dort gelegen? Verònica versuchte, sich zu erinnern. Etwas über Waffenrecht. Und die Broschüre über Einbruchsmethoden. Das alles war erklärbar. Sie wollte sich schützen. Kein Grund zur Besorgnis. Immerhin lebte sie auf dem Land, außerhalb von Campos, in einem ehemaligen Farmhaus nahezu allein. Nur mit ihrer ältlichen Vermieterin und deren Hühnern. Es war doch bekannt, dass diebisches Gesindel solche abgelegenen Häuser bevorzugt anpeilte. Alles gut so weit.

Plötzlich durchfuhr es sie heiß. Das Blatt, auf dem sie vorhin noch planlos herumgekritzelt hatte. Das passte nicht in diese Theorie. Wie sollte sie die Information über Erbrecht darin unterbringen? Verdammt.

Allerdings erstaunte sie, dass Mayol sie weder skeptisch noch sorgenvoll oder gar so betrachtete, als würde ihn erschrecken, was er gesehen hatte. Seine vorhin noch so angespannten Gesichtszüge wirkten sogar gelöst, und er klang heiter, als er sagte: »Verzeihen Sie, ich wollte auf gar keinen Fall neugierig erscheinen.«

»Dr. Mayol, lassen Sie uns diese Sache zum Abschluss bringen. Vielen Dank für Ihre Hilfe. Mehr können Sie nicht für mich tun, wie Sie ja selbst bereits feststellten. Und ich …« Verònica stockte. »Sagen wir, ich habe mich sowieso bereits anders entschieden.«

Kurz huschte Mayols Blick zurück zu ihrem Schreibtisch. »Wenn Sie meine Hilfe doch noch benötigen sollten, bin ich jederzeit für Sie da«, sagte er und klang, als mache er sich über sie lustig.

Was war denn bloß mit diesem Mann los? Verònica geleitete ihn zum Ausgang. Zum Abschied gaben sie sich nicht die Hand, stattdessen winkte ihr Mayol mit ungewohnter Leichtigkeit noch einmal zu. Er verschwand und ließ sie besorgt zurück. Mit einer großzügigen Menge *gató* und Mandeleis, das sicher inzwischen geschmolzen war.

14

Als Ferrer von einer überaus zähen Besprechung in sein Büro zurückkehrte, wartete auf seinem Schreibtisch eine graue Kunststoffbox auf ihn. Es handelte sich um die Ausbeute der Hausdurchsuchung bei den Crespís. Die Beschlagnahme hatte die üblichen Gegenstände auf seinen Tisch wandern lassen. Ein flaches Notebook, einen Terminkalender mit Notizbuch und ein Adressverzeichnis. Auf den ersten Blick nichts, was er nicht schon hundertmal zuvor bei anderen Fällen durchgesehen hatte.

Vielleicht wird der zweite Blick interessanter, dachte Ferrer hoffnungsvoll.

Die Tür ging auf, und Salvà schneite herein. Dynamisch und voller Tatendrang, wie es schien. Und mit einem Teller voller belegter Brote, den er hin- und herschwenkte.

»Willst du auch?«, fragte er.

Ferrer starrte auf die Sandwiches. Knusprige Weißbrotscheiben, zwischen denen Schinken hervorquoll. »Wo kommt denn das alles her? Bist du etwa einkaufen gefahren, während wir hier gerade unsere Ermittlungen beginnen?«

»Zum Mercat de l'Olivar. Das ist doch nicht weit. Fünfzehn Minuten für diese hauchdünnen Scheiben Ibérico-Schinken Cebo. Von der Keule geschnitten. Von Fiol. Wirklich ganz zart. Sieh doch mal.«

»Ja, eine Strecke. Außerdem hast du sicher noch einen *café carajillo* in der Bar ›Paco‹ getrunken, oder war es die Bar ›Teodoro‹?«

»Alkohol im Dienst? Niemals!«, gab Salvà entrüstet zurück.

Doch Ferrer kannte die Leidenschaft seines Kollegen für starken Kaffee mit Brandy ganz genau. »Du musst deine Prioritäten überdenken, Rafael.«

»Tue ich täglich. Und oberste Priorität ist Nahrungsaufnahme. Ohne kann ich nicht arbeiten. Willst du nun?«

Ferrer schüttelte genervt den Kopf.

»Soll ich mir den Computer vornehmen?«, fragte Salvà.

Ferrer hatte eine Menge Stärken und auf vielen Gebieten mehr Erfahrung als alle seine jüngeren Kollegen zusammen. Computertechnik überließ er hingegen gern den Spezialisten. »Ja, tu das. Ich kümmere mich um dieses Papierzeug hier.« Er reichte Salvà das Notebook.

»Wenn dir dabei etwas begegnet wie ein Computerpasswort, irgendeine Buchstaben- oder Zahlenkombination, lass es mich wissen«, bat Salvà, bevor er wieder verschwand.

Ferrer brummte zustimmend und breitete die Gegenstände auf seiner Tischplatte aus. Er begann mit dem Adressbuch, das in weiches schwarzes Rindsleder gebunden war. Es musste jedoch schon lange in Gebrauch sein. Die Papierseiten innen rochen alt und muffig.

Ferrer blätterte durch die Seiten. Seine Augen scannten blitzschnell, ob sie irgendetwas enthielten, das mehr Aufmerksamkeit verdiente. Nicht einer der Namen sagte ihm etwas, nirgendwo war eine Berufsbezeichnung vermerkt. Es schienen rein private Kontakte zu sein.

Er legte das Büchlein beiseite und nahm sich den Terminkalender vor. Auch die Termine waren privater Natur. In der Vorwoche ein Termin beim Friseur, einer bei einem Schneider und ein paar Tage später gab es einen Eintrag für Maniküre.

Ferrer rief sich das Bild des Toten wieder ins Gedächtnis und erinnerte sich, wie gepflegt Hände und Nägel gewesen waren. Er bemerkte einen Eintrag in der Spalte für den Tag vor dem Mord. Dort war für den Nachmittag ein Treffen mit einem Dr. Mayol vermerkt. Eine Telefonnummer stand ebenfalls dabei. Es konnte sich um keinen regelmäßigen Kontakt handeln, andernfalls würde diese Person auch im Adressbuch aufgeführt sein.

Dies war eine Aufgabe für Catalina Roca, die fähigste Assistentin, die Ferrer jemals gehabt hatte. Er wählte ihre Nummer. Wie immer meldete sie sich unverzüglich und gut gelaunt. Er kam sofort zur Sache. »Cati, ich brauche eine Auskunft zu einer Telefonnummer.«

»Kein Problem. Schießen Sie los.«

Er las ihr die Nummer vor, die sie beim Mitschreiben wiederholte. »Der Eintrag gehört offensichtlich zu einem Dr. Mayol. Ich wüsste gern, wer das ist. Ein Arzt, ein Jurist oder was sich sonst noch alles hinter diesem Titel verbergen kann.«

»Wird erledigt.«

In der Gewissheit, dass er auf die gewünschte Information nicht lange würde warten müssen, lehnte sich Ferrer zurück und schloss für einen Moment die Augen, um sich zu sammeln. Viel hatten sie noch nicht. Eigentlich gar nichts. Sie würden schnellstmöglich ausführlich mit der Familie des Toten sprechen müssen. Er hatte die Hoffnung, dass die einzeln durchgeführten Vernehmungen zu mehr führen und ihnen nützliche Hinweise bringen würden. Er musste nur noch die Zeit dafür finden. Seit einer Weile war das Kommissariat unterbesetzt. Einstellungsstopp. Nirgendwo saß das Geld mehr locker.

Das Klingeln des Telefons riss ihn aus seinen Gedanken. Er sah Catalinas Nummer im Display. Er nahm ab und musste sie nicht lange auffordern.

»Die Nummer gehört dem Rechtsanwalt und Notar Dr. Antoni Mayol, Fachanwalt für Immobilienrecht. Er hat seine Kanzlei bei der Església de Sant Nicolau.«

Ferrer bat Catalina, noch für denselben Tag einen Termin zu vereinbaren, und rief Salvà zu sich.

»Wir haben heute noch etwas vor. Wir besuchen diesen Dr. Mayol.« Er tippte mit dem Zeigefinger auf den Eintrag in Crespís Kalender. »Wie weit seid ihr mit dem Computer?«

Es war Salvà anzusehen, dass er etwas Gutes zu vermelden hatte. In solchen Momenten ähnelte Ferrers jüngerer Kollege, der am liebsten in gestreiften Polohemden mit hochgestelltem Kragen herumlief, immer einem Studenten, der eine besonders knifflige Aufgabe seines Professors, allen Wetten gegen ihn zum Trotz, doch gelöst hatte. Er fuhr sich mit der Hand durch die Unordnung auf seinem Kopf und grinste breit. »Wir sind drin. Sehr viel Phantasie hat Crespí bei der Wahl seines Passwortes nicht gerade bewiesen. Es war tatsächlich sein Geburtsdatum. Entweder Einfallslosigkeit oder die totale Arglosigkeit.«

Oder Überheblichkeit, dachte Ferrer und rief sich wieder

den Gesichtsausdruck des Toten in Erinnerung. Die Überzeugung, dass es niemand jemals wagen würde, sich an seinem Computer zu vergreifen, hätte gut zu Crespí gepasst.

»Und habt ihr etwas gefunden, das uns weiterhilft?«, fragte er Salvà.

»Bisher nichts von Bedeutung. Urlaubs- und Familienfotos, die übliche Korrespondenz mit Versicherungen, Banken und einem Autohaus. Ein bisschen Geschäftskorrespondenz aus Crespís aktiver Zeit als Inhaber der Schuhmanufaktur, bevor er sich in den Ruhestand zurückgezogen hat. Also nichts Auffälliges.«

»Hat er verkauft, oder gehört er zu denen, die dichtgemacht haben?«

Viele kleinere Unternehmer hatten irgendwann begonnen, die Herstellung von Mallorca an andere Standorte zu verlegen, wo es sich billiger produzieren ließ. Oft litt darunter allerdings auch die Qualität, was sich am Ende durch sinkende Absatzzahlen bemerkbar machte. Der Schuss ging nach hinten los. Heute gab es nur noch eine Handvoll alteingesessener Betriebe. Wie lange sich diese noch am Markt würden behaupten können, konnte niemand sagen. Schon jetzt war die traditionelle Handwerkskunst im Museu del Calçat i la Pell d'Inca, dem Schuh- und Ledermuseum in Inca, zu bewundern wie etwas, das bereits ausgestorben war. Doch wenigstens auf diese Weise würde das Wissen bewahrt werden und nicht eines Tages vollständig verloren gehen.

»Weder das eine noch das andere«, sagte Salvà. »Das Unternehmen ist seit Generationen im Familienbesitz. Das verkauft man nicht so einfach. Ich habe ein bisschen recherchiert. Crespís Tochter sollte ursprünglich die Firma übernehmen. Nach ihrer Heirat stand das nicht mehr zur Debatte. Crespí hatte wohl Angst, dass der Schwiegersohn das Unternehmen herunterwirtschaftet. Er hat stattdessen zwei langjährige Angestellte als Geschäftsführer eingesetzt, während er selbst weiter beratend im Hintergrund agierte. Er verfügte über exzellente Kontakte auf der Insel wie auch auf dem Festland.«

Ferrer dachte, dass sie da vielleicht schon auf ein erstes Motiv gestoßen waren. Beide, die Tochter und der Schwiegersohn, dürften nicht begeistert gewesen sein, als sie erfuhren, dass sie ausgebootet wurden.

»Und außerdem«, fuhr Salvà fort, »war Crespí Mitglied in irgendwelchen Förderkreisen für moderne und alternative Kunst.«

Ferrer schaute auf. »Weißt du, irgendwie kriege ich da etwas nicht zusammen. Die Bilder. Die passen einfach nicht.«

»Was genau meinst du?«

»Hast du dir mal das Haus angesehen? Ich meine, drinnen die Einrichtung. Das ist alles so schick und ausgesucht.«

»Und?«, fragte Salvà erstaunt.

»Crespí selbst passt da ja auch noch ins Bild. Aber seine Frau? Und die Tochter und deren Mann? Die sind so … so ganz anders. Das genaue Gegenteil. Da ist die Ehefrau. Vornehm, auf eine verstaubte, biedere Weise. Mich würde interessieren, was die malt. Das kann ich mir nämlich überhaupt nicht vorstellen. Bestimmt was in Schwarz, Weiß und Grau.«

»Vielleicht ist das eine Art Therapie«, warf Salvà ein.

»Vielleicht«, brummte Ferrer. »Und die Tochter, streng und beherrscht. Sie wirkt genauso deplatziert in dem schicken Haus mit all diesen Farben. Und freudlos. Wie ausgetrocknet. Als ob sie sich aufgegeben hätte. Wie ein … wie ein verwahrloster Garten. Weißt du, was ich meine?«

Salvà nickte langsam, zog aber auch eine Augenbraue skeptisch in die Höhe. Ferrer verglich Menschen mit Gärten?

»Ist mir zwar auch aufgefallen«, sagte er, »aber für so ungewöhnlich halte ich es nicht. Nur weil jemand Kohle hat, muss er oder sie nicht automatisch auch Geschmack haben. Oder einen Sinn für exklusives Styling. Wer weiß, wie die auftreten, wenn sie das Haus verlassen. Vielleicht erkennst du sie nicht wieder. Die Frau ist immerhin auch arm dran mit ihrer Erkrankung.«

»Ja, vielleicht hast du recht. Die Atmosphäre in dem Haus war nur so erdrückend. Dieser Gram. Ein besseres Wort fällt mir dafür nicht ein.«

»Vergiss nicht, aus welchem Grund wir dort waren. Was erwartest du denn?«

Ferrer schloss die Augen und versuchte immer noch, Worte für seine Empfindungen zu finden. Er konnte es nicht besser erklären. Er spürte, dass es da etwas gab, das tiefer saß.

Salvà unterbrach seinen Gedankengang. »Vielleicht hatte er eine Geliebte und hat sich deswegen so herausgeputzt.«

»Und das ganze Haus gleich mit? Zu Hause empfangen hat er die Dame ja wohl nicht.«

Salvà redete unbeirrt weiter. »Und stell dir mal vor, Ehefrau und Tochter wussten von so einer möglichen Affäre. Mich würde nicht wundern, wenn die alle deshalb so vergrätzt sind.« Auf einmal hellte sich sein Gesicht noch weiter auf. »Und was ist, wenn die ihn gemeinsam umgebracht haben und sich alle gegenseitig decken? Eine Geliebte und die geplatzte Unternehmensübergabe an die Tochter sind starker Tobak. Vielleicht hatten die sogar Angst, dass die Geliebte ihnen das Familienunternehmen abluchsen würde. Das würde auch erklären, warum wir keine Einbruchsspuren gefunden haben. Oder …« Er legte die Stirn abermals in Falten. »Kennst du einen Fall, bei dem jemand in einer manischen Phase einen Menschen getötet hat und dafür nicht zur Verantwortung gezogen werden konnte wegen der Krankheit?«

»Nein, mit so etwas hab ich noch nicht zu tun gehabt.« Ferrer fuhr sich mit den Fingerspitzen über seine Bartstoppeln am Kinn, was er immer tat, wenn er versuchte, sich zu konzentrieren. Was schwierig war bei Salvàs Geplapper. »Nein, das ist eher, als hätte man die Familienmitglieder wie Statisten in die falsche Kulisse gestellt. Die passen einfach nicht in dieses Ambiente.«

Salvà hatte beide Augenbrauen hochgezogen. »Ambiente … aha.« Ehe er noch etwas hinzusetzen konnte, klingelte sein Telefon. Er führte ein knappes Gespräch mit einem ihrer Computerexperten von der Kriminaltechnik. Danach gab er die Informationen an Ferrer weiter.

»Es gibt Dateien auf dem Computer von Crespí, die mit einem weiteren Passwort geschützt sind. Alles Gängige haben die Kollegen ausprobiert, ohne Erfolg. Auch wenn es vielleicht noch etwas dauern wird, früher oder später werden wir herauskriegen, was er dort verbirgt.«

»Das ist doch schon etwas. Bleib du am besten hier und halte mich über Neuigkeiten auf dem Laufenden. Ich werde diesen Dr. Mayol allein aufsuchen.«

»Aber nicht, bevor Sie nicht mit Dr. Rossell gesprochen haben«, sagte Catalina Roca, die in der Tür aufgetaucht war. Ganz entgegen ihrer Gewohnheit und Passion trug sie heute Riemchensandalen, die keine High Heels besaßen. Genau genommen besaßen sie gar keine Absätze. Sie waren flach wie Flipflops.

»Cati, bist du geschrumpft?«, fragte Salvà. Er grinste, als hätte er einen grandiosen Witz gemacht.

»Umgeknickt«, sagte sie und verzog das Gesicht.

Ferrer entging nicht, wie Salvà die bläuliche Schwellung an Catis rechtem Knöchel beäugte, die auch ihm vorher nicht aufgefallen war. Für seinen Geschmack schenkte Salvà Catalinas Beinen eigentlich immer viel zu viel Aufmerksamkeit. Auch wenn er es ihm nicht verdenken konnte. Die Schuhe zu hoch, die Röcke zu kurz. Eine irritierende Kombination. Nicht nur für Salvà.

»Castro hat bereits angerufen und sich erkundigt, wann es ein Obduktionsergebnis gibt«, sagte Cati.

Ferrer donnerte los. »Herrgott, er weiß doch genau, dass das dauert. Darüber haben wir doch vorhin erst in der Besprechung diskutiert.«

»Klären Sie das lieber gleich. Ernsthaft«, erwiderte Cati.

Jeder wusste, dass die Anrufe bei Dr. Rossell nicht zu Ferrers Lieblingsbeschäftigungen gehörten. Doch früher oder später musste jemand mit ihm sprechen, und da Salvà ihm bereits die Computersachen abnahm, würde er selbst derjenige sein.

Er wählte die Telefonnummer des Instituts für Rechtsmedizin und forensische Wissenschaft. Nach mehrmaligem Klingeln meldete sich der Forensiker. Sein Tonfall war herausfordernd wie immer. Auf diese Weise stellte er, noch bevor der Anrufer sein Anliegen überhaupt vorbringen konnte, klar, dass man es mit seinen Fragen besser nicht auf die Spitze trieb. Er war schließlich ein viel beschäftigter Mann.

»Chefinspektor Ferrer. Es geht um den Fall Crespí.«

»Aah, die Erzengel sind an dem Fall dran.«

Ferrer verdrehte die Augen.

»Der Engel antwortete und sprach zu ihm: Ich bin Gabriel, der vor Gott steht, und ich bin gesandt worden, zu dir zu reden und dir die gute Botschaft zu verkündigen. Lukas 1, Vers 19«, zitierte Rossell inbrünstig.

Für Ferrer war nicht erst in diesem Moment klar, dass Dr. Rossell öfter mal Besuch vom Wahnsinn bekam. Wer mit Vornamen Félix, der Glückliche, hieß und den ganzen Tag Leichen aufschnitt ... Das musste unweigerlich ein schlechtes Ende nehmen.

»Die gute Botschaft zu verkünden, ist Ihr Job«, wandte er ein. »Staatsanwalt Castro –«

»Irrtum. Sie werden mir auf der Stelle verkünden, dass Sie kein verbindliches Datum von mir haben wollen, und lassen mich danach weiter meine Arbeit machen.«

»Rossell, hören Sie schon auf mit den Spielchen. Geben Sie mir ein Datum.« Im Hintergrund hörte Ferrer die Knochensäge kreischen.

»Verehrter Gabriel, es ist Hochsaison. Ich habe mehr Leichen, als ich Tische habe. Und vor Ihrem Schuhfabrikanten sind noch einige andere bedauernswerte Kreaturen an der Reihe. Zum Beispiel stehe ich hier gerade vor einer Wasserleiche. Ertrunken oder nicht, das ist die Frage. Nicht bei jedem Menschen, der tot aus dem Wasser gezogen wird, handelt es sich außerdem um einen Unfall. Es kann sich um einen Suizid handeln oder ein Tötungsdelikt. Vielleicht hat sich jemand einer bereits toten Person entledigen müssen.«

»Rossell, ein Datum.«

»Ich nehme also eine Leichenöffnung vor und schaue mir die Lunge an. Ist das Gewebe stark überbläht, bedeutet das ...«

Ferrer legte auf. Er nahm sich fest vor, seine Computerkenntnisse aufzubessern, damit er und Salvà ihre Aufgabenbereiche tauschen konnten. Dann würde Salvà in Zukunft mit diesem Verrückten sprechen.

15

Die Kanzlei befand sich in einem Jugendstilhaus in einer engen Seitengasse, die zur Plaça del Mercat führte und von der Església de Sant Nicolau erdrückt zu werden schien. Die Kirche war eine der ältesten in Palma. Sie war dem heiligen Nikolaus von Myra geweiht, der gleichermaßen Schutzpatron für Juristen als auch für Diebe war. Ferrer fragte sich, wie sich dieser Standort auf eine Anwaltskanzlei und deren Auftragslage auswirken mochte.

Die Geschäftsräume von Dr. Mayol lagen im ersten Stock. Ferrer stieg die Stufen des beeindruckenden Treppenhauses hinauf. Er mochte den katalanischen Art-Nouveau-Stil. Eines seiner Lieblingsgebäude war das Geschäftshaus »El Áquila« in der Carrer de Colom. Der Architekt Gaspar Bennàssar hatte auf vier Stockwerken eine wahre Meisterleistung abgeliefert. Raum und natürliche Beleuchtung im Inneren waren optimal ausbalanciert. Die floralen Elemente und bunten Mosaiken der Fassade faszinierten Ferrer immer wieder aufs Neue.

Er legte seinen Kopf in den Nacken. Sein Blick folgte dem geschwungenen Treppengeländer, das sich schneckenförmig bis unter das Dach wand.

Die Kanzlei jedoch war ein nahezu brutaler Gegensatz zu den verspielten Schnörkeln des Fin de Siècle. Alles war klar, geometrisch und in schwarz-weißer, strenger Symmetrie gehalten. Von irgendwoher vernahm Ferrer das dezente Plätschern eines Zimmerbrunnens. In seiner Vorstellung hatte er bereits ein ziemlich genaues Bild von dem Mann, der diese Einrichtung gewählt hatte.

Eine Mitarbeiterin in steingrauem Kostüm mit perfekt festgezurrter Hochsteckfrisur nahm ihn in Empfang und geleitete ihn zum Arbeitszimmer von Dr. Mayol.

Kurz darauf musste Ferrer feststellen, dass er vollkommen falschgelegen hatte. Der Mann, der von den Papieren vor sich aufsah, war kein distinguierter Businesstyp. Zwar geschmackvoll gekleidet, allerdings von einer Lässigkeit, die Ferrer nicht erwartet hatte. Ein freundliches, jungenhaftes Lächeln, etwas zu lange blonde Haare, die im Nacken über seinen Hemdkragen fielen.

Ferrer wollte nicht so weit gehen, Mayol einen Surfertyp zu nennen, doch vor zwanzig Jahren war er das vielleicht tatsächlich gewesen. Auch war er nicht unbedingt frisch rasiert. Das machte ihn Ferrer sympathisch.

»Dr. Mayol, dieser Herr möchte mit Ihnen sprechen. Er ist von der Kriminalpolizei«, sagte die Assistentin in gedämpftem Ton.

Es hätte nicht viel gefehlt, und sie hätte geflüstert, obwohl niemand da war, der diese Worte nicht hätte hören sollen. Sie trat beiseite und ließ Ferrer eintreten.

Er bemerkte eine winzige Irritation in dem offenen Blick des Anwalts. Verständlicherweise. Jeder, der unerwartet mit seiner Zunft zu tun hatte, war erst einmal irritiert.

Dr. Antoni Mayol erhob sich und ging mit ausgestreckter Hand auf ihn zu.

Ferrer stellte sich vor, nahm in dem angebotenen tiefen Sessel Platz und ergriff ohne Umschweife das Wort. »Dr. Mayol, ich leite die Ermittlungen in einem Mordfall. Es geht um Bernat Crespí. Sie hatten erst gestern eine Verabredung mit ihm, und dazu würde ich Ihnen gern ein paar Fragen stellen.«

Mayols Bestürzung war offensichtlich. Während er seine Krawatte lockerte, ließ er sich zurücksinken. »Puh, das ist ein Schock. Sie haben recht, ich hatte gestern einen Geschäftstermin mit Senyor Crespí. Verabredung würde ich es nicht nennen.«

Ferrer lächelte nachsichtig. »Gut, einen Geschäftstermin. Würden Sie mir bitte sagen, worum es dabei ging?«

»Nun, ich hatte ein Gespräch mit ihm. Allerdings ist nicht *er* mein Mandant. Verzeihung, war. Ich war im Auftrag meiner Klientin dort, um Verhandlungen mit ihm zu führen.«

»Das ändert leider nichts an der Tatsache, dass ich Sie bitten muss, mir zu sagen, worum es bei Ihrer Unterredung ging. Alles kann von Interesse sein und zu einer raschen Aufklärung beitragen.« Als er merkte, dass Mayol immer noch zögerte, setzte

Ferrer noch einmal deutlicher nach. »Dr. Mayol, anwaltliche Schweigepflicht hin oder her, ich beschuldige Ihren Klienten ja keiner Straftat, und dementsprechend brauchen Sie ihn –«

»Sie«, unterbrach Mayol ihn.

»Und dementsprechend brauchen Sie sie auch nicht vor uns zu schützen«, beendete Ferrer in leicht ironischem Ton seinen Satz.

»Sie betrachten das sehr vereinfacht. Ich möchte Ihnen natürlich auch keine Schwierigkeiten machen ...«

»Dann erzählen Sie mir bitte, worum es bei Ihrem Termin ging.«

»Ich habe Senyor Crespí im Auftrag meiner Klientin ein Kaufangebot für sein Haus gemacht. Er hat abgelehnt.«

»Wer ist Ihre Klientin?«

»Senyora Verònica Martí.« Mayol griff zu einem Zettel und einem Füllfederhalter, schrieb die Adresse auf und schob sie Ferrer über den Tisch.

»Aber weshalb dieses Angebot? Stand das Haus denn zum Verkauf? Kannte Senyora Martí das Mordopfer persönlich?«

Mayol zuckte mit den Schultern. »Ich weiß es nicht. Darüber hat sie mit mir nicht gesprochen. Und ich hatte nicht das Gefühl, dass Fragen willkommen waren. Sie hat ein gutes Angebot abgegeben, leider ohne Erfolg.«

»Und weiter? Das war es einfach so? Wie hat sie darauf reagiert?«

Mayol wartete einen Moment mit der Antwort, als wäge er genau ab, was er sagen solle. Ferrer entging das nicht.

»Sie war sehr aufgebracht. Ich hatte das Gefühl, sie sei sich des Erfolgs recht sicher gewesen. Die Ablehnung machte sie wütend, würde ich sagen. Sie fragte mich, ob Senyor Crespí vielleicht mehr Geld wolle. Ich schätze, sie wäre tatsächlich bereit gewesen, auch mehr zu zahlen, so sehr wollte sie dieses Haus. Als ich ihr sagte, dass das meiner Meinung nach nicht ausschlaggebend sei, machte sie eine Bemerkung, die mir das Gefühl gab, sie würde so schnell nicht aufgeben. Ich weiß nicht mehr, was genau das war. Ich erinnere mich nur an das Gefühl, welches dieser Satz bei mir hinterließ.«

»Halten Sie es für möglich, dass Senyora Martí in irgendeiner Weise mit dem Mordfall in Verbindung zu bringen ist?«

»Großer Gott, das weiß ich nicht.« Ratlos hob Mayol die Arme und ließ sie wieder fallen.

Ferrer registrierte, dass seine Miene sich veränderte. Es schien ihm etwas eingefallen zu sein. Er sah bestürzt drein und schien sich in seiner Haut auf einmal ganz und gar unwohl zu fühlen.

»Ich war bei ihr. Noch heute Morgen. Ganz kurz«, sagte Mayol zögernd.

»Aus welchem Grund?«

»Nur um ihr alle Papiere zum Haus zurückzugeben. Und da habe ich etwas gesehen, durch Zufall.« Mayol druckste herum, und Ferrer sog ungeduldig die Luft ein. »Sie hatte Papiere auf ihrem Schreibtisch liegen über Waffengebrauch. Und einen Grundriss von dem Haus und solche Sachen. Oh Gott, das kann doch wohl nicht sein.« Er fuhr sich mit beiden Händen durch das Haar.

Für Ferrer war klar, dass ein Besuch bei Verònica Martí dadurch oberste Priorität hatte, auch wenn es keine Schusswaffe war, die Crespí das Leben gekostet hatte. Äußerst ungewöhnlich war ihr Interesse an solchen Informationen allemal.

Er erhob sich und teilte Mayol mit, dass er sich für weitere Fragen zur Verfügung halten solle. Bevor er wieder ins Treppenhaus trat, drehte Ferrer sich noch einmal um.

»Machen Sie das bei allen Klienten persönlich?«

»Was?«, fragte Mayol.

»Die Akten zu einem Auftrag zurückgeben.«

»Nein, sicher nicht. Ich hatte das Gefühl, noch einmal mit Senyora Martí über den unerfreulichen Ausgang reden zu müssen.«

»Mögen Sie sie?«, fragte Ferrer, einer plötzlichen Eingebung folgend.

Diese Direktheit verschlug Mayol offenkundig für einen Moment die Sprache. Doch er antwortete. Nicht wortreich, aber unmissverständlich. »Ja, ich mag sie.«

»Und dennoch belasten Sie sie?«

»Ich belaste sie nicht. Ich berichte Ihnen nur, was ich gesehen habe. Und all das ist ganz leicht erklärbar, davon bin ich überzeugt. Senyora Martí wollte das Haus kaufen, natürlich hat sie einen Grundriss vorliegen.«

Die Frage ist nur, woher sie den hat, dachte Ferrer.

»Und sie ist eine Frau, lebt allein. Sie wird Informationen eingeholt haben über die Möglichkeiten, sich zu schützen, sei es auch mittels einer Waffe.«

»Waffenbesitz zur Selbstverteidigung ist verboten. Da wird sie wohl eher Mitglied in einem Sportschützenverein werden wollen«, konterte Ferrer. Er ging davon aus, dass Mayol diese Möglichkeit für genauso lächerlich hielt wie er selbst, und wartete keine Entgegnung ab. Er drehte sich um und ging.

16

Iñes hatte sich in die hinterste Ecke des Gartens zurückgezogen. Sie hatte sich einen Liegestuhl ganz dicht an die ausladend wuchernde Lorbeerhecke an der Grenze zum Nachbargrundstück geschoben, um im Schatten zu sitzen. Dort brütete sie vor sich hin. Über das, was passiert war, und mehr noch über die Frage, wie es weitergehen sollte. Was würde aus ihrer Mutter werden? Konnte sie die Betreuung in Zukunft allein bewältigen? Wollte sie mit ihrem Mann weiter zusammenleben wie bisher?

Seit gestern Nacht und dem heutigen Morgen war alles anders. Sie musste sich eingestehen, dass sie Miquel nicht traute. Sie hatte nicht direkt Angst vor ihm. Es war mehr ein Unwohlsein in seiner Nähe. Eigentlich fühlte sie sich schon lange nicht mehr wohl. Nicht in diesem Haus, nicht in dieser Ehe, nicht in der Nähe ihrer Eltern.

Sie hatte die Augen geschlossen, rutschte immer tiefer und sank in einen Halbschlaf. Das raschelnde Geräusch von Schritten in hohem, ungemähtem Gras versuchte ihr Unterbewusstsein in den einsetzenden Traumbildern zu verorten. Sie bemerkte nicht, dass jemand sich ihr auf der anderen Seite der Hecke näherte.

»Iñes?«

Sie sprang vom Stuhl auf, als hätte sie ein Insekt gestochen.

Garau hob beschwichtigend die Hände. »Hey, hey, nicht erschrecken.«

»Josep? Du? Was machst du hier?«

»Ich wohne wieder hier.«

»Oh, ich hatte keine Ahnung. Seit wann?«

»Seit Kurzem.«

Iñes machte sich keine Gedanken darüber, was das heißen mochte. Sie hatte zu viel mit sich selbst zu tun. Sie hatte den kurzen Schreck überstanden und sank zurück auf den Stuhl.

»Ich hab gehört, was passiert ist. Wie geht es dir?«, fragte

Garau und ließ den Blick über ihr blasses Gesicht mit den großen traurigen Augen gleiten.

»Wie schon? Alles ist so …« Sie vollendete den Satz nicht.

»Kann ich irgendetwas für dich tun? Wie geht es deiner Mutter?«

Iñes öffnete den Mund, sah mit einem Ausdruck der Hilflosigkeit zum Haus hinüber und schloss den Mund wieder.

Garau lehnte sich weiter über die Hecke und streckte den Arm aus, um ihr unbeholfen die Schulter zu tätscheln. In ihren Augen schwammen Tränen. Er streckte auch noch den zweiten Arm nach ihr aus und strich ihr über die Wange.

»Danke, Josep. Es ist schon gut, es geht vorbei. Alles geht irgendwann vorbei.«

»Auch unglückliche Ehen?«

Sie kam nicht dazu, auf diese Frage zu antworten. Planas bog plötzlich um die Hausecke. Er stürmte wie ein wilder Stier über den Gartenweg heran.

»Lass die Finger von meiner Frau!«

»Miquel, hör doch auf, so zu brüllen«, bat Iñes.

»Wieso? Wegen der Nachbarn? Guter Witz.«

Garau wollte zu einer Erklärung ansetzen, als Planas ihn am Kragen packte und an ihm herumzerrte, sodass er halb über der Lorbeerhecke lag.

»Bist du bescheuert? Lass mich gefälligst los.«

»Einen Teufel werde ich. Dir werde ich es zeigen.«

»Ach ja? Was denn? An deiner Stelle würde ich besser meine Füße stillhalten. Sonst müsste ich der Polizei vielleicht davon erzählen, dass du einen Streit mit Crespí hattest. Gestern Abend, kurz bevor …«

Die Faust traf Garau mitten im Gesicht, seine Lippe platzte auf, Blut spritzte. Er war kräftig gebaut, daher fing er den Schlag mühelos ab. Er schwankte nur kurz.

Iñes stieß einen Schrei aus. »Hört auf, verdammt noch mal, hört doch auf. Miquel, lass ihn los! Willst du, dass noch mehr passiert?«

In seiner Wut hörte Planas sie nicht, sondern schüttelte Garau nur noch heftiger. Beide Männer zerschrammten sich die

Arme an den Zweigen der Hecke. Garaus T-Shirt zerriss an der Schulter, weil Planas einfach nicht loslassen wollte.

Iñes bekam Angst. Sie rannte über den Rasen, stolperte die Stufen zum Eingang des Hauses hoch und griff nach dem Telefon. Wenn sie sich nur erinnern würde, wo sie die verdammte Karte des Inspektors hingelegt hatte.

Fing sie schon an wie ihre Mutter? Tränen rannen ihr über die Wangen. Sie wählte den Notruf. Zum zweiten Mal an diesem Tag würde die Polizei mit Blaulicht und Sirene vor dem Haus vorfahren.

17

Eine Flut aus unflätigen Flüchen ging auf den uniformierten Beamten nieder. Er hatte alle Mühe, den zornigen Mann zu bändigen, der sich partout nicht beruhigen wollte.

Ferrer war genervt über diese Szene, die sich auf dem Flur direkt vor seinem Büro abspielte. Am liebsten wäre er umgekehrt und sofort wieder gegangen. Erst als er genauer hinsah, erkannte er Miquel Planas, den Schwiegersohn ihres Mordopfers.

»Was ist denn hier los?«, wollte er wissen, nun doch interessiert.

»Eine Prügelei mit dem Nachbarn. Die Ehefrau hat die Polizei gerufen«, gab der Polizist Auskunft.

»Eine Unverschämtheit ist das«, regte sich Planas auf. »Eine kleine Meinungsverschiedenheit hatten wir, weiter nichts.«

»Ihre Frau hat die Polizei verständigt, da wird es wohl mehr als eine kontroverse Diskussion gewesen sein«, sagte Ferrer.

»Die ist doch hysterisch«, zeterte Planas weiter. »Den eigenen Ehemann von der Polizei abführen lassen. Hat man so was schon gesehen?«

»Und wo ist der Sparringspartner?«, fragte Ferrer an den Polizisten gewandt.

»Den haben wir schon zu Inspektor Salvà ins Büro gesetzt, um einen Bericht aufzunehmen. Der ist ganz vernünftig.« Mit diesen Worten schob er Planas weiter voran, der immer noch zeterte.

Sein Einfallsreichtum in puncto Schimpfwörter stand dem der *claveleras*, der Nelkenfrauen, in nichts nach. Wenn man sich von ihnen keine Nelke ungefragt anstecken lassen wollte, nur um nach einem Geldbetrag dafür gefragt zu werden, hielt man sich besser beide Ohren zu – nachdem man überprüft hatte, ob sich die Geldbörse noch in der Tasche befand, denn viele dieser Nelkenfrauen waren nichts anderes als organisierte Taschendiebinnen.

Ferrer seufzte und entschied, dass er und Salvà sich würden aufteilen müssen. Salvà sollte sich die beiden Kampfhähne vornehmen, er selbst würde zu dieser ominösen Klientin von Dr. Mayol fahren.

»Rafael, mach du das hier, ich bin weg«, rief er seinem Kollegen quer durch das Büro zu und merkte selbst, dass jeder ihm anhören konnte, wie froh er war, gleich wieder verschwinden zu können. »In zwei Stunden bin ich wieder zurück. Länger wird das Gespräch mit Verònica Martí sicher nicht dauern. Wenn sie überhaupt zu Hause ist.«

»Verònica Martí?« Catalina steckte den Kopf durch die geöffnete Tür, als hätte sie nur auf ein Stichwort für ihren Einsatz gewartet. »*Die* Verònica Martí?«

Ferrer wurde hellhörig, und auch Salvà kam neugierig näher. Hatten sie irgendetwas verpasst? Verònica Martí, ja und? Wer sollte das denn sein? Sie standen völlig auf der Leitung.

»Verònica Martí ist der richtige Name von Verònica Ballester.«

Ferrer und Salvà glotzten sie weiter begriffsstutzig an. Catalina war fassungslos.

»Sie schreibt Bücher! ›Die roten Mauern‹, ›Der stille Tanz des Meeres‹. Erfolgreiche Frauenliteratur. Meine Schwester verschlingt ihre Romane. Nie gehört?« Sie sah fragend von einem zum anderen. Als beide Männer schwiegen, schüttelte sie den Kopf. Ihr Pferdeschwanz schwang hin und her.

Ferrer schaute drein wie ein geprügelter Hund. »Sag mir bitte nicht, dass das so eine Schnulzentussi ist. Eine von denen, deren Ergüsse irgendwann als Telenovela über den Bildschirm flimmern.«

»Und die in ihrem Garten den Englischen Rosen beim Wachsen zusieht, während sie dabei Tee aus winzigen Porzellantässchen trinkt«, ergänzte Salvà.

»Quatsch, Mensch. Ihr habt wirklich überhaupt keine Ahnung. Und diese Vorurteile, die sind so machohaft und … aargh.« Catalina fehlten die Worte, was nicht oft vorkam.

»Ist ja schon gut. Ich werde ganz unvoreingenommen und ohne vorgefasste Meinung zu der Frau Schriftstellerin fahren.«

Sein ironischer Ton strafte Ferrer Lügen. Er sah Catalina an, dass sie sich über die Überheblichkeit ihres Vorgesetzten und das Grinsen Salvàs ärgerte.

Sie drehte sich um, verließ den Raum und schloss die Tür hinter sich. Deutlich lauter als gewöhnlich.

18

Der Spaziergang entlang der trockenen gelben Felder war die richtige Entscheidung gewesen. Er hatte ihr gutgetan. Das spürte sie, als sie an der Ermita de Sant Blai im Süden von Campos ankam.

Das einsame Gotteshaus war eine der ältesten Kirchen der Insel. Jeden 3. Februar pilgerten die Einwohner von Campos zu dem wuchtigen Gotikbauwerk, um den Heiligen zu verehren und Süßigkeiten segnen zu lassen.

Verònica war nicht ausgesprochen gläubig, doch auch sie pilgerte gern dorthin, wenn sie auf der Suche nach Abgeschiedenheit war.

Die Kirche war zwar meist verschlossen, doch sie kletterte einfach über die Steinmauer und suchte sich im Garten an der Rückseite einen Platz im Schatten einer Palme. Dabei kam es ihr gar nicht seltsam vor, dass der Garten früher ein Friedhof gewesen war. Im Gegenteil. Das Wissen darum verstärkte den friedvollen Eindruck für sie noch.

Sie setzte sich an die Kirchenmauer gelehnt auf den Boden und genoss für eine Weile die Stille. Die Stille um sie herum.

In ihrem Innern sah es ganz anders aus. Da führte sie Gespräche. Mit Mayol, mit Crespí, mit ihrer Mutter. Sie begleiteten sie, wohin sie auch ging. Strategien, Risiken, Fehler in der Vergangenheit, Pläne für die Zukunft. All das beschäftigte sie immerfort. Doch als sie eine ganze Weile nichts anderes mehr hörte als das Kreischen einiger Korallenmöwen, die sich ins Landesinnere verirrt hatten, begann sie, tief und gleichmäßig zu atmen. Sämtliche Muskeln, die nach einem Vormittag am Schreibtisch geschmerzt hatten, fühlten sich weich und entspannt an. Sie legte sich in das verdörrte Gras und nickte unter dem Schutz des heiligen Blasius ein.

Sie träumte.

Kinder sprangen durch das Gras und kreischten vor Vergnügen, wenn sie der Strahl des eiskalten Wassers aus dem Gartenschlauch traf. Sie ließen sich in der heißen Sommersonne trocknen, während klebriges Wassereis über ihr Kinn rann. Sie schliefen in einem kleinen Zelt, das unter den Kirschbäumen aufgebaut war. Sie kicherten und tuschelten im Schein der Taschenlampe, bis ihnen die Augen zufielen.

Doch plötzlich wurde es dunkel.

Und kalt.

Sie hörte die Erwachsenen streiten. Türen wurden zugeschlagen, ihre Mutter weinte. Überall standen Kartons mit ihren Sachen. Verpackt, verschnürt. Wie die Erinnerungen, die sie seitdem in sich trug wie einen kostbaren Schatz. Neben der Traurigkeit, die sich seither nie wieder ganz davonmachen wollte.

Als Verònica erwachte, brauchte sie einen Moment, um die Bilder abzuschütteln. Energisch sprang sie auf die Füße und machte sich mit grimmiger Entschlossenheit und einem bis zum Rand aufgefüllten Energiedepot auf den Weg nach Hause. Nach einem starken *cortado* wollte sie entscheiden, wie sie weiter vorgehen sollte. Denn so durfte es nicht weitergehen. Zu viel Zeit war bereits in der Vergangenheit verschwendet worden. Sie würde nicht noch mehr vergeuden.

Sie marschierte ohne anzuhalten eine Dreiviertelstunde zurück. Schon von Weitem sah sie den Wagen der Policía Nacional vor dem Farmhaus stehen. Er parkte neben dem ausgedienten Ziehbrunnen, aus dem in der Vergangenheit eiskaltes, klares Wasser aus der Tiefe geschöpft worden war. Heute war er nur noch Fotomotiv für vorbeiziehende Wanderer. Ein Mann ließ gerade den Arm sinken, nachdem er unwirsch mit der Faust an ihre Tür gehämmert hatte.

Selbst auf die Entfernung konnte sie hören, wie das alte Holz unter seiner Faust in den Angeln erzitterte. Offensichtlich war es nicht sein erster Versuch gewesen. Ungeduldig klopfte er mit der Schuhspitze auf den Boden. Er war groß und breitschultrig und trug eine abgewetzte hellbraune Wildlederjacke.

Verònica fragte sich, ob er nicht furchtbar schwitzen musste in diesem warmen Kleidungsstück.

Er hatte sie noch nicht bemerkt und drehte sich erst um, als sie ihn ansprach. Dunkle Augen in einem unrasierten Gesicht starrten sie an, als würden sie ein Gespenst sehen.

19

Ferrer wünschte, Salvà hätte ihn begleitet. Oder doch besser nicht. Sonst hätte er mitbekommen, wie verdattert er aus der Wäsche guckte. Und er hätte es Catalina erzählt, und die hätte ihn mit den entsprechenden Kommentaren bedacht.

Die Frau, die vor ihm stand, hatte nichts mit dem gemein, was Ferrer sich vorgestellt hatte. Kein Streublumenkleid. Kein Rosa. Kein Strohhut. Die ganz und gar unprätentiöse Frau trug eine verwaschene Jeans und ein simples weißes T-Shirt. Die Füße steckten in offenen Sandalen und waren staubbedeckt.

Wenn es sich denn um die Schriftstellerin handelte, zu der er wollte.

»Wollen Sie zu mir?«

»Verònica Martí?«

Sie nickte.

Ferrer griff in seine Jackentasche und holte einen Ausweis hervor, den er ihr hinhielt.

»Sie sind ein Kommissar?«, fragte sie überrascht.

»Chefinspektor. Chefinspektor Gabriel Ferrer. Ich würde Sie gern einen Augenblick sprechen.«

»Sicher. Akzeptieren Sie einen Kaffee als Wegezoll?«

Ferrer zog die Augenbrauen zusammen und versuchte zu verstehen, wovon Verònica sprach.

»Wenn Sie mich vorbeilassen, kann ich aufschließen und uns reinlassen«, sagte sie amüsiert.

Da bemerkte er, dass er immer noch wie ein Schrank die Tür versperrte, als ob er niemanden passieren lassen wollte. Er trat beiseite.

Verònica ging vor ihm her in den Korridor. Ferrer beobachtete, wie ihr Blick in den Spiegel neben der Eingangstür fiel und sie zu lachen anfing. Sie begriff, weshalb er sie so angestarrt hatte. In ihren kastanienfarbenen Locken hatten sich etliche trockene Grashalme verfangen.

»Du lieber Himmel, ich sehe ja aus wie ein Waldgeist. Ein

kleines Andenken an meine Siesta im Kirchenschatten«, erklärte Verònica, beugte sich vor und schüttelte ihr Haar, bis die Halme herausrieselten.

Als sie sich wieder aufrichtete, musste Ferrer sich zusammenreißen, um sie nicht nach wie vor in einer Weise anzuschauen, die nicht von Professionalität zeugte. Sie hatte diese Augen, dieses Meergrün, mit einer schwarz umrandeten Iris, wie er sie noch nie zuvor bei jemandem gesehen hatte. Ihm gingen Dinge durch den Kopf, die man Menschen mit dieser Augenfarbe nachsagte, und all das brachte ihn aus dem Konzept.

Er stand unschlüssig im Korridor und fühlte sich unwohl, bis Verònica ihn bat, auf der Terrasse Platz zu nehmen, während sie in der Küche verschwand, um den versprochenen Kaffee zu machen.

Fünf Minuten später, als sie endlich mit ihrem dampfenden Getränk draußen unter der Schatten spendenden Pergola saßen, war es Verònica, die das Gespräch eröffnete.

»Sagen Sie mir bitte ohne Umschweife, was passiert ist. Besuch von einem Chefinspektor der Kriminalpolizei zu bekommen gehört bei mir nicht gerade zur Tagesordnung.«

»Ich bin der Leiter einer Sonderkommission. Wir ermitteln in einem Mordfall.« Ferrer machte eine Pause und sah ihr forschend ins Gesicht. Konnte er irgendeine Reaktion ausmachen? »Bei dem Opfer handelt es sich um Bernat Crespí, dem Sie über Ihren Anwalt Dr. Antoni Mayol ein Kaufangebot für sein Haus unterbreitet haben. Ist das so weit richtig?«

Verònica starrte ihn an.

Ferrer wartete.

Auf einmal schlug sie sich die Hand vor den Mund. Nicht, wie Ferrer dachte, vor Entsetzen. Sie versuchte, ein Glucksen zu unterdrücken. Als Nächstes entwich ihr ein kurzes hysterisches Auflachen.

Ferrer war kurz davor, alle Höflichkeit und Beherrschung zu verlieren. »Senyora Martí, haben Sie verstanden, was ich Ihnen eben mitgeteilt habe? Bernat Crespí wurde gestern Nacht tot in seiner Küche aufgefunden. Er ist das Opfer eines Verbrechens geworden, Sie waren eine der letzten Personen, die zu ihm Kontakt hatten, wenn auch nur über Dritte. Wo versteckt sich da der Witz?«

Das brachte das Fass zum Überlaufen. Sie lachte los, konnte sich nicht mehr kontrollieren. »In seiner Küche! In welcher der drei?«, prustete sie.

Ferrer ballte seine Fäuste und wurde puterrot im Gesicht. Das machte es anscheinend nur schlimmer.

Verònica konnte nicht aufhören. Sie stand auf, ließ Ferrer einfach sitzen und ging ins Haus. Kurz darauf hörte er, wie sie einen Wasserhahn aufdrehte und sich ganz offensichtlich Wasser ins Gesicht klatschte.

Hoffentlich kalt genug, dachte Ferrer.

Nach einer Weile kam sie zurück. Ihr Gesicht war gerötet, doch sie hatte sich beruhigt. Sie bemühte sich, seinem strafenden Blick auszuweichen, wohl aus Angst, es könne wieder von vorn beginnen. Endlich beantwortete sie seine Frage. »Ja, das ist richtig. Das mit dem Kaufangebot.«

»In welcher Beziehung haben Sie zu Crespí gestanden? Und was hat Sie veranlasst, sein Haus kaufen zu wollen? Es stand, soweit ich weiß, nicht zum Verkauf. Auch ist es kein spektakuläres Bauwerk, das einem einfach so bei einem Spaziergang auffällt und den Wunsch aufkommen lässt, es besitzen zu wollen. Was also ist der Grund dafür gewesen? Wie sind Sie auf diese Idee gekommen?«

»Lassen Sie mich der Reihe nach antworten. Senyor Crespí ist … war mein Stiefbruder. Sein Vater war in zweiter Ehe mit meiner Mutter verheiratet. In dem Haus bin ich aufgewachsen. Nach dem Tod meines Stiefvaters ist es auf fragwürdige Weise in den Besitz meines Stiefbruders gelangt, und ich will es wiederhaben.«

Mit einer solchen Auskunft hatte Ferrer nicht gerechnet. Er fuhr sich mit den Fingerspitzen über die Bartstoppeln an seinem Kinn. »Senyora Martí, mir ist bekannt, dass Crespí Ihr Angebot abgelehnt hat. Sind Sie sich darüber im Klaren, dass das ein Motiv liefert?«

»Das kann sein. Die Frage ist, was ich davon hätte, ihn umzubringen, solange es noch eine Ehefrau und eine Tochter gibt. Das Haus fällt nach der gesetzlichen Erbreihenfolge an die beiden, nicht wahr?«

War das Unverfrorenheit oder die nüchterne Feststellung einer Tatsache?, fragte sich Ferrer. »Ich muss Sie fragen, wo Sie in der Nacht von Montag auf Dienstag in der Zeit von –«

Verònica ließ ihn gar nicht erst ausreden und winkte mit einer Handbewegung ab. »Die Zeit spielt keine Rolle. Ich war hier, die ganze Nacht. Zeugen gibt es dafür nicht.«

Ferrer hob die Augenbrauen. Unter diesen Umständen sah es noch schlechter für sie aus.

»Klären Sie mich gar nicht über meine Rechte auf und fordern mich auf, Sie in das Kommissariat zu begleiten?«

Offensichtlich hielt sie das Ganze für ein Spiel. Ferrer lehnte sich zurück und sah sie nachdenklich an. Er entschied, anders vorzugehen. »Erzählen Sie mir mehr über die Hintergründe dieser Hausgeschichte.«

»Oje, wie viel Zeit haben Sie?«

»So viel, wie nötig ist, um Erkenntnisse über den Sachverhalt zu gewinnen.«

»Ich mache Ihnen einen Vorschlag. Ich war fast den ganzen Tag unterwegs und sterbe vor Hunger. Darf ich Sie einladen, mit mir zu essen? Oder ist *Tumbet* im Dienst genauso verboten wie Alkohol im Dienst?«

»Ihre Einladung in allen Ehren, ziehe ich es jedoch vor, erst einmal bei der Sache zu bleiben.«

»Da sieht man es mal wieder«, konterte Verònica. »Männer sind einfach nicht multitaskingfähig. Frauen können kochen und bei der Sache bleiben. Kommen Sie mit in die Küche.«

20

Ferrer machte seinen knurrenden Magen und den verlockenden Duft aus der Küche dafür verantwortlich, dass er nicht entschiedener auftrat, sondern sich geschlagen gab. Er nahm auf einem Barhocker Platz und beobachtete Verònica und ihre schnellen und geübten Handgriffe. Offensichtlich war sie eine erfahrene Köchin.

Während sie sich auf die Zubereitung konzentrierte, ließ Ferrer seinen Blick in der Küche umherschweifen. Er scannte schnell und gründlich das Interieur. Über dem Herd baumelten an einem Regal Kupferpfannen und -töpfe, die die Farbe von Verònicas Haar flammend widerspiegelten. Daneben hing eine Paellapfanne von mindestens einem halben Meter Durchmesser. Aus bunt bemalten Keramikkrügen ragten Kochlöffel, Schöpfkellen, Pfannenwender, Quirle, Backpinsel und sogar ein Eisportionierer. Dazwischen wuchsen aus handmodellierten Tonschalen und Vasen Salbei, Thymian und Estragon. Im Regal hinter dem Esstisch stapelten sich Tapasteller, deren Unebenheiten von authentischem Charakter zeugten, direkt neben gleich drei *greixoneras* in verschiedenen Größen. Diese traditionellen feuerfesten Formen mit Deckel kannte Ferrer aus seiner Kindheit. Bei seiner Mutter wurden die braunen Schüsseln mit den zubereiteten Gerichten auf den Tisch gestellt, und jeder bediente sich daraus.

Das Fehlen von Chrom und Edelstahl und die sichtbaren Spuren vieler Stunden, in denen hier schon gekocht, gebrutzelt und gebacken worden war, entspannten Ferrer. Eine lang vermisste und gefährliche Küchenwohligkeit machte sich in ihm breit. Er versuchte, sich seine Exfrau in dieser Küche vorzustellen. Es gelang ihm nicht.

Und was sagte ihm das alles über die Besitzerin dieser Utensilien? Wie war es um ihren authentischen Charakter bestellt? Er konnte es nicht einschätzen. Er wusste nur, dass Verònica oft den Töpfermarkt in Marratxí aufsuchte – und das verschaffte ihr einen kleinen Sympathiepunkt. Seine Exfrau wäre nie …

Als Verònica alles Gemüse für das *Tumbet* vorbereitet hatte, verfeinerte sie es noch mit etwas frischem Oregano und einer Prise Salz und schob es in den Ofen. In weniger als dreißig Minuten würden sie essen können.

Ferrer räusperte sich. »Wie war das mit dem Multitasking?«

Verònica sah auf und begann endlich zu erzählen. »Das Haus in Cala Santanyí hat meinem Stiefvater gehört. Erst bestand es aus zwei, später aus drei Wohneinheiten. Wovon eine allerdings mehr oder weniger leer stand.«

»Das müssen Sie mir erklären.«

»Mein Stiefvater bewohnte mit seiner ersten Frau das gesamte riesige Untergeschoss. Als sie schwanger wurde, ließen sie auf einen Teil des Hauses ein Obergeschoss aufsetzen, damit das Kind später eine eigene abgeschlossene Wohnung haben würde.«

»Das Kind war Crespí?«

»Richtig.«

»Sie hatten also kein gemeinsames Elternteil.«

»Nein. Crespís Mutter ist bei seiner Geburt gestorben. Und damit begann auch schon das ganze Drama. Mein Stiefvater hat Crespí zeit seines Lebens spüren lassen, dass er für ihn die Schuld am Tod seiner Frau trug. Ich möchte nicht von Hass sprechen, aber es hat vom ersten Tag an kein Vater-Kind-Verhältnis bestanden. Crespí konnte uns das gar nicht oft genug unter die Nase reiben. Und als sein Vater meine Mutter kennenlernte, wurde alles noch schlimmer. Sie war zu dem Zeitpunkt nur halb so alt wie mein Stiefvater und nur drei Jahre älter als Crespí. Ich war zwei.«

»Was war mit Ihrem richtigen Vater passiert?«

Verònica zuckte beiläufig mit den Schultern. »Keine Ahnung. Ich habe ihn nie kennengelernt. Ich war ein Unfall. Jedoch hat meine Mutter mich das nie spüren lassen. Für sie spielte es keine Rolle. Als wir in das Haus in Cala Santanyí gezogen sind, wollte mein Stiefvater meiner Mutter nicht zumuten, in den ehemaligen Räumen seiner ersten Frau zu wohnen. Daher hat er vom

Untergeschoss einen Teil abgeteilt und komplett für uns und sich umgebaut. Der andere Teil blieb leer.«

»Ein Museum für die Tote?«

»Nein, gar nicht. Die Räume wurden unterschiedlich genutzt. Mal als Abstellräume, mal als Gästezimmer. Ich glaube, Crespí hätte es gern gesehen, wenn die Räume seiner Mutter, die er nie kennengelernt hatte, in Ehren gehalten worden wären.«

»War er eifersüchtig?«

»Immer. Er hat uns gehasst.«

Verònica öffnete die Ofenklappe und kontrollierte das Gemüsegericht, das vor sich hin schmorte. Es war fast fertig.

Ferrer lief das Wasser im Mund zusammen. Er musste sich beherrschen, um nicht schnuppernd die Nase zu kräuseln.

»Crespí hat relativ schnell nach unserem Einzug selbst geheiratet, und 1983 kam seine Tochter zur Welt. Er hatte wohl gehofft, dass ein blutsverwandtes Enkelkind – nicht angeheiratet wie ich – seinen Vater versöhnlich stimmen würde.«

»Und?«

»Es war nicht der Fall. Und mehr noch, auch Crespís Tochter hat darunter gelitten. Mein Stiefvater konnte ihr keine Liebe entgegenbringen. Das war für ein Kind schwer begreiflich.«

Inzwischen hatte Verònica das Gericht aus dem Ofen gezogen und auf zwei Teller aufgeteilt. Sie balancierte alles auf einem Tablett auf die Terrasse. Ferrer folgte ihr.

»Als mein Stiefvater starb, stellte sich heraus, dass das Testament unglücklicherweise sehr vage formuliert war. Hälfte, Hälfte. Schön und gut. Doch wie genau sollte das Gebäude aufgeteilt werden? Mit einem Längsschnitt oder einem Querschnitt? Oder indem Quadratmeter für Quadratmeter auseinandergerechnet wurden? Das gesamte Haus bestand inzwischen ja aus drei Teilen.«

»Mich wundert, dass Crespí bei der Vorgeschichte überhaupt noch im Testament bedacht wurde.«

Verònica öffnete eine Flasche 2013er Nounat und schenkte beiden ein Glas ein. Ferrer wollte protestieren, doch sie kam ihm zuvor und schob ihm das Glas über den Tisch.

»Manche Menschen müssen zu ihrem Glück gezwungen werden«, sagte sie und hob das Glas. *»Salud, amor y dinero.«*

Ferrer wusste nicht, ob sie ihn auf den Arm nahm. Ohne etwas zu erwidern, hob er ebenfalls sein Glas. Dann führte er die erste Gabel zum Mund. Einen Moment später behauptete sich ein winzig kleines Zucken um seinen Mundwinkel, das der Vorbote zu einem Lächeln war. Verònica bemerkte es, und er ließ ihr diesen kleinen Triumph. Dennoch kam er zum Thema zurück. »Wie ging es weiter?«

»Crespí hat tatsächlich einfach einen Querschnitt gemacht. Von Ost nach West oder umgekehrt, ganz wie Sie wollen. Das bedeutete aber, dass alle vorhandenen Küchen auf seine Seite fielen. Und auf die hat er Anspruch erhoben, per Anwalt.«

»Daher Ihre Frage vorhin, um welche der Küchen es sich handelte.«

Verònica stellte ihr Glas hart auf dem Tisch ab. »Genau. Damals hieß das, er hätte auf insgesamt drei Küchen gesessen, für jedes Familienmitglied eine. Welch ein Luxus. Und meine Mutter und ich hätten uns an einer offenen Feuerstelle im Garten etwas kochen sollen? Das ist doch absurd.«

Ferrer hielt inne und sah sie prüfend an. »Es macht Sie heute noch wütend, richtig?«

»Ja, das tut es.«

»Mir ist aufgefallen, dass Sie immer nur von Bernat Crespí sprechen. Sie nennen ihn nie Ihren Stiefbruder.«

»Ich kann das nicht. Weder vor noch nach dem Tod meines Stiefvaters war Crespí auch nur annähernd so etwas wie ein Bruder für mich. Da war der Altersunterschied und eben auch alles andere. Ich will die Distanz, und so kann ich ihn nur Bernat Crespí nennen.«

»Verstehe.«

»Wirklich?«

»Ich versuche es. Fahren Sie fort.«

»Meine Mutter hat damals ihr gesamtes Erspartes geplündert, um den Anwalt bezahlen zu können. Und Crespí hat das Verfahren mittels immer neuer, noch absurderer Forderungen in die Länge gezogen, denn er wusste, dass meiner Mutter über kurz oder lang die finanziellen Mittel ausgehen würden. Bis auf das Haus gab es nicht viel. Es war nicht so, dass mein Stiefvater ihr noch eine große Summe Geld vermacht hätte. Crespí jedoch hatte jede Menge Kontakte durch seine geschäftlichen Netzwerke. Ich denke nicht, dass er außer einem üppigen Abendessen etwas springen lassen musste.« Sie nahm einen großen Schluck Wein. Augenscheinlich hatte sie große Mühe, ruhig zu bleiben. »Er hatte Erfolg mit seiner Zermürbungstaktik. Meine Mutter stimmte zu, sich ihren Anteil auszahlen zu lassen.«

»Und damit war der Fall erledigt? Das ergibt für mich nicht gerade einen ausreichenden Grund für diesen Groll, den Sie heute, zwei Jahrzehnte später, immer noch empfinden. Es ist beinahe Hass, den ich in Ihren Augen sehe.«

»Ach, Sie sehen etwas in meinen Augen? Wie interessant.«

Verònica versuchte, sich in Ironie zu retten. Es ärgerte Ferrer. Er wollte nicht wieder über ihre Augen nachdenken. Er musste vorsichtiger sein.

»Nein, natürlich hatte sich die Sache damit noch nicht erledigt. Crespí war gierig. Er gab sich noch nicht zufrieden. Beide Seiten beauftragten Gutachter, die Haus und Grundstück schätzen sollten, damit sie sich auf eine Summe für die Auszahlung einigen konnten. Es war keine Überraschung, dass der geschätzte Wert des Gutachters von Crespí weit unter dem des Gutachters meiner Mutter lag.«

»Er wollte den Preis drücken, klar.«

Inzwischen hatten sie die Teller geleert. Ferrer lehnte sich zufrieden wie ein gesättigter Kater im Korbstuhl zurück und streckte die Beine lang aus. Verònica räumte das Geschirr zusammen, trug es in die Küche und kam mit zwei Gläsern *túnel* zurück, einem Kräuterdigestif, an dem Ferrer besonders die Kombination aus Rosmarin und Orange liebte.

»Nur ein paar Tage nachdem beide Gutachter ihre Bewertung abgegeben hatten, korrigierte der Gutachter meiner Mutter plötzlich sein Ergebnis nach unten«, fuhr Verònica fort.

»Das ist interessant.«

»Ja, nicht wahr? Angeblich hatte er sich bei den zugrunde liegenden Maßen für die Dachflächenberechnung vertan. Auch waren fälschlicherweise die Treppen mit eingerechnet worden und so weiter. Eine mehr als schwache Erklärung. Doch was hätte meine Mutter tun sollen? Es war offensichtlich, dass etwas nicht mit rechten Dingen zuging. Anwaltskosten und auch noch die Summe, die an das Architektenbüro für die Feststellung des Verkehrswertes zu zahlen war, hatten jedoch alle Möglichkeiten erschöpft. Der ganze Zirkus hatte bereits ein Jahr gedauert. Mal ganz abgesehen von der Tatsache, dass es ihre Nerven aufrieb und sie an ihre körperlichen Grenzen stieß.« Eine Mischung aus Traurigkeit und unterdrücktem Zorn verdüsterte Verònicas Miene.

»Sie gab auf«, äußerte Ferrer seine Vermutung.

»Ja. Gezwungenermaßen.«

»Was bewegt Sie so viele Jahre später, das Haus kaufen zu wollen?«

»Ich wollte es schon immer kaufen. Im Gegensatz zu Crespís Tochter habe ich dort eine glückliche Kindheit verlebt. Nur hatte ich nie die Mittel. Seit zehn Jahren schreibe ich Bücher. Das macht mich nicht reich, aber es hätte gereicht, um meinen ursprünglichen Job an den Nagel hängen und davon bescheiden leben zu können – und glauben Sie mir, das hätte ich liebend gern getan. Stattdessen habe ich die Zähne zusammengebissen, weiter in meiner alten Position gearbeitet und jeden Cent meiner Autorenhonorare beiseitegeschafft, bis ich endlich in der Lage war, mit Unterstützung der Bank ein adäquates Angebot zu machen.«

»Und das wurde abgelehnt. Jahre der Hoffnung dahin. Einfach so.«

»Ich war sehr wütend im ersten Moment, enttäuscht und verzweifelt im zweiten und jetzt … Jetzt ist es wohl Zeit, loszulassen und andere Wege einzuschlagen.«

Ferrer dachte an die Dokumente, von denen Mayol erzählt hatte. Wie genau mochten Verònicas neue Wege aussehen? Er stand auf und ging ohne Erklärung ins Haus. Verònica protestierte nicht.

Sein Blick wanderte durch das Wohnzimmer und blieb an dem Schreibtisch hängen. An die Wand darüber war der

Grundriss des Hauses gepinnt. Ferrer trat näher heran und betrachtete ihn einen Moment genauer. Auch sah er die auf dem Tisch vor sich aufgestapelten Papiere. Alles, was bereits Mayol ein ungutes Gefühl beschert hatte.

Er drehte sich zu Verònica um, die in der geöffneten Tür stand. »Senyora Martí, können Sie mir erklären, was diese Unterlagen zu bedeuten haben?«

»Ungern.«

»Wie bitte?«

»Wenn ich muss, erkläre ich es Ihnen. Wenn auch ungern. Das ist Privatsache.«

Entweder war sie die aufrichtigste Person oder die kaltschnäuzigste, mit der er es je zu tun gehabt hatte.

»Diese Unterlagen sind Recherchematerial. Ich kann das Haus nicht kaufen? Bitte schön. Ich kann es mir auf ganz andere Art wiederholen. In einem Buch. Da habe ich alle Freiheiten, das zu tun, was ich gern tun möchte.«

»Schließt das auch einen Mord an Ihrem Stiefbruder ein?«

»Ja.«

Schweigen. Diese Frau war unglaublich.

»Und eines verspreche ich Ihnen: Wenn das Buch verlegt und obendrein ein Erfolg wird, kann ich sogar noch höher pokern – und irgendwann mache ich den Crespís ein Angebot, das sie nicht ablehnen können.«

Bei ihren letzten Worten senkte Verònica verschwörerisch die Stimme, doch Ferrer fand die Anspielung auf die Familie Corleone gerade ganz und gar nicht komisch. Für ihn war Verònicas Erklärung dermaßen an den Haaren herbeigezogen, dass er sich beleidigt fühlte. Nahm sie tatsächlich an, er würde das Märchen von der Buchrecherche glauben?

»Wieso haben Sie mich eigentlich bisher nicht gefragt, wie es passiert ist?«, fragte er.

»Keine Ahnung. Kein Interesse?«

»Oder Sie wussten es bereits?«

»Sie glauben also wirklich, dass ich eine Täterin abgebe?«

»Oder vielleicht Ihre Mutter?«

»Meine Mutter ist vor zehn Jahren verstorben. Der Krebs

brach aus, nachdem sie nach einem Jahr Streit vor Gericht die Auszahlung akzeptiert hatte und wir ausgezogen waren, um uns in unserem neuen Zuhause einzurichten.«

»Sie geben Crespí die Schuld?«

»Vielleicht.«

Ferrer hatte endlich genug gehört. Mit einem knappen Kopfschütteln bedeutete er Verònica, die ihn in diesem Moment wieder auf die Terrasse lotsen wollte, dass er aufbrechen müsse. Er drehte sich um und ging zur Haustür. »Ich werde mich bei Ihnen melden, wenn ich noch weitere Fragen habe. Und danke für …« Er legte sich die Hand auf den Bauch.

Verònica winkte lässig ab.

Ferrer drehte sich noch einmal zu ihr um. »Ist das Ihr Ernst, das mit dem Buch?«

»Mein voller Ernst. Aktive Vergangenheitsbewältigung. Was bleibt mir anderes übrig?« Verònica versuchte, seinem Blick standzuhalten, als sich ihre Augen unerwartet mit Tränen füllten und sie sich abwandte.

Ferrer hätte sich für seine Frage ohrfeigen können. Auf halbem Weg zu seinem Auto blieb er erneut stehen. »Ich werde in den nächsten Tagen sicherlich für die Aufnahme von ein paar Daten vorbeischauen«, rief er ihr zu.

Sie nickte. »Bringen Sie Zeit mit. Mögen Sie Indisch?«

»Indisch?«, wiederholte Ferrer dümmlich.

»Jeder Mensch sollte ab und zu etwas wagen, Herr Chefinspektor. Sei es auch nur in der Küche.«

Da musste Ferrer doch lächeln, ob er wollte oder nicht.

21

Durch die Glasscheibe des Vernehmungszimmers sah Salvà, dass Ferrer zurück war. Er verließ den kargen, fensterlosen Raum, in dem er den ganzen Abend abwechselnd Planas und Garau verhört hatte, um zu ihm zu gehen. Auch Catalina erschien wie von Zauberhand auf der Bildfläche.

Auf Salvà wirkte Ferrer erschöpft und abwesend. Seine dunklen Augen lagen noch tiefer in den Höhlen als sonst. Salvà meinte, eine Alkoholfahne wahrzunehmen. Er war besorgt. »Gabriel, alles in Ordnung?«

Ferrer nickte nur.

Da platzte es aus Catalina heraus. »Und? Wie war es? Ich meine, wie ist sie so?«

Ferrer verzog das Gesicht, ohne eine Antwort zu geben.

Salvà konnte Catalina die Enttäuschung ansehen.

»So schlimm? Wirklich nur so eine Schnulzentante? Schade, wenn ich etwas über sie gelesen habe, hatte ich immer den Eindruck, dass sie nicht so eine Kitschanhängerin ist, die in rosa Plüschsofas in ihrem Haus sitzt, zwischendurch mal ihre Rosen im Garten schneidet und wallende Gewänder mit Streublumenmuster trägt. Sie ist ja auch noch gar nicht so alt. Also unterscheidet sie sich wohl doch nicht –«

Ferrer riss der Geduldsfaden. »Verdammt, Cati. Hör auf zu schnattern, das hält ja keiner aus. Muss ich dich daran erinnern, dass wir bei der Polizei arbeiten und nicht in einer Redaktion der Boulevardpresse?«

Er herrschte Catalina in einer Weise an, die Salvà bei ihm so noch nie erlebt hatte. Catalina wich einen Schritt zurück.

»Und bevor du mich auch noch fragst«, sagte Ferrer an Salvà gewandt, »sie ist keine Schnulzentante, und ich gebe es zu, ich habe mich geirrt. Sie ist irgendwie … Ach, ich weiß auch nicht.« Er stapfte in sein Büro und ließ Catalina und Salvà sprachlos zurück.

So von der Rolle kannten sie ihn nicht. Catalina grinste breit.

Dean Martins »Everybody loves somebody« vor sich hin pfeifend, tänzelte sie zurück in ihr Büro.

Salvà folgte Ferrer. Er fand ihn an seinem Schreibtisch. Den Kopf auf die Hände gestützt, starrte er auf die blanke Arbeitsfläche. Ferrer war nicht der Typ, der Berge von Büromaterial auf seinem Tisch anhäufte. Sein Arbeitsplatz sah meist aus, als wäre er unbenutzt. Die wenigen Utensilien, die er brauchte, waren in eine Schublade verstaut, wie auch seine Dienstmarke und seine Waffe. Nur ein glatt poliertes Stück Olivenholz, das genau in seine Hand passte, lag immer dort. Er hatte es von seinem Vater bekommen, wusste Salvà. Knorrig und genügsam wie ein Olivenbaum, so hatte er ihn in Erinnerung. Ferrer hatte einiges von ihm geerbt. Nicht nur ihm hätte es gefallen, beim Blick aus dem Fenster auf Olivenbäume schauen zu können, doch sie waren im Kommissariat umzingelt von Hotels. Alles, was er sah, war Beton. Mehrgeschossig.

»Wie ist es denn nun gelaufen?«, fragte Salvà ruhig.

»Schwierig einzuschätzen. Verònica Martí hat definitiv ein Motiv, stärker als der Rest der Familie, soweit ich das bisher beurteilen kann. Und sie hat kein Alibi für die fragliche Zeit. Wusstest du, dass sie die Stiefschwester des Opfers ist?«

»Nein, das ist eine Überraschung.«

Ferrer berichtete, was er von Verònica Martí erfahren hatte. Salvà hörte ihm aufmerksam zu, runzelte ab und zu die Stirn und schrieb ein paar kurze Notizen auf einen Block. Als Ferrer fertig war, lehnte er sich zurück und verschränkte die Arme hinter dem Kopf.

»Wie ist deine Einschätzung? Ist sie glaubwürdig?«, fragte er.

»Ich weiß es nicht. Die Geschichte mit dem Buch, das sie schreiben will, ist einerseits abwegig, andererseits schreibt sie nun mal Bücher, also warum nicht auch darüber? Oder sie hat mich komplett verarscht und hatte spontan diesen schrägen Einfall, den sie als Ausrede verwendet.«

»Aber hast du nicht irgendein Gefühl?«

»Rafael, ich weiß nicht, was ich davon halten soll, ehrlich. Sie hat mir Informationen gegeben, die sie ganz klar zu einer

Verdächtigen machen. Entweder ist sie so offen, weil sie tatsächlich ein reines Gewissen hat, oder es ist eine wohlüberlegte Taktik. Ich kann es dir nicht sagen.«

»Gut, also berichte ich dir kurz, wie weit ich mit unseren beiden Kampfhähnen gekommen bin, danach gehen wir noch etwas essen. Es war ein langer Tag. Einverstanden?«

»Ich habe schon gegessen, und ich möchte gern auch noch selbst ein Wörtchen mit den beiden reden.«

»Du hast gegessen? Wann denn?«

»Mit … Herrgott, bei Verònica Martí.« Ferrer sah Salvà warnend an.

Der verkniff sich jede Nachfrage und dachte sich seinen Teil. Er arbeitete seit drei Jahren mit Gabriel Ferrer zusammen, hatte dessen schmutzige Scheidung vor zwei Jahren miterlebt und würde seine Hand für ihn ins Feuer legen. Ferrer ließ sich nicht von Tatverdächtigen, Zeugen oder sonstigen Personen, die in Verbindung mit ihren Ermittlungen standen, einwickeln, beeinflussen oder sonst irgendwie von seiner klaren, analysierenden Beobachterperspektive abbringen. Es hatte sicher einen anderen, ganz einfachen Grund, dass er heute Abend so verunsichert auf ihn wirkte.

Er klopfte Ferrer auf die Schulter. »Komm mit und mach dir selbst ein Bild von den beiden.«

22

Planas hing in seinem Stuhl wie ein trotziger Teenager, der eine Standpauke vom Klassenlehrer erhalten hatte. Die Beine, die in Jeans mit vermeintlich modischen Löchern auf den Knien steckten, hatte er lang ausgestreckt. Seine Arme, bedeckt mit jämmerlich schlecht gemachten Tattoos, deren Konturen unscharf und verlaufen waren, hatte er vor dem Körper verschränkt.

Für Ferrers Geschmack war diese demonstrative Abwehrhaltung unangemessen für einen erwachsenen Mann. Er fragte sich, wie dieser Typ es geschafft hatte, in die Familie Crespí einzuheiraten. Er passte so überhaupt nicht dazu.

»Ich hab doch schon alles hundertmal Ihrem Kollegen erzählt«, nörgelte Planas.

»Einmal mehr oder weniger macht also keinen großen Unterschied. Warum haben Sie Garau angegriffen?«

»Weil er meine Frau angetatscht hat.«

»Sah es denn aus, als ob das gegen den Willen Ihrer Frau geschah?«

»Was wollen Sie damit sagen?«, fragte Planas mit erhobener Stimme. Seine Augen sprühten Zornesfunken.

»Ihre Handgreiflichkeit könnte ich gerade noch nachvollziehen, wenn Sie Ihre Frau hätten beschützen wollen. Soweit uns bekannt ist, hat sie sich von Senyor Garau jedoch nicht bedroht gefühlt.«

»Niemand fasst meine Frau an – und schon gar nicht vor meinen Augen.«

»Haben Sie immer so eine kurze Lunte? Rutscht Ihnen schnell mal die Hand aus? Kann es passieren, dass Sie einfach mal zuschlagen, wenn Ihnen etwas nicht in den Kram passt? Mit Gegenständen womöglich?«

Ferrers Provokation wirkte. Planas sprang auf, doch im Nullkommanichts war der uniformierte Beamte bei ihm und drückte ihn wieder auf seinen Stuhl.

»Ich sage nichts mehr. Sie wollen mir etwas anhängen, und das lasse ich mit mir nicht machen. Ich will einen Anwalt.«

»Ich werde mich darum kümmern. Solange werden Sie unser Gast bleiben.«

Ganz anders verlief das Gespräch mit Garau. Er war ein grobknochiger Mann, der seinen massigen Körper auf der vorderen Stuhlkante balancierte. Immer wieder beugte er sich beim Sprechen vor, als wollte er die Distanz verringern und so Vertrautheit erzeugen. Er zeigte sich kooperativ und auskunftsfreudig. Ferrer konnte nicht sagen, wer ihn mehr anwiderte. Der bockige Planas oder der aalglatte Garau.

»Senyor Chefinspektor, ich wiederhole gern noch einmal meine Aussage. Ich habe mit Iñes über die Hecke hinweg gesprochen, und da sie sehr mit den Nerven runter zu sein schien, habe ich ihr tröstend die Hand auf den Arm gelegt. Und plötzlich taucht Planas auf und rast wie ein Verrückter auf uns zu. Ohne Vorwarnung hat er mich am Kragen gepackt und auf mich eingedroschen. Der Mann ist eine Gefahr für die Allgemeinheit. Ich mache mir große Sorgen um Iñes. Das haben meine Mutter und ich schon gesagt, als wir den Streit zwischen ihm und seinem Schwiegervater beobachtet haben.«

»Welchen Streit?«

»An dem Tag bevor … Sie wissen schon, da hat er mit Bernat Crespí eine lautstarke Auseinandersetzung auf der Auffahrt gehabt. Jeder konnte mithören.«

»Und worum ging es dabei?«

Garau schilderte Ferrer das Geschehnis so, wie seine Mutter es ihm berichtet hatte, denn er hatte ja nicht selbst am Fenster gestanden.

»Ist so etwas öfter vorgekommen?«

Garau verzog abschätzig das Gesicht. »Regelmäßig.«

»Senyor Garau, wir danken Ihnen. Wenn Sie das Vernehmungsprotokoll unterschrieben haben, können Sie von uns aus nach Hause gehen.« Ferrer betrachtete Garaus zerkratzte Arme sowie die aufgeplatzte, angeschwollene Oberlippe. Er musste auch einen Hieb auf das linke Auge bekommen haben, was die aufziehende violette Färbung vermuten ließ. »Fotos von Ihren

Verletzungen wurden gemacht, nehme ich an. Brauchen Sie ärztliche Versorgung?«

»Danke, Senyor Chefinspektor, mir geht es sehr gut.«

Ferrer traf Salvà vor dem Vernehmungszimmer. Gemeinsam gingen sie Richtung Ausgang, während Ferrer von den Aussagen Garaus berichtete. Beide kamen zu dem Schluss, dass es ihm ganz offensichtlich eine große Genugtuung gewesen war, seinen Nachbarn anzuschwärzen. Warum? Hatten die Männer noch eine alte Rechnung offen? Sie nahmen sich vor, Iñes Crespí dazu zu befragen. Morgen. Erst einmal war für sie der Arbeitstag beendet, und sie wünschten sich gegenseitig einen Guten Abend.

»Hast du noch etwas vor?«, fragte Salvà beiläufig, bevor Ferrer in seinen Wagen stieg.

»Nein, nichts. Ich will nur ein klein wenig Ruhe. Vielleicht werde ich ein bisschen lesen. Bis morgen.«

»Du willst was? Lesen?«

»Hab ich doch gerade gesagt. Hörst du schlecht?«

»Entschuldige, aber das ist neu. Normalerweise kraulst du durch die Bucht oder kletterst in den Kalksteinwänden bei der Cala Magraner herum.«

»Großer Gott, Rafael, was bist du für ein Macho. Nur weil ich zum Canyoning in die Tramuntana fahre, heißt das doch nicht, dass ich nicht auch Bücher schätze.«

»Nein, auf keinen Fall. Ich vermute, wenn du bei deinen Jazzfestivals in Sa Coma und Sa Pobla bist, hast du auch immer eins im Rucksack.«

Ferrer stockte einen Moment, öffnete den Mund, als ob er noch etwas sagen wollte, überlegte es sich im letzten Moment anders. Er drehte sich einfach um und ließ einen sprachlosen Salvà zurück.

23

Zuerst fielen Ferrer die vom Weinen verquollenen Augen auf, und er fragte sich, ob die Tränen dem verblichenen Vater oder dem Rüpel von einem Ehemann gegolten hatten. Iñes machte keinen Hehl daraus, dass sie nicht erfreut war, den Chefinspektor zu sehen. Dennoch bat sie ihn herein und bot ihm sogar einen Kaffee an, den Ferrer dankend ablehnte. Er musste aufpassen, dass er nicht mehr Kaffee trank, als ihm guttat. Er war süchtig nach Kaffee, und wenn er mitten in Ermittlungen steckte, merkte er erst am Abend, wenn er völlig überdreht keinen Schlaf finden konnte, dass er es wieder einmal übertrieben hatte. Manchmal konnte er sich nicht einmal mehr daran erinnern, wie viele Tassen es den Tag über gewesen waren.

»Senyora Crespí, ist Ihnen irgendetwas darüber bekannt, dass Ihr Mann und Garau in der Vergangenheit Probleme miteinander hatten? Eine alte Feindschaft?«

Iñes sah ehrlich erstaunt aus. »Ich weiß zwar, dass die beiden sich nicht mögen, mir ist allerdings nicht bekannt, dass es dafür einen konkreten Grund gibt. Warum fragen Sie?«

»Garau hat eine Aussage gemacht, die … nun ja, problematisch sein kann. Er hat beobachtet, dass Ihr Mann nur wenige Stunden vor dem Tod Ihres Vaters mit ihm einen heftigen Streit hatte. Wissen Sie davon?«

Ferrer entging nicht, dass Iñes kurz zögerte.

»Ja, das stimmt«, sagte sie schließlich matt. In ihrem Ausdruck lagen Müdigkeit und Resignation. »Es ging mal wieder um eine Kleinigkeit. Die blöde Garagenauffahrt. Aber die Summe all solcher Kleinigkeiten ist es, die einen irgendwann zermürbt.«

»Hatten Sie auch solche Probleme mit Ihrem Vater?«

»Ja, wenn auch nicht so lautstark. Mein Mann geht leicht an die Decke. Ich hab aufgegeben, dagegen anzugehen, es führt sowieso zu nichts.«

»Und Ihre Mutter?«

»Wie meinen Sie das?«

»Wie würden Sie die Ehe Ihrer Eltern einschätzen?«

Iñes verzog kurz das Gesicht zu einer Grimasse, die Ferrer nicht deuten konnte. »Das ist schwer zu beschreiben. Das kann ich nicht einfach in glücklich oder unglücklich einteilen. Es ist so schlimm, das zu sagen, aber ich kann mich nicht erinnern, dass ich jemals ein Gefühl von Wärme zwischen den beiden empfunden hätte. Andererseits gab es auch keine Szenen mit Geschrei oder Tränen. Früher hatten sie … Ich würde vielleicht sagen, sie hatten Spaß miteinander. Sie mochten dieselben Dinge. Sie gingen aus, gingen shoppen, kauften gern teure Kleidung und teuren Wein, hauten in unseren Urlauben immer ziemlich auf den Putz. Sie feierten gern. Doch wie gesagt, alles ohne spürbare Wärme oder Liebe. Es ging mehr um das Demonstrieren unseres Wohlstands. Und vielleicht … vielleicht hat mein Vater auch versucht, damit die fehlende Vaterliebe zu kompensieren.«

Ferrer wollte sich die Geschichte nicht noch einmal anhören. Um andererseits auch nicht preiszugeben, dass er schon mit Verònica Martí gesprochen hatte, ging er nicht darauf ein. »Hat das mit der Krankheit Ihrer Mutter aufgehört?«

»Nein, bei meiner Mutter wurde die Erkrankung schon sehr früh diagnostiziert. Die Ehe meiner Eltern stand von Anfang an unter diesem Einfluss. Vielleicht als sie aus einem gewissen Alter einfach heraus waren und feststellten, dass hinter der Fassade nicht viel Substanz vorhanden war. Sie waren wie ein Team, das für eine gewisse Zeit dieselben Ziele verfolgte, aber nicht wie ein Paar. Sie hatten sich einfach nichts zu sagen. Es war so still geworden in diesem Haus. Sie redeten nicht mehr, sie schufen sich beide eine eigene Welt. Mein Vater ging unter die Leute, meine Mutter malte, und in den schlechten Phasen tat sie einfach nichts.«

Wenn man vom Teufel sprach. Die Tür öffnete sich, und Leonor Ros Llobera trat ein. Ferrer blieb beinahe der Mund offen stehen, denn sie trug über ihrer förmlichen Kleidung – einem marineblauen Stiftrock und einer weißen Hemdbluse, deren Ausschnitt eine Perlenkette zierte – einen Malerkittel, der über und über mit Farbspritzern und Klecksen bedeckt war. Beides passte überhaupt nicht zusammen. Aus einer Brusttasche ragten Pinsel in verschiedenen Stärken. Sie wirkte wie eine Finanzbeamtin im Gefieder eines Papageis.

Ferrer stand auf und wollte Leonor Ros Llobera begrüßen, doch sie rauschte an ihm vorbei auf ihre Tochter zu.

»Iñes, ich brauche mehr Blau. Kannst du mir noch ein paar Tuben bestellen? Ich weiß nicht mehr, wo ich sie beim letzten Mal bekommen habe. Ich muss außerdem auch noch über die Ausstellung nachdenken.«

»Sie stellen aus?«, fragte Ferrer, der im selben Moment sah, wie Iñes bedeutungsschwanger mit den Augen rollte.

»Noch nicht, noch nicht«, antwortete Leonor Ros Llobera, ohne sich ihm zuzuwenden. »Aber wenn es weiter so gut läuft ... Iñes, hast du meine Brille gesehen? Gestern hab ich sie auch schon suchen müssen. Lass bitte einfach alles liegen, wo es hingehört.«

»Aber ich habe nicht ...« Iñes brach mitten im Satz ab. Sie schien bereits zu wissen, dass es zu nichts führte, eine Diskussion mit ihrer Mutter zu beginnen, die sich wie ein Derwisch im Kreis drehte, um das Zimmer nach ihrer Brille abzusuchen.

»Mutter, Chefinspektor Ferrer möchte dir ein paar Fragen stellen. Hörst du bitte mal einen Moment zu? Mutter!«

Da endlich stand Leonor Ros Llobera still und sah Ferrer erwartungsvoll an. Er bemerkte, dass sie trotz ihrer Überdrehtheit einen deutlich besseren Eindruck machte als beim letzten Mal. Natürlich, beim letzten Mal hatte sie unter Schock und Medikamenteneinfluss gestanden. Sie hatte immer noch eine aschgraue Gesichtsfarbe, schien allerdings so voller Tatendrang zu stecken, dass Ferrer sich einbildete, sie wäre von einem vibrierenden Energiefeld umgeben.

Er stellte ihr die üblichen Fragen nach eventuellen Feinden ihres Mannes oder ungewöhnlichen Vorkommnissen in der letzten Zeit. Er erfuhr lediglich, dass Leonor Ros Llobera sich nicht um die Angelegenheiten ihres Mannes gekümmert hatte. Sie teilte knapp mit, dass er häufig außer Haus gewesen sei, sie aber nie gewusst habe und auch nicht habe wissen wollen, wo er sich aufgehalten hatte. Das war alles. Nach einer kurzen Verabschiedung flatterte sie wieder hinaus durch die Tür, durch die sie eingetreten war. Längst wieder in ihrer eigenen Welt.

Es kostete Ferrer Mühe, seinen Unmut nicht zu offen zu zeigen.

»Es tut mir leid. Sie werden mit meiner Mutter zurzeit keine ergiebigeren Gespräche führen können. Ich kenne das schon. Und andauernd vergisst und verlegt sie irgendetwas.« Iñes strich sich über die Stirn. Diese kleine Geste brachte ihre ganze Erschöpfung zum Ausdruck. »Was passiert jetzt mit meinem Mann?«

»Er wird sicher in ein paar Stunden wieder nach Hause können. Senyor Garau verzichtet auf eine Anzeige wegen tätlichen Angriffs. Die Tatsache, dass ein Nachbar einen Streit mit angehört hat, ist nicht ausreichend, um ihn bei uns zu behalten. Wir werden auf die Ergebnisse der Spurensicherung im Haus Ihrer Eltern warten müssen.«

Iñes sah nicht glücklich aus. Ferrer fragte sich, ob der Grund die Aussicht auf die baldige Rückkehr ihres cholerischen Mannes oder die Angst vor irgendwelchen belastenden Resultaten war.

»Unsere Fingerabdrücke finden Sie dort natürlich überall.«

»Genau deshalb haben wir Ihnen Ihre Abdrücke auch schon abgenommen, damit wir vergleichen und herausfinden können, ob sich völlig unbekannte Fingerabdrücke am Tatort befinden, die dort nicht hingehören. Oder auch andere Fremdspuren.«

»Ich werde die Scheidung einreichen«, sagte Iñes unvermittelt.

Ferrer sagte nichts. Er ließ ihr Zeit, wollte sie selbst entscheiden lassen, ob sie noch mehr sagen wollte.

»Ich hätte das schon viel früher tun sollen. Erst die jüngsten Ereignisse haben endgültig das Fass zum Überlaufen gebracht.«

Ferrer lag doch noch eine Frage auf dem Herzen. »Senyora Crespí, um es kurz zu machen, wer erbt?«

Iñes schien die Frage ganz normal zu finden. »Meine Mutter. Und beim Tod meiner Mutter bin ich die Erbin.«

»Und Ihr Mann ist …«

Ein freudloses Lachen entfuhr Iñes. »Ja, mein Mann würde mich beerben. Er müsste demnach drei Morde begehen, um sich alles unter den Nagel zu reißen, falls Sie darauf hinauswollen. Dazu wird es ja nicht mehr kommen, wenn wir erst einmal geschieden sind.«

Die Frage ist nur, dachte Ferrer, wer schneller ist. Er erhob sich und reichte Iñes die Hand. »Sie hören von mir. Und alles Gute.«

Vor dem Haus stellte er erstaunt fest, dass er Mitleid für diese Frau empfand und wirklich hoffte, dass sie es schaffen würde, einen neuen Anfang zu machen.

24

Sie entschied, dass die Tauchschule an der Carrer sa Costa d'en Nofre weit genug von ihrem Ziel entfernt war. Dort wollte sie den Wagen parken und zu Fuß weitergehen. Wenn sich in den vergangenen zwei Jahrzehnten nicht alles verändert hatte und er immer noch existierte, würde sie den Trampelpfad nehmen, der von der Carrer de na Cebriana abzweigte. Er verlief zwischen zwei Grundstücken und führte geradewegs in das Wohnviertel und zur Rückseite des Gartens, zu dem sie wollte. Lediglich der künstlich angelegte Bachlauf würde sie dann noch davon trennen.

Es gab auf Mallorca immer wieder Zeiten, in denen solch eine extreme Wasserknappheit herrschte, dass die Regierung die Insel sogar schon einmal zum Wasser-Notstandsgebiet erklärt hatte. Der Tourismus und die rapide wachsenden Einwohnerzahlen hatten den Verbrauch in einem enormen Maße ansteigen lassen. Mit den eigenen Wasservorkommen aus Stauseen und Brunnen an der Küste ließ sich der Bedarf zeitweise nicht mehr decken. Mitte der neunziger Jahre musste Wasser mit Tankschiffen zur Insel gebracht werden. Aus diesem Grund hatten sich damals die Crespís und deren Nachbarn zusammengetan und ein wassersparendes Bewässerungssystem zur Versorgung der Gärten installiert.

Verònica vermutete, dass es auch heute noch existierte. Wenn sie als Kind in der Lage gewesen war, darüberzuspringen, wäre es heute erst recht ein Klacks. Für alle Fälle hatte sie jedoch Gummistiefel in ihrem Rucksack, die sie gleich nach Verlassen der Hauptstraße gegen ihre Schuhe tauschen würde. Sie erinnerte sich gut an die schlammigen Bachränder nach heftigen Regenfällen. Das Unwetter vor gerade einmal achtundvierzig Stunden hatte mit Starkregen sogar dafür gesorgt, dass in Palma Keller unter Wasser standen. Kleinere Dörfer im Inselinneren waren für mehrere Stunden ohne Strom gewesen. Verònica hatte sich also bestens vorbereitet.

Sie hatte lange überlegt, welches die beste Zeit für ihr Vorhaben war. Die Morgenstunden, wenn die Anwohner mit Einkäufen beschäftigt waren und ihre Kinder zur Schule brachten? Das bedeutete, es waren viele Menschen auf den Straßen. Die Nacht, wenn alle in ihren Betten lagen? Sie hätte eine Taschenlampe zu Hilfe nehmen müssen. Und wenn einem schlaflosen Geschöpf der Lichtkegel auffiel, würde sie auffliegen. Am Ende hatte sie sich für die Mittagsstunden entschieden, wenn die Frauen damit beschäftigt waren, das Mittagessen für die Familie zuzubereiten, und ältere Herrschaften ihre Siesta hielten.

Sie erkannte den Trampelpfad sofort, verließ die Straße und lief ein paar Meter. Zwergpalmen säumten den Weg. An einer Stelle, an der die fächerartigen Blätter sie vor neugierigen Blicken schützten, streifte sie die Schuhe ab und stieg in ihre Gummistiefel, bevor sie weiterging.

Als sie das Ende des schmalen Pfads erreicht hatte und um eine Ecke bog, hinter der sie auf den Bach treffen würde, stand sie plötzlich vor einem unerwarteten Hindernis. Der Bach war zwar noch da, sie konnte schwach das Wasser plätschern hören, doch das Ufer war nicht mehr zugänglich. Wilder Fenchel, Mastixsträucher und Zistrosen, zu einer unüberwindbaren Macchia verdichtet, die ihr bis zur Taille reichte, versperrten den Weg.

Nachdem Verònica das Gebüsch ein paar Meter entlanggelaufen war, fand sie nur eine einzige Stelle, an der es nicht undurchdringlich miteinander verflochten und verwoben war.

»Verdammter Mist«, fluchte sie halblaut vor sich hin, als sie die tunnelartige Öffnung im Dickicht in Augenschein nahm. »Ich kann doch nicht wie ein Söldner im Training auf den Ellenbogen durch die Büsche robben.«

Doch ihre Entscheidung war bereits gefallen. Sie würde es zumindest versuchen, sonst wäre sie ganz umsonst hierhergekommen.

Verònica ließ sich erst auf die Knie sinken, machte sich so klein wie möglich und kroch mit eingezogenem Kopf auf allen vieren vorwärts. Kleine Steinchen bohrten sich in ihre Handflächen. Sie hätte beinahe aufgeschrien, als sie ihre Hand um Haaresbreite neben eine tote, verdörrte Eidechse setzte.

Nur mühsam kam sie voran, weil sie Angst hatte, dass sich ein zurückschnellender dünner Zweig wie eine Peitsche durch ihr Gesicht ziehen oder, noch schlimmer, in ihr Auge bohren könnte. Sie konnte bereits durch eine weitere Lücke im Dickicht vor sich erkennen, dass sie vom Bach nur noch wenige Meter entfernt war.

Da hörte sie das Bellen hinter sich. Es war kein tiefes, grollendes Bellen, also konnte es kein allzu großer Hund sein. Und es kam ihr bekannt vor. Das musste ein Ratero sein. Senyora Pons hatte einen Hund dieser Sorte als Stallhund gehalten, der ihn frei von Ratten und Mäusen halten sollte. Er war keine vierzig Zentimeter hoch, wenn er jedoch nicht aufhörte zu kläffen, würde es ausreichen, um sie in große Schwierigkeiten zu bringen. Sie durfte auf keinen Fall gesehen werden, das würde alles zunichtemachen.

In ihrer Panik wollte sich Verònica zu früh aufrichten. Ihr Haar verfing sich in einem Zweig. Sie zerrte und riss daran und versuchte, sich zu befreien. Sie wurde immer hektischer, was nicht wirklich hilfreich war.

»Oh nein«, jammerte sie, »das darf doch alles nicht wahr sein.«

Sie musste hier raus, bevor sie vollständig wie ein Insekt im Spinnennetz festhing. Sie zerstach sich die Fingerspitzen, denn der Zweig hatte obendrein auch noch kleine spitze Dornen. Hätte sie ein Messer dabeigehabt, hätte sie kurzerhand die Strähne gekappt, nur um diesem Alptraum ein Ende zu bereiten.

Ein Mann redete beruhigend auf den kläffenden Hund ein, jedoch gänzlich ohne Erfolg. Nach etlichen schmerzhaften Versuchen gelang es Verònica endlich, sich aus den Klauen des Buschs zu befreien: Sie kroch noch ein Stückchen weiter und sprang anschließend auf die Füße.

Die Stimme auf der anderen Seite des Gebüschs klang drohend. »He, was machen Sie denn da? Kommen Sie da mal raus.«

Sie hatte sich alles so gut überlegt, nur war sie nicht auf die Idee gekommen, dass einer der Nachbarn einen Scheißköter haben könnte, der ein hysterisches Geheul beginnen würde.

Jetzt war Schnelligkeit gefragt. Und sie konnte nur die Flucht nach vorn antreten. Sie hastete die letzten Meter auf den Bach zu, nahm Anlauf, setzte den rechten Fuß am Ufer auf, hatte den linken schon zum Sprung in der Luft und … sackte weg. Ihr rechter Fuß, mit dem sie sich abstoßen wollte, verschwand an die zehn Zentimeter tief im Matsch. Dadurch schaffte sie den Satz über das Wasser nicht mehr, sondern kippte wie ein gefällter Baum nach vorn. Gerade noch rechtzeitig schaffte sie es, die Hände hochzureißen. Schützend hielt sie sie vor ihr Gesicht. Dafür fiel sie ungebremst auf den Oberkörper und stauchte sich auf schmerzhafte Weise die Arme und Schultern.

Tränen traten Verònica in die Augen, doch sie rappelte sich auf. Sie schaute sich nicht mehr um, stolperte einfach weiter. Sie erklomm einen zwei Meter hohen Maschendrahtzaun und ließ sich auf der anderen Seite auf den Boden plumpsen.

Außer Reichweite für den unsichtbaren, immer noch knurrenden Hund und sein schimpfendes Herrchen, begann sie zu lachen. Was wäre gewesen, wenn sie sich dort unten am Bach den Fuß ernsthaft verstaucht oder gar gebrochen hätte? Wenn sie sich über das Handy Hilfe hätte rufen müssen oder der Spaziergänger sie aufgegriffen und die Polizei gerufen hätte? In beiden Fällen wäre die gesamte Anwohnerschaft durch Blaulicht und Sirenengeheul aufgeschreckt worden. Alle hätten sie sensationslüstern an ihren Gartenzäunen gestanden. Sie hätte damit alles ruiniert, und ihr Plan wäre in einem riesigen, peinlichen Spektakel geendet.

Doch letztlich war sie genau dort, wo sie hinwollte. Sie stand auf und sah sich um. Im nächsten Moment ballte sie die Hände zu Fäusten.

»Die Obstbäume sind weg. Dieser Scheißkerl hat doch tatsächlich alle Obstbäume gefällt.«

25

Sie wusste, dass sie das Gespräch führen musste, und zwar so schnell wie möglich. Ein Aufschub würde nichts bringen. Es war vorbei. Unwiderruflich. Als sich der Schlüssel im Schloss drehte, bekam Iñes dennoch augenblicklich feuchte Handflächen. Die unberechenbare Reaktion ihres Mannes fürchtend, knetete sie ihre Finger im Schoß und wartete, bis er in die Küche trat.

Die Nacht in Polizeigewahrsam war ihm anzusehen. Er hatte dunkle Schatten unter den geröteten Augen und roch nach Schweiß. Natürlich, eine Dusche hatten sie ihm sicher nicht angeboten. Iñes fragte sich, ob er in einer richtigen Zelle geschlafen hatte, so wie sie es aus Filmen kannte. Darauf ansprechen würde sie ihn nicht.

Planas knurrte einen kurzen Gruß und öffnete den Kühlschrank, um sich ein Bier herauszunehmen.

»Miquel? Wie geht es dir?«

»Wie soll es mir schon gehen, nachdem ich stundenlang von der Polizei in die Mangel genommen wurde, weil dein feiner Freund Garau seine Hände nicht bei sich behalten kann.«

Es geht schon wieder los, dachte Iñes. Er kann einfach nicht ein einziges Mal ruhig bleiben und eine normale Antwort geben. Ich halte das nicht mehr aus. »Ich möchte mit dir reden, Miquel. Sofort.«

»Hat das keine Zeit bis morgen?«, murrte er.

»Nein, hat es nicht. Wir reden jetzt, und ich möchte, dass du dich einen Augenblick setzt.« Sie hörte sich weit selbstsicherer an, als sie sich fühlte.

Scheinbar ließ sich ihr Mann davon beeindrucken. Er setzte sich tatsächlich zu ihr an den Tisch.

»Ich habe lange nachgedacht«, sagte Iñes. »Du weißt selbst, dass wir schon seit einiger Zeit Probleme haben, Miquel. Wir, unsere Ehe, alles hat sich verändert.«

»Das ist ja wohl nicht meine Schuld.«

»Es ist unser beider Schuld. Wenn wir ehrlich sind, hat doch schon alles angefangen, sich zu verändern, als klar war, dass wir keine Kinder haben würden.«

»Auch das ist nicht meine Schuld«, herrschte er sie an.

Seine Worte versetzten ihr einen tiefen Stich, doch genau damit bestärkte er sie, bei ihrer Entscheidung zu bleiben. »Ich möchte, dass wir uns trennen. Unsere Ehe ist am Ende. Wir können nicht einmal mehr ein einziges friedliches Gespräch miteinander führen. Ich werde die Scheidung einreichen. Und die Tatsache, dass wir keine Kinder haben, macht die ganze Angelegenheit sogar einfacher.« Die letzten Worte hatten einen deutlich spöttischen Unterton. »Ich möchte, dass du dir eine Wohnung suchst und ausziehst.«

Planas knallte die Bierflasche auf den Tisch. Der Schaum im Flaschenhals stieg auf, lief über und bildete eine Pfütze auf der Tischplatte. »Was soll denn diese Scheiße? Ich soll ausziehen? Aus meinem eigenen Haus? Also hatte ich recht. Garau hat seine Finger im Spiel –«

»Dein Haus?« Iñes wurde wütend. »Dein Haus? Dies ist das Haus meiner Familie, und du hast überhaupt keinen Anspruch darauf. Und wieso Garau? Der hat damit nichts zu tun. Ich wusste nicht einmal, dass er wieder hier wohnt!«

»Ich habe jahrelang die Schikane deines Vaters über mich ergehen lassen. Ich lass mich nicht einfach abservieren und vor die Tür setzen wie ein Hund.«

»Miquel, es bleibt dabei. Ich will die Scheidung, ich will, dass du ausziehst – und wenn du das nicht freiwillig tust, werde ich einen Anwalt einschalten.«

Planas sprang so heftig auf, dass der Küchenstuhl nach hinten kippte und auf den Fliesenboden krachte. Sein Gesicht war ganz nah, als er sich zu ihr herunterbeugte. Sie roch seinen Bieratem. »Du setzt mich mit einem Anwalt unter Druck? Das kannst du haben, Schätzchen. Bis das durch ist, vergeht viel Zeit. Die Mühlen der Justiz mahlen langsam, und wer weiß, was bis dahin alles passiert. Damit kannst du mich also nicht schocken.«

»Willst du mir drohen?«

Statt einer Antwort stieß er nur ein verächtliches Lachen aus. Betont lässig ging er an den Kühlschrank, nahm sich zwei weitere Biere heraus und drehte sich noch einmal zu ihr um. »Eine angenehme Nachtruhe wünsche ich dir, werte Gattin.« Damit verzog er sich in den Keller.

Offenbar hatte er vor, dort unten zu nächtigen, wo er mit seinen Fußballkumpels oft bis tief in die Nacht Karten spielte, eine Partie Billard austrug und vor allen Dingen trank. Iñes schickte ein Dankesgebet zum Himmel. Seine Gehässigkeit empfand sie als beängstigender und bedrohlicher als sein übliches wütendes Gebrüll. Wie hatte es nur so weit kommen können?

Miquel war immer schon ein Raubein gewesen. Als sie sich kennenlernten, hatte das jedoch noch einen gewissen Charme gehabt. Seine rebellische Art hatte anziehend auf Iñes gewirkt. Durch ihn hatte sie die Kraft gehabt, ihr erdrückendes Elternhaus zu verlassen.

Damals war er ein vielversprechender Quarterback bei den Mallorca Voltors gewesen. Als eine Meniskusverletzung seiner Spielerkarriere ein Ende machte, erwarb er eine Trainerlizenz. Anfangs stellte diese Tätigkeit eine erfüllende Alternative für ihn dar. Aber nach einer Weile mangelte es an Sponsoren. Die Geier begannen über den Voltors zu kreisen. Am Ende führten die finanziellen Probleme dazu, dass der Club den Spielbetrieb einstellte.

Als Jahre später das Training wieder aufgenommen wurde, war Miquel zu alt und zu lange raus, um wieder mit einzusteigen. Er schloss dieses Kapitel und begann mit Fußball. Passiv, als Fan. Was mit vielen hochprozentigen Abenden mit seinen Freunden verbunden war, an denen er seinen Frust und die ihm widerfahrene Ungerechtigkeit ertränken konnte.

Iñes dachte damals, wenn sie erst einmal ein Kind hätten, eine richtige Familie wären, würde ihr Mann andere Prioritäten setzen und sich alles zum Guten wenden. Nur wurde sie nicht schwanger, und nach einem frustrierenden Untersuchungsmarathon war klar, dass sie nie ein Kind würde empfangen können. Ein genetischer Defekt war dafür verantwortlich. So harmlos wie endgültig.

Von da an wurde aus dem charmanten Raubein mit dem einnehmenden Wesen ein grober, flegelhafter Streithahn, mit dem es sich einfach nicht mehr auskommen ließ.

Während einer selbstverschuldeten Arbeitslosigkeit waren sie gezwungen gewesen, ihr schickes Appartement in Santa Catalina in Palma aufzugeben. Iñes hatte das Viertel gemocht. Die vor frischem Fisch, Früchten und Gemüse überquellenden Stände in der Markthalle, auch wenn diese den ursprünglichen Charme durch immer weitere Umbauten längst verloren hatte. Dennoch war die Atmosphäre familiär gewesen. Freitags hatten sie und Miquel nach ihren Einkäufen das Wochenende gern mit einem Wein oder einem Sherry dort eingeläutet.

Sie vermisste das bunte Treiben in den Straßen zwischen den verschiedenfarbigen Stadthäusern, die zahlreichen Cafés und Restaurants, den Blick auf den Hafen. Kosmopolitisch. Quirlig. Doch dorthin gepasst hatten sie eigentlich nicht.

Und so waren sie an dem Ort gestrandet, von dem Iñes vor Jahren gedacht hatte, ihm für immer entflohen zu sein. Im Hause ihres Vaters, der das Scheitern seines ungeliebten Schwiegersohnes immer hatte kommen sehen. Seit diesem Tag war alles sogar noch schlimmer geworden.

Wäre Miquel nicht in den Keller ausgewichen, hätte Iñes ihrerseits die Entscheidung getroffen, woanders zu schlafen. Das gemeinsame Ehebett kam für sie nicht mehr in Frage. Ab dem heutigen Tag würden sie von Tisch und Bett getrennt leben.

26

Schwester Marta war gerade dabei, es einem Patienten auf einer der komfortablen Sonnenliegen so bequem wie möglich zu machen. Sie legte eine Wolldecke über seine Beine und glättete sie sorgfältig. Als Mayol durch die weit geöffnete Flügeltür auf die Terrasse hinaustrat, sah sie auf. Ein Lächeln breitete sich in ihrem Gesicht aus.

»Dr. Mayol, wie schön, Sie zu sehen. Sie waren ein paar Tage nicht hier, oder?«

»*Bon dia*, Senyora. Ich konnte nicht kommen, ich war sehr beschäftigt. Wie geht es ihr heute?«

Schwester Martas Lächeln erlosch. Sie war sichtlich darum bemüht, nicht allzu sorgenvoll dreinzublicken. »Ach je, was soll ich sagen … Körperlich ist alles unverändert. Unverändert gut oder schlecht, ganz wie Sie wollen. Dabei könnte sie mit konsequenten Übungen den Zustand ihres rechten Arms deutlich verbessern, wenn sie nur wollte. Es ist vielmehr ihr seelischer Zustand, um den ich mir Sorgen mache. Es ist, als würde sie einfach nicht mehr wollen.«

»Verwundert Sie das? Seit so vielen Jahren ist sie hier eingesperrt.« Mayol räusperte sich. »Entschuldigen Sie, natürlich ist sie nicht eingesperrt. Sie alle tun, was in Ihrer Macht steht, um Patienten wie meiner Mutter das Leben leichter zu machen. Ich weiß das. Sie ist vielmehr eingesperrt in diesen Körper, der ihr den Dienst versagt.«

»Sie will nicht, das ist das Problem. Viele Schlaganfallpatienten machen durch enorme Willensanstrengungen und Mitarbeit bei den Rehabilitationsmaßnahmen erstaunliche Fortschritte. Doch die Ärzte allein, ohne das Zutun der Patienten, sind oft machtlos. Ihre Mutter hatte diesen starken Willen von Anfang an nicht, in letzter Zeit hingegen ist es, als gebe sie sich vollends auf.«

»Ich weiß. Wenn sie auch ihr Sprechvermögen nie wiedererlangen wird, so hätte sie sich wenigstens eines Tages wieder normal bewegen können. Sie lässt ihre Muskulatur verkümmern und wird dabei immer schwächer. Ich hatte die Hoffnung, dass sich wenigstens das verbessern würde.«

Resigniert suchte Mayols Blick den weitläufigen Garten der Residenz ab, die auf einem Felsen an der Küste bei Santa Ponça thronte. Er fand seine Mutter. Sie saß regungslos im Schatten einer hohen, schlanken Aleppokiefer.

Schwester Marta legte ihm tröstend eine Hand auf den Arm. »Gehen Sie zu ihr. Sie sind vielleicht ihre einzige noch verbleibende Freude.«

Mayol erschrak, als er sich seiner Mutter näherte und vor ihr stehen blieb. Sie wurde immer schmaler. Ihre Haare waren schlohweiß, dabei hatte sie im letzten Jahr gerade ihren sechzigsten Geburtstag gefeiert. Wobei gefeiert kaum der richtige Ausdruck war.

Sie hatte ihre Augen geschlossen. Er sprach sie leise an, um sie nicht zu erschrecken. »Mutter? Bist du wach?«

Es dauerte einige Sekunden, bis seine Worte zu ihr durchdrangen und sie die Augen öffnete. Einst waren sie von strahlendem Blau gewesen. Jetzt war es, als sei die Farbe aus ihnen herausgewaschen worden und nur noch ein ausdrucksloses Grau übrig geblieben. Es machte ihn unendlich traurig, sie so zu sehen.

Er kniete sich neben die Liege ins Gras und nahm ihre kleine Hand in seine. Die bläulichen Adern durchzogen sie wie Bergrücken eine Landschaft. Immerhin spürte er, dass sie seinen sanften Druck schwach erwiderte. Mit der anderen Hand strich sie über sein Haar. Er senkte den Kopf und hätte ihn am liebsten in ihren Schoß gelegt, wie damals, als er ein kleiner Junge und sie noch nicht in ihrer stummen Welt gefangen gewesen war, aus der sie nicht auszubrechen vermochte.

»Ich habe einen Fehler gemacht«, sagte er mit flüsternder Stimme.

Wie oft hatte sie ihm gesagt, dass alle Menschen Fehler machten und dass diese dazu da waren, aus ihnen zu lernen, zu wachsen und stärker zu werden, und dass er sich nicht grämen solle deswegen. Wie sehr hätte er heute noch einmal ihren Zuspruch gebraucht.

»Warum ist das so, dass man etwas tut, von dem man immer glaubte, dass es das Richtige sei, und doch fühlt es sich ganz falsch an?« Er hob den Kopf und sah seiner Mutter in die Augen. Es zog ihm das Herz zusammen, als er ihren gequälten Blick sah. »Ich dachte, es wäre meine Pflicht, Mutter.«

Kaum spürbar verstärkte sie den Druck ihrer Hand auf seinem Kopf, wie um zu sagen, dass er recht getan hatte, was auch immer es gewesen war. Wie zum Widerspruch schüttelte er sie ab und erhob sich abrupt. Grüne Flecken zierten den Stoff seiner Anzughose, dort, wo er im Gras gekniet hatte. Er sah nicht, wie seine Mutter ganz leicht den Kopf hin und her bewegte, als würde sie sagen wollen, dass er es einfach lassen solle, weil es keinen Sinn hatte, sich so zu quälen.

»Ich muss gehen«, sagte er, während er ihre Hand an seine Wange legte. »Aber ich komme bald wieder und bringe dir frisches Obst mit. Einverstanden?«

Selbst nach so vielen Jahren versetzte es ihm immer noch einen Stich, keine Antwort zu erhalten. Ein letztes Mal drückte er die Hand seiner Mutter. Ohne sich nach ihr umzudrehen, ging er davon. Er sah daher nicht, wie ihr die Tränen über die Wangen liefen.

27

»Gabriel, hast du eine Minute? Wir haben etwas gefunden, das ich dir zeigen möchte. Kannst du zu uns rüberkommen in die Kriminaltechnik?«

»Bin gleich bei euch.« Ferrer legte auf. Wenn Salvà so geheimnisvoll tat, steckte meistens tatsächlich etwas Interessantes dahinter. Da konnten die Anrufe, die er eigentlich gerade hatte machen wollen, noch ein wenig warten. Er verließ sein Büro und machte sich auf den Weg durch die neonbeleuchteten Flure. Eine der Röhren flackerte, sie musste ausgetauscht werden, sonst würde sie in absehbarer Zeit mit einem Knall den Geist aufgeben. Die Profilsohlen seiner Schuhe quietschten auf dem Linoleumboden.

Richtig heimelig, dachte er grimmig.

Salvà und der Kollege Isandro Oriol von der Kriminaltechnik saßen vor dem Notebook, das sie bei Crespí beschlagnahmt hatten.

»Gabriel, das ging schnell«, rief Salvà erfreut. »Nimm dir einen Stuhl und schau dir das hier an. Wir haben die kennwortgeschützten Dateien geknackt.«

Oriol räusperte sich.

»Nicht ich, Oriol natürlich.«

»Überflüssig zu erwähnen. Das dachte ich mir sowieso«, gab Ferrer zurück. »Also? Was gibt es da zu sehen?«

»Wir haben eine Reihe von Fotos, die schon vor längerer Zeit aufgenommen worden sein müssen. Es sind keine digitalen Aufnahmen, die auf den Computer überspielt wurden, sondern Scans von Fotografien, die in diesem Ordner zusammengefasst worden sind. Dass die Bilder schon ein paar Jährchen auf dem Buckel haben, sagen uns neben den technischen Daten auch die Haarschnitte und die Kleidung, die auf den Fotos getragen wird. Die neueste Mode ist das nämlich nicht.«

»Ja, sehr schön, Rafael. Wir reden allerdings nicht über den letzten Schrei in der Modewelt. Du fängst schon an wie Catalina. Was ist denn nun so außergewöhnlich an den Bildern?«

Salvà und Oriol sahen sich an. Salvà verzog das Gesicht, ehe er in deutlich reservierterem Ton zur Sache kam. »Die Fotografien zeigen nur Männer. Geschäftsleute, der Kleidung nach zu urteilen, auch wenn du darüber ja nichts hören willst.«

Ferrer zog eine Augenbraue hoch.

»Sieh hier, ein paar der Aufnahmen zeigen eine sehr geschäftsmäßige Zusammenkunft. Auf anderen geht es feuchtfröhlich zu. Der Champagner fließt augenscheinlich in Strömen. Es sind immer noch dieselben Typen am selben Ort. Demnach gab es wohl etwas zu feiern nach dem offiziellen Teil.«

»Eigentlich fehlen auf den Bildern nur noch die Mädels vom Escortservice«, meinte Oriol. So, wie er die letzten Worte betont hatte, war klar, dass er damit gut bezahlte Prostituierte meinte.

»Richtig. Und das ist es, was mich stutzig macht. Nur Kerle. Und sieh mal hier.« Salvà wies mit der Spitze seines Kugelschreibers auf zwei der letzten Bilder. »Hier fallen schon die Hüllen.«

Ferrer kniff die Augen zusammen. Er weigerte sich immer noch, über die Anschaffung einer Brille nachzudenken. Obwohl schon seine Exfrau gesagt hatte, dass es kein Gesicht gebe, dem eine Brille nicht stehe, es müsse eben nur die richtige sein. Er bevorzugte dennoch die Falten um die Augen, die er sicher vom vielen Zusammenkneifen bekam.

Das Bild zeigte einen Mann, der den Arm um einen anderen gelegt hatte. Dessen Oberhemd war bis zum Bauchnabel aufgeknöpft. Diese Geste sah nicht kumpelhaft oder freundschaftlich aus, sondern wirkte seltsam besitzergreifend. Der andere Mann machte auch eher einen beklemmten als einverstandenen Eindruck. Auf dem letzten Bild hatte der Mann seine Hand auf den nackten Brustkorb des anderen gelegt und flüsterte ihm etwas ins Ohr.

»Sag mal, meinst du, dass wir es mit einer Schwulenparty zu tun haben?«, fragte Salvà.

»Mein spontaner Eindruck ist zwar derselbe, aber um das eindeutig behaupten zu können, ist das hier zu wenig. Und vor allen Dingen sehe ich auch keinen Bernat Crespí auf den Bildern. Was also hat er damit zu tun?«, entgegnete Ferrer.

»Vielleicht war er derjenige, der die Aufnahmen gemacht hat?«, warf Oriol ein.

»Bernat Crespí ein Homosexueller …« Ferrer schrubbte sich diesmal gleich mit beiden Händen über das unrasierte Kinn. Er schloss die Augen und versuchte, sich zu konzentrieren und Puzzleteilchen zusammenzufügen. Er dachte an die sorgfältig manikürten Hände, den Friseurtermin, seinen ersten Eindruck beim Betrachten des Toten in seiner Küche. Er war überrascht über sich selbst, dass er offensichtlich gerade im Begriff war, dem kleingeistigen Vorurteil aufzusitzen, dass ein Mann mit manikürten Nägeln natürlich ein schwuler Mann sein musste. Doch was hatte die Tochter gesagt? Ihre Eltern waren wie ein Team mit denselben Zielen, nicht wie ein Paar. Auf jeden Fall musste dieser Sache nachgegangen werden. Salvàs Stimme riss ihn aus seinen Gedanken, und er öffnete die Augen. »Wahrscheinlich geht die Phantasie mit uns durch. Er war doch verheiratet. Und eine Tochter hat er auch.«

»Pah, das heißt doch nichts«, meinte Oriol.

»Was soll das heißen?«, fragte Salvà entrüstet.

»Mein lieber Rafael, du bist zwar einige Jahre jünger als ich, aber manchmal bist du einmalig weltfremd«, sagte Ferrer und schlug seinem Kollegen begütigend die Hand auf die Schulter, als der gerade zum Gegenschlag ausholen wollte.

»Erstens kann es ja sein, dass er bisexuell war. Dass er immer schon auf Männer und Frauen gleichermaßen gestanden hat. Zweitens kann es sein, dass er erst für sich selbst herausgefunden hat, dass seine wahre Bestimmung Männer sind, als er längst verheiratet war. Oder, drittens, er wusste es schon immer, wollte es nicht öffentlich machen und hat eine Scheinehe geführt. Die Frage ist allerdings, ob die Ehefrau es wusste und einverstanden war, es also eine Abmachung zwischen den beiden gab, oder ob sie von dieser fundamentalen Lüge keine Ahnung hatte.«

»Eine Scheinehe. Also ehrlich, wir sind doch nicht mehr im Mittelalter«, meinte Salvà.

»Täusch dich nicht. Wir haben in Spanien zwar vor mehr als zehn Jahren die gleichgeschlechtliche Ehe eingeführt, in gleichem Maße akzeptiert wie die traditionelle Ehe zwischen Mann und Frau ist sie deshalb noch lange nicht. Geh mal auf die Dörfer, frag dazu die Generation unserer Eltern. Ach, was red ich, da reicht doch schon meine Generation, die Endvierziger. Hast du eine Ahnung, wie viele Männer und Frauen ihre Homosexualität nicht offen leben aus Angst davor, von ihrer Familie verstoßen zu werden?«

»Gleich kommst du mir noch mit öffentlichen Steinigungen«, murrte Salvà.

»Blödsinn. Es ist eine Tatsache, dass die Hauptgründe für eine Geheimhaltung der sexuellen Präferenz die Angst vor dem Arbeitsplatzverlust und die Ächtung durch Freunde und Familie sind. Du bist doch auch ein Fußballfan, Rafael. Du weißt doch, dass die Zeitungen immer wieder darüber schreiben, dass es in Italien sogar Agenturen geben soll, die darauf spezialisiert sind, den Fußballspielern Models als angebliche Freundinnen für die öffentlichen Auftritte zu vermitteln. Hast du es schon erlebt, dass ein Fußballspieler sich geoutet hat? Die Empfehlung aus den oberen Etagen der Ligen lautet unisono, dass sie das auch besser lassen, weil sie den Schmähungen und Erniedrigungen der Fans, selbst der eigenen, nicht standhalten könnten. Da würde regelrechter Psychoterror abgehen.«

»Ja, ja, ich weiß«, sagte Salvà, um den aufgebrachten Ferrer zu beruhigen. Der war noch nicht fertig.

»Bei den Hollywoodstars ist es doch nicht anders, besonders bei den männlichen. Die sind weg vom Fenster. Heldenrollen kriegen die nicht mehr. Und du glaubst, hier bei uns wäre das anders? Hier ist die Welt doch eher noch engstirniger. Und ausgerechnet Bernat Crespí. Einer, der zur altehrwürdigen Zunft der Schuhmacher gehört. Ein erfolgreicher Unternehmer, aktiv im Verband der Schuhproduzenten auf Mallorca. Glaubst du, er hätte es zu dem Erfolg und Wohlstand gebracht, wenn er jemals öffentlich bekannt hätte, dass er auf Männer steht? Was für eine Schande …«

Salvà und Oriol sahen Ferrer an. Er hatte sich gründlich in Fahrt geredet.

»Bist du endlich fertig? Wieso ereiferst du dich denn so?«, fragte Salvà.

Ferrer stieß die Luft aus. »Weil ich vor ein paar Jahren einen meiner Kollegen identifizieren musste, der sich selbst eine Kugel in den Kopf gejagt hatte, nachdem herausgekommen war, dass er homosexuell ist. Irgendwelche Idioten haben ihm obszöne Bilder in den Spind geklebt und eine Menge beschissener Dinge mehr. Er hat es eines Tages nicht mehr ausgehalten. Bei der Polizei ist es nämlich auch nicht besser. Auch hier werden Kollegen und Kolleginnen aus diesem Grund in den Selbstmord gemobbt.«

»Ich hatte keine Ahnung von diesem Vorfall«, sagte Salvà betreten.

»Ist schon gut.«

Salvà räusperte sich und machte eine Handbewegung in Richtung Computerbildschirm. »Gabriel, sieh mal. Der Name des Ordners, in dem Crespí die Fotos gespeichert hatte, lautet ›1-30+Korr.‹.«

»Etwas kryptisch, oder?«, meinte Oriol.

»Oriol, ich bitte dich. Der Ordner enthält die Aufnahmen 1-30 und abgespeicherte Korrespondenz«, sagte Ferrer, fassungslos über die Beschränktheit des Kollegen.

»Ja, genau das wollte ich eigentlich gerade erklären«, warf Salvà von der Seite ein. »Wir haben nämlich keine dreißig Fotos und auch überhaupt keine Korrespondenz. Weder Briefe noch E-Mails oder Ähnliches.«

»Also ist etwas gelöscht worden. Wir müssen herausfinden, was das war«, sagte Ferrer mehr zu sich selbst.

»Ich weiß nur noch nicht, wie.« Ratlos sah Salvà in die Runde.

»Dabei kann ich nichts mehr für euch tun«, sagte Oriol. »Es gibt auf der Festplatte nichts, was wir irgendwie rekonstruieren könnten.«

»Wenn Crespí diese Fotos eigenhändig gescannt hat, muss er auch im Besitz der Originale gewesen sein. Das Gleiche gilt für die Korrespondenz. Wir müssen noch mal ins Haus und alles durchsuchen. Rafael, kümmere du dich bitte darum, dass wir morgen früh zwei oder drei Kollegen von der Spurensicherung kriegen, mit denen wir nach Cala Santanyí rausfahren. Das Material könnte Aufschluss über ein mögliches Mordmotiv geben. Wir dürfen keine Zeit verlieren.«

»Mach ich. Wollen wir dazu nicht auch die Familie befragen? Ich denke, da kommen wir am schnellsten zum Ziel«, sagte Salvà.

»Nein, der Ehemann und Vater ist gerade erst ums Leben gekommen. Da spazieren wir doch nicht da rein und fragen, ob es ganz zufällig sein kann, dass er schwul war. Gesetzt den Fall, wir denken in die richtige Richtung, ist es möglich, dass sie gar nichts von seinem Doppelleben wussten oder dass sie es wussten und vielleicht aus Scham nicht darüber reden wollen. Ich denke nicht, dass wir dort auf große Auskunftsfreudigkeit stoßen werden. Ich habe eine bessere Idee. Ich fahre zu seiner Stiefschwester.«

»Seiner Stiefschwester?«, fragte Salvà.

»Verònica Martí, du Hammel.«

»Aach jaaa.« Bedeutungsschwanger zog Salvà seine Worte in die Länge. »Die spleenige Schreiberin. Dann wünsche ich dir, dass es nicht allzu schwer für dich ist, dich noch einmal mit ihr herumzuschlagen …«

»Wie ich schon sagte: Hammel.« Damit ließ Ferrer zwei breit grinsende Kollegen zurück.

28

Die Stimme des Tenors schwoll an und hangelte sich dramatisch immer weiter die Tonleiter hinauf. Die feinen Härchen auf Verònicas Unterarmen stellten sich auf. Sie hatte die Augen geschlossen. Wie immer, wenn sie die Arie »Nessun dorma« aus Puccinis Oper »Turandot« genoss. »Geht unter, Sterne! Zum Sonnenaufgang werde ich siegen.«

Nie hatte sie den Text passender gefunden. Sie wiegte sich mit der Musik. Ohne hinzusehen, sprengte sie dabei das kleine Rasenstück vor ihrer Terrasse.

Ein Tippen auf ihre Schulter ließ sie fast zu Tode erschrecken. Mit dem Gartenschlauch in der Hand wirbelte sie herum.

Vor ihr stand Dr. Mayol, der eine volle Ladung kaltes Wasser abbekam. Entsetzt sprang er einen Meter zurück und schnappte nach Luft. Bei achtundzwanzig Grad Celsius Außentemperatur war so ein Guss ein Schock.

Verònica stellte das Wasser ab, riss sich die Kopfhörerstöpsel aus den Ohren und ließ einen Schwall Entschuldigungen auf ihn niederprasseln. »Oh mein Gott, Dr. Mayol, was machen Sie denn hier? Ich habe Sie nicht gehört. Es tut mir so leid. Wie unangenehm. Sie sind komplett nass.«

»Ist schon gut. Es ist meine Schuld, wenn ich mich so anschleiche. Ich hatte geklopft, aber ich sehe …« Mayol deutete auf die Stöpsel, die ihr wie lange Zöpfe von den Schultern baumelten. »Ich dachte, es wäre in Ordnung, wenn ich ums Haus gehe und nachsehe, ob Sie vielleicht im Garten sind.«

»Ist es auch, selbstverständlich. Kommen Sie mit hinein, ich gebe Ihnen ein Handtuch, damit Sie sich zumindest notdürftig trocknen können.«

Drinnen reichte sie ihm ein Frotteehandtuch.

Mayol zog sein Jackett aus und begann, sich die Haare trocken zu rubbeln. Er sah aus wie ein Lausbub, der in den Gartenteich gefallen war. Zerzaust und irgendwie drollig, fand Verònica.

»Vielleicht finde ich auch noch ein großes T-Shirt. Dann werden Sie das nasse Hemd los.«

Mayol winkte ab. Er knöpfte sich den nassen Stoff so weit auf, dass er mit dem Handtuch bequem seinen Nacken und seine Schultern trocknen konnte.

Verònica hatte das Gefühl, dass ihr wie einem Schulmädchen die Röte in die Wangen schoss. »Geht es wieder? Lassen Sie uns draußen in der Sonne sitzen. Während Sie trocknen, erzählen Sie mir, was Sie hierher führt. Kaffee?«

Er schüttelte den Kopf. Sie nahmen auf der Terrasse Platz. Verònica sah Mayol erwartungsvoll an.

»Ich bin gekommen, weil ich ein schlechtes Gewissen habe«, sagte er.

»Dr. Mayol, das müssen Sie nicht. Es war wohl zu optimistisch, wenn nicht naiv von mir, zu glauben, dass Crespí beim ersten Versuch sofort auf mein Angebot eingehen würde. Sie brauchen sich da keinerlei Vorwürfe –«

»Moment, davon rede ich doch gar nicht. Ich rede davon, dass ich mich schlecht fühle, weil ich Ihnen die Polizei auf den Hals gehetzt habe.«

»Was meinen Sie? Die Tatsache, dass Sie der Polizei von meinem Kaufangebot berichtet haben? Das ist doch kein Geheimnis.«

»Das ist leider nicht alles.« Zerknirscht sah er sie aus seinen blauen Augen an. »Ich habe dem Chefinspektor auch erzählt, was ich auf Ihrem Schreibtisch gesehen habe. Die Papiere.«

»Die Grundstückspapiere und das andere Zeugs?«

Mayol nickte mit immer noch sehr schuldbewusster Miene.

Langsam dämmerte Verònica, worauf er hinauswollte. »Haben Sie etwa gedacht, dass ich Crespí aus dem Weg geräumt habe?«

»Ich weiß nicht genau, was ich in dem Moment gedacht habe, als ich von dem Mord erfuhr und mir einfiel, was ich gesehen hatte. Nein, ich denke, ich kann Sie mir nicht wirklich als Täterin vorstellen. Ich hielt es trotzdem für meine Pflicht, der Polizei alles zu sagen, was ich wusste.« Er wich ihrem Blick aus.

Verònica fehlten erst einmal die Worte. Sie betrachtete das

Gras, in dem die Wassertropfen in der Abendsonne glitzerten. Ein schillernder Käfer flog auf sie zu und ließ sich auf ihrer nackten Schulter nieder.

Mayol streckte seine Hand aus, legte ihr den Zeigefinger auf die Schulter und ließ das Tierchen hinaufkrabbeln, um es anschließend im Gras abzusetzen. Diese Geste hatte etwas seltsam Vertrauliches. Für einen Augenblick hielt Verònica die Luft an.

»Habe ich Ihnen dadurch Schwierigkeiten bereitet?«, fragte Mayol.

»Nein, ganz und gar nicht. Ich habe dem Chefinspektor erklärt, was es mit diesen Papieren auf sich hat. Es schien für ihn in Ordnung zu sein.«

Schließlich erzählte sie Mayol alles. Sie berichtete von dem Erbschaftsdrama zwei Jahrzehnte zuvor, von ihrer Buchidee und von der entsprechenden Recherche dazu. Als sie ihre Ausführungen beendet hatte, versuchte sie, in seinem Gesicht zu lesen, was er dachte. Sie sah nichts.

War er geschockt oder verärgert darüber, dass er von ihren Beweggründen für den Hauskauf nichts gewusst hatte? War es Unverständnis, weil er sie für übertrieben nostalgisch hielt? War er erleichtert, dass er sie nicht wie angenommen in Schwierigkeiten gebracht hatte? Oder amüsiert über ihre Buchidee? Mayol saß ihr mit regloser Miene gegenüber. Lediglich das unruhige Auftippen seiner rechten Schuhspitze auf den Steinboden ließ vermuten, dass sich in seinem Kopf gerade einiges abspielte.

»Wie dem auch sei«, meinte sie schließlich, um die Stille zu unterbrechen. »Nun wissen Sie eine ganze Menge aus meinem Leben. Man könnte meinen, Sie sind mein Therapeut und nicht mein Anwalt.« Sie versuchte ein Lachen, aber es gelang ihr nicht wirklich. Mayols Schweigen irritierte sie.

Eine weitere endlos lange Minute verging, bevor er endlich seine Sprache wiederfand. »Danke, dass Sie es mir erzählt haben«, war sein schlichter Kommentar.

Besser als nichts, dachte Verònica.

Die Türglocke befreite sie aus dieser unangenehmen Situation.

»Entschuldigung, ich bin gleich wieder da«, sagte sie in der

Annahme, dass es sich sicherlich wieder um die gute Senyora Pons handeln würde. Welchen Kuchen sie wohl diesmal im Angebot hatte?

Schwungvoll riss sie die Tür auf – und sah verdattert in das Gesicht von Chefinspektor Gabriel Ferrer. »Na, so eine Überraschung. Sie schon wieder?«

Seine Lederjacke hatte er über die Schulter geworfen. Er konnte sich offensichtlich nicht ganz von ihr trennen, obwohl es so heiß war, dass sich bereits kleine Schweißflecken am Halsausschnitt seines T-Shirts abzeichneten.

»Guten Abend, Senyora Martí. Darf ich einen Augenblick hereinkommen? Ich habe noch ein paar Fragen.«

»Aber sicher. Erstaunlich, wie begehrt ich auf einmal bin.«

»So oft habe ich Sie ja wirklich noch nicht aufgesucht.«

»Stimmt. Heute sind Sie allerdings bereits mein zweiter Besucher. Gut, dass ich über ausreichend Sitzmöbel auf meiner Terrasse verfüge.«

Ferrer schien irritiert. Es wurde nicht besser, als er nach Verònica ins Freie trat und Dr. Mayol entdeckte. Sie musste lachen. Es war kein Wunder, dass Ferrer offensichtlich einen vollkommen falschen Eindruck von der Situation hatte, denn Mayol war gerade dabei, das inzwischen getrocknete Oberhemd wieder ordentlich zuzuknöpfen und sich durch die zerzausten Haare zu fahren. Sie selbst zog sich den von der Schulter gerutschten Spaghettiträger wieder hoch, was es nicht besser machte. Es war wie eine Szene aus einem schlechten Theaterstück, in der der Ehemann seine Frau in flagranti erwischte. In was für ein Durcheinander war sie da nur geraten.

»Vorstellen brauche ich Sie ja nicht«, warf sie lässig in die Runde, um die seltsame Situation zu entschärfen.

Mayol löste sich zuerst aus der peinlichen Erstarrung. Er stand auf und ging mit ausgestreckter Hand auf Ferrer zu. »Chefinspektor Ferrer. Gibt es Neuigkeiten zum Fall?«

»Wenn es so wäre, dürfte ich sie Ihnen nicht mitteilen. Ich habe nur ein paar Fragen an Senyora Martí.«

»Aber Sie dürften mir sicher mitteilen, wenn gegen meine Klientin ein konkreter Verdacht vorliegt, oder nicht?«

»Ich dachte, Sie seien für Senyora Martí nur in Sachen Hauskauf tätig.«

Verònica hatte den Eindruck, als hätten die beiden sie vollkommen vergessen. Ihr Kopf bewegte sich von einem zum anderen, als würde sie versuchen, dem Ball in einem Tennismatch mit den Augen zu folgen.

»Bisher ist das so. Ich nehme meine Aufgabe als Senyora Martís Anwalt ernst, und wenn eine Komplikation wie die vorliegende aus einem Auftrag erwächst, bin ich selbstverständlich auch über den eigentlichen Auftrag hinaus für meine Klienten da.«

»Für alle?« Ferrers Augen funkelten zornig. Sie hatten die Farbe von schwarzen Oliven angenommen.

Verònica sah die Ader an Mayols Schläfe anschwellen. Sie fürchtete, dass nach dem verbalen Schlagabtausch womöglich gleich die Fäuste flogen. Die beiden benahmen sich einfach lächerlich. Dennoch schmeichelte ihr Mayols ritterliche Haltung. Als er nicht auf die Provokation des Chefinspektors einging, fuhr dieser fort.

»Aber ich kann Sie beruhigen. Es liegt derzeit kein Verdacht gegen Senyora Martí vor.«

»Mehr wollte ich nicht wissen.«

»Wir gehen zurzeit eher Hinweisen nach, die mit der weiter zurückreichenden Vergangenheit des Opfers zu tun haben. Senyora Martí kann uns vielleicht behilflich sein.«

Mayol schlug sofort wieder einen scharfen Ton an. »Ich muss Sie sicher nicht darüber aufklären, dass Senyora Martí, sollte sie es wünschen, das Recht hat, einen Anwalt dabeizuhaben, falls es sich um eine offizielle Vernehmung handelt.«

»Meine Herren, wollen wir vielleicht Platz nehmen?«, schlug Verònica vor. »Wer schließt sich mir beim Wein an? Vielleicht einen herrlichen 2013er Gran Sangre de Toro?«

Der Wein wird passen, dachte sie. Die Haltung der beiden Männer hatte etwas von einem Stier und dem Torero. Zwei, die sich gegenüberstanden und vorhatten, sich bis aufs Blut zu bekämpfen.

Mayol wandte ihr plötzlich mit einem entwaffnenden Lächeln das Gesicht zu. »Ich muss aufbrechen. Ich komme gern ein anderes Mal darauf zurück. Wenn der Zeitpunkt günstiger ist.«

Verònica hatte das Gefühl, dass er seinen letzten Satz mit voller Absicht wie einen Giftpfeil in Richtung Ferrer abgeschossen hatte. Wer es nicht besser wusste, musste den Eindruck gewinnen, er käme öfter mal nur so auf einen Wein vorbei.

»Ich bringe Sie noch zur Tür.« Verònica atmete tief durch vor Erleichterung, dass die Situation nicht vollends eskaliert war.

Als Mayol schon im Treppenhaus stand, drehte er sich zu ihr um und sah sie ernst an. »Es tut mir leid«, sagte er und strich ihr mit der Hand etwas unbeholfen über den Arm. Die feinen Härchen stellten sich wie elektrisiert auf. Dann ging er.

»Ja, mir auch«, murmelte sie, nicht sicher, was genau er gemeint hatte.

29

Ferrer stand minutenlang wie angewurzelt auf der Terrasse, als könne er sich nicht für eines der Sitzmöbel entscheiden.

»Himmel, setzen Sie sich doch endlich«, sagte Verònica, als sie zurückkam.

Ferrer folgte ihrem Beispiel zwar und nahm endlich Platz, doch als er zu sprechen begann, war sein Ton eisig kühl. »Senyora Martí, wir gehen einer Spur nach, die mit der Vergangenheit Ihres Stiefbruders zu tun haben könnte. Ich will gleich auf den Punkt kommen, auch wenn es für Sie befremdlich sein mag. Halten Sie es auch nur annähernd für möglich, dass sich Ihr Stiefbruder in homosexuellen Kreisen bewegt hat?«

»Ja, durchaus.«

»Wie bitte?«

»Ja, ich halte es für möglich, dass sich Crespí in homosexuellen Kreisen bewegt hat«, wiederholte Verònica genervt.

»Ich hatte Sie schon verstanden. Aber ich bin erstaunt über diese Antwort.«

»Tja, was soll ich sagen ...«

»Haben Sie etwas Konkretes für mich?«

»Nein, nur mein Gefühl.«

Ein läppisches Bauchgefühl ... Ferrer war weder mit der Antwort noch mit der gesamten Situation zufrieden. In was war er da gerade eben reingeplatzt? Er musste sich zusammenreißen, um Verònica nicht anzuschnauzen. Da half es auch nichts, dass sie aufstand, wortlos auf nackten, gartenschmutzigen Füßen in die Küche lief und gleich darauf mit zwei Gläsern Wein zurückkam. Ferrer wand sich innerlich, doch er lehnte nicht ab.

Verònica nahm den Faden wieder auf. »Wie ich schon sagte, ich kann Ihnen keine konkreten Informationen geben. Hätte mir jemals irgendjemand gesagt, dass Crespí homosexuell ist, wäre ich nicht im Geringsten überrascht gewesen. Ich weiß, es klingt seltsam und so, als hätte ich sehr beschränkte, klischeehafte Vorstellungen. Mein Stiefbruder ...«

Sie zuckte zusammen. Auch Ferrer war nicht entgangen, dass sie es nun doch gesagt hatte.

»Er hatte einfach etwas an sich, sein gesamtes Auftreten … Es ist schwer, es zu definieren. Da kamen viele Komponenten zusammen, die ein bestimmtes Gesamtbild ergaben, und das war nicht das eines typischen heterosexuellen Mannes. Wir haben nie viel miteinander unternommen, nur bei Familienfeiern oder festlichen geschäftlichen Anlässen kamen wir nicht drum herum. Da war er in den Dreißigern, also im besten Mannesalter, wie man so schön sagt. Glauben Sie mir, in den exklusiven Locations, die für die Feiern ausgesucht wurden, tummelten sich die attraktivsten Frauen. Es floss Champagner, es wurde spät, die Stimmung gelöster nach dem offiziellen Teil. Den Männern liefen die Augen über angesichts der tief dekolletierten Abendroben der jungen Frauen. Ob sie die Ehefrau dabeihatten oder nicht.«

Verònica zwinkerte Ferrer verschwörerisch zu, als wüsste er mit Sicherheit genau, wovon sie sprach. Es behagte ihm nicht.

»Meinen Stiefbruder allerdings hat das völlig kaltgelassen. Er hat immer irgendwie die Nähe von Männern gesucht. Der aufmerksame Kellner, der Inhaber einer Bar, der Kapitän einer gecharterten Yacht in Puerto Portals. Mit denen hat er gelacht und gefeiert und noch einen Wein und noch einen *Cava* getrunken. Wissen Sie, wie viele junge Dinger in Puerto Portals herumlungern in der Hoffnung, die Aufmerksamkeit eines der Vertreter der internationalen A-Prominenz zu erregen? Da bekommen Sie die freizügigsten Outfits geboten, die an der Grenze zur Unanständigkeit sind. Aber Crespí? Fehlanzeige. Der hat das gar nicht bemerkt. Ich hatte damals immer das Gefühl, dass er sich zu Männern hingezogen fühlte.«

Sie nahm einen großen Schluck Wein und hielt einen Moment inne. Ferrer ließ ihr Zeit und unterbrach sie nicht. Er beobachtete, wie sie den Stiel des Weinglases zwischen den Fingern drehte. Als sie aufsah, bemerkte sie es.

»Wie sind Sie auf diese Möglichkeit gestoßen?«, fragte sie schließlich.

»Es gibt Fotomaterial auf Crespís Computer, das den Schluss

zulässt. Er selbst ist jedoch auf keinem der Bilder zu sehen. Das gibt uns noch Rätsel auf. Allerdings gibt es auch Hinweise auf fehlende Dateien, von denen wir nicht wissen, was sie beinhalten, ob das Originalmaterial dazu ebenfalls vernichtet wurde oder wo es sich befinden könnte. Mehr darf ich Ihnen nicht sagen.«

Verònica nickte nachdenklich. »Ich erinnere mich nicht mehr an den Zusammenhang, doch irgendwann hat mir meine Mutter mal erzählt, dass sie denselben Eindruck von Crespí hatte. Sie hat es jedoch nie mit meinem Stiefvater geteilt. Wäre ihm das zu Ohren gekommen, hätte es für Crespí die Hölle auf Erden bedeutet.«

Ferrer wartete auf eine Erklärung.

Ehe Verònica fortfuhr, schenkte sie ihm Wein nach. »Mein Stiefvater war überzeugter Anhänger Francos und des Movimiento Nacional. Ich glaube, bis heute ist nicht geklärt, inwieweit seine Familie in die politischen Säuberungsaktionen verstrickt war, als nach dem Putsch von General Goded im Juli 1936 die Falangisten auch auf Mallorca begannen, gegen die Republikaner vorzugehen. Es war in den folgenden Jahren leicht, sich Geschäftskonkurrenten vom Hals zu schaffen, indem man behauptete zu wissen, dass diese nicht zur Messe gingen oder die Alphabetisierung der Arbeiter in ihren Produktionsstätten befürworteten. Das reichte schon, um ins Gefängnis Casa Mir nach Palma geschafft zu werden. Und das hat kaum einer lebend wieder verlassen.«

»Nur auf dem Papier«, warf Ferrer ein.

»Richtig. Offiziell wurden Gefangene entlassen. In Wirklichkeit brachte man sie im Schutz der Nacht nach Porreres und richtete sie auf dem Friedhof hin. Es ist gut, dass endlich doch noch das Massengrab unter den Mausoleen geöffnet wurde. Das gesamte Ausmaß der Verbrechen wäre sonst nie bekannt geworden. Es wurden bereits um die fünfzig Skelette geborgen und identifiziert.«

»Zurück zu Ihrem Stiefbruder«, sagte Ferrer, um das Gespräch auf den eigentlichen Grund seiner Anwesenheit zurückzubringen.

»Ja, natürlich. Was ich sagen will, ist, dass mein Stiefvater damals ein Anhänger der Faschisten war und es bis zum Ende des *Franquismo* blieb. Keiner weiß, in welchem Ausmaß er in geschäftlicher Hinsicht von diesem Regime profitiert hat. Daher können Sie sich sicherlich seine Einstellung zu Homosexuellen vorstellen. Die gehörten seiner Meinung nach auch noch in der Zeit nach 1975 in Arbeitslager gesteckt und mit Elektroschocks umerzogen. Was wäre passiert, wenn er erfahren hätte, dass sein eigener Sohn, dessen Existenz sowieso schon schwer zu ertragen war, zu ihnen gehörte? Wahrscheinlich hätte er ihn eher totgeprügelt, als es zu tolerieren. Und so ist es auch nicht unwahrscheinlich, dass sich Crespí eher auf eine Scheinehe einließ, als es so weit kommen zu lassen.«

»Ob Ihrem Stiefbruder bewusst war, welcher Gesinnung er sein Vermögen zu verdanken hatte?«

Verònica antwortete nicht. Sie zuckte nur mit den Schultern und wandte ihr Gesicht ab. Ferrer überlegte, wo sie mit ihren Gedanken war, während sie zum Himmel aufsah, der inzwischen in spektakulären Farben leuchtete. Orange, Glutrot und ein sattes Violett mischten sich zu einer beeindruckenden Gesamtkomposition.

Die Sonne war bereits fast untergegangen. Zwergfledermäuse schwirrten pfeilschnell ums Haus. Sie hielten die Insekten in Schach, insbesondere die Prozessionsspinnerraupen, die mit ihren giftigen Brennhärchen selbst für Menschen gefährlich waren. Ferrer beobachtete das Schauspiel gebannt.

»Senyora Pons hat ihre Abscheu gegen die vermeintlichen Blutsauger überwunden und unter dem Dach der alten Scheune für die nachtaktiven Tiere Kästen aufgehängt, damit sie bei Tag einen Platz zum Ruhen haben«, erklärte Verònica, als könne sie seine Gedanken lesen. »Am Abend höre ich oft ihre spitzen Schreie, wenn die Tiere im Tiefflug über das Land und ihren Kopf hinwegsausen.« Sie stellte ihr Glas ab, erhob sich und entfernte sich ein paar Schritte von der Terrasse. Ihre Schultern bebten.

Ferrer konnte sich gut vorstellen, dass das Graben in der Vergangenheit Trauer in Verònica ausgelöst hatte. Trauer über eine ziemlich verkorkste Familie. Es ging um Verletzungen, die Narben auf den Seelen zurückgelassen hatten. Um Menschen, die nicht aus ihrer Haut konnten, die gefangen waren in den Normen und Maßstäben, mit denen sie groß geworden waren. Es gab Trauer um Worte der Zuneigung und des Verständnisses, die nie gesagt wurden. Jeder schleppte solchen Ballast mit sich herum. Verònica genau wie alle anderen. Wie auch er selbst.

Ferrer wusste nicht, was er tun sollte. Er war schließlich hier, um Informationen zum Mord an Bernat Crespí zu sammeln. Und auf einmal war da ein anderer, von Misstrauen vergifteter Gedanke. War Verònicas plötzliche Traurigkeit echt? Um wen weinte sie? Doch um den Stiefbruder? Oder um ihre gescheiterten Pläne?

Er stand auf und ging zu ihr. »Alles in Ordnung?«, fragte er, trotz seines Argwohns nicht mehr ganz so frostig wie zuvor.

Verònica nickte und wischte sich mit den Handrücken über das Gesicht. »Entschuldigung. Ich bin eigentlich nicht so eine Heulsuse. Diese ganze Schnapsidee mit dem Haus … Alles kommt wieder hoch.«

Ferrer reichte ihr ein zerfleddertes, aber sauberes Papiertaschentuch, das er aus seiner Jackentasche gezogen hatte. Sie schnäuzte hinein und drehte sich wieder zu ihm um.

Inzwischen war es im unbeleuchteten Garten so dunkel geworden, dass Ferrer nicht erkennen konnte, ob Verònica tatsächlich geweint hatte oder nur eine rührselige Show abzog. Nicht einmal dieses sagenhafte Grün ihrer Augen konnte er mehr erkennen. Dieses verdammte Grün …

Er hob die Hand und strich über ihre Wange. Doch. Sie hatte geweint. Seine Finger hatten eine Träne aufgefangen. Hatte er das nur getan, um sie zu prüfen? Und wieso fühlte er sich so viel besser, nachdem er die Bestätigung bekommen hatte?

»Ich sollte aufbrechen«, sagte er.

Verònica nickte. »Konnte ich Ihnen wenigstens weiterhelfen? Oder haben Sie komplett Ihre Zeit verplempert?«

»Ja, konnten Sie, und nein, habe ich nicht.«

»Gut, wenigstens etwas.«

Verònica reichte ihm die Hand, die er länger hielt, als es

notwendig gewesen wäre. Sie war warm und ein bisschen rau, was Ferrer darauf schob, dass sie sicher viele Stunden damit verbrachte, den Garten in Schuss zu halten.

Worauf wartest du denn noch?, ermahnte er sich selbst.

»Gehen Sie einfach dort außen ums Haus herum. Das ist kürzer«, sagte Verònica.

Endlich ließ er ihre Hand los und wandte sich zum Gehen, stolperte jedoch an einem Beetrand über ein Paar quietschgrüne Gummistiefel, die er trotz der Signalfarbe in der Dunkelheit nicht bemerkt hatte. Er konnte sich gerade noch fangen und vermeiden, dass er der Länge nach hinstürzte. Fluchend ordnete er seine Kleidung.

Bevor Verònica zu ihm eilen konnte, hob er beschwichtigend die Hand, um zu signalisieren, dass alles in Ordnung war, und verschwand.

Welch ein jämmerlicher Abgang, dachte er und schalt sich gleich darauf einen Idioten, weil es ihm etwas ausmachte.

Er startete den Motor, zögerte jedoch noch einen Moment. Er nahm das Handy und wählte Verònicas Nummer. Sie meldete sich nach dem ersten Klingeln, als hätte sie auf seinen Anruf gewartet.

»Sie schulden mir noch etwas«, sagte Ferrer.

Sie schwieg.

»Ein Essen. Indisch.«

»Jawohl, Herr Chefinspektor«, sagte sie leise und legte auf.

Schließlich fuhr er davon.

30

Wider Willen musste Ferrer grinsen, als er öffnete. Vor seiner Tür stand Salvà und schwenkte ein Sixpack.

»Dachte, du könntest vielleicht Gesellschaft vertragen. Und ein kaltes Bier. Bin froh, dass du das Klingeln überhaupt gehört hast.«

Ferrer hatte seine Lieblingsmusik so laut aufgedreht, dass die Jazzklänge vermutlich bis unten auf die Straße zu hören waren. Allerdings wusste niemand – auch Salvà nicht –, dass das meist ein schlechtes Zeichen war. Es kam einer Betäubung gleich.

»Komm rein«, sagte Ferrer und ging vor Salvà auf die Dachterrasse, die eine spektakuläre Aussicht auf die Kathedrale von Palma und das ehemalige jüdische Handwerkerviertel Sa Calatrava gewährte, in dem später auch die Mauren ihre Spuren hinterlassen hatten.

Ferrer hatte die kleine Dachwohnung bezogen, bevor das Viertel zum Szeneviertel erklärt worden war, und zahlte daher immer noch eine moderate Miete. Dafür nahm er auch in Kauf, dass ihn die Warmwasserversorgung immer mal im Stich ließ und im Winter die Heizung öfter ausfiel als in den frisch renovierten neuen Appartements. Er fühlte sich einfach wohl dort oben, von wo aus er den Überblick über das Gewirr der unübersichtlichen und bei Nacht geheimnisvollen Gassen hatte, in denen Einheimische wie Urlauber Weinhandlungen, Cafés, Bäckereien, Blumenläden, Gold- und Silberschmieden und arabische Bäder fanden. Die paar Stockwerke Distanz zwischen ihm und dem selten zum Stillstand kommenden Leben dort unten machten es überhaupt erst möglich, dass er es so lange dort aushielt.

Salvà reichte Ferrer ein gut gekühltes Bier, sie stießen ihre Flaschen aneinander und nahmen ohne abzusetzen mehrere große Schlucke.

»Und was ist der Grund dafür, dass du hier bist?«, fragte Ferrer.

»Wie ich schon sagte. Ich hatte das Gefühl, dass du auf andere Gedanken kommen solltest.«

»Seltsamer Einfall, wenn wir gerade an einem neuen Fall arbeiten, findest du nicht? Da sollte ich doch besser meine Gedanken voll darauf konzentrieren und nicht versuchen, mich abzulenken.« Ferrer versuchte ein Grinsen.

»Mal ehrlich, Gabriel. Der Fall nimmt dich irgendwie mit. Anders als sonst.«

»Vielleicht.«

»Das ist ein Anfang«, sagte Salvà. »Du streitest es nicht komplett ab. Und was ist der Grund?«

»Keine Ahnung. Sicher die Erinnerung an meinen Kollegen und die Ermittlungen damals. Das war keine schöne Sache, das kann ich dir sagen.«

»Kann ich mir vorstellen. Glaube ich wenigstens.«

»Ich hatte zu der Zeit schon eine Weile mitbekommen, was die mit Pablo gemacht haben.«

»Aber du hast nicht mitgemacht«, konstatierte Salvà.

»Nein, habe ich nicht. Ich habe es jedoch auch nicht verhindert.«

»Danach hast du dir geschworen, so etwas nie wieder geschehen zu lassen?«

»Ach, Rafael, so eine ritterliche Anwandlung passt nicht zu mir. Ich bin da eher nüchtern.«

Jeder, der Ferrer nur ein bisschen kannte, wusste, dass er ein pragmatischer Typ war. Große Gefühle und jedwedes Pathos waren nicht seine Sache.

»Ich hab meinen Job gemacht. Den hab ich davor ernst genommen, und daran hat sich auch danach nichts geändert. Alles ging irgendwie ganz normal weiter. Heute frage ich mich, ob das die richtige Einstellung war und ist. Ob das ausreicht.« Er fuhr mit beiden Händen durch seine Haare und legte die Füße auf den Holztisch. Der einstmals meerblaue Lack war von Wind und Wetter über den Dächern der Inselhauptstadt verblasst und an manchen Stellen abgeblättert. Mehr als einmal hatte sich der eine oder andere Splitter in Ferrers Haut gebohrt. Aber abschleifen und neuen Lack auftragen … Bisher hatte er die Zeit dafür nicht gefunden oder sie sich einfach nicht genommen. »Wahrscheinlich werde ich alt. Und sentimental«, setzte er beinahe entschuldigend nach.

»Klar, das wird es sein. Ich wollte es dir nur nicht sagen.« Salvà nahm einen großen Schluck aus der Flasche, wobei ihm ein paar Tropfen Bier über das Kinn perlten. »Apropos alt. Und einsamer Wolf und so. Wie steht es mit einer an diesem Fall Beteiligten, die dir nicht aus dem Kopf geht?«

Ferrers Kopf schnellte zu ihm herum. »Von wem redest du?«

»Na, von der Martí natürlich.«

»Du spinnst doch. Sie ist eine Zeugin, wenn nicht sogar eine Verdächtige. Noch dazu geht sie einem mehr als seltsamen Beruf nach, für den man schon eine gewisse Spleenigkeit mitbringen muss, über die ich gar nicht weiter nachdenken möchte. Und sie ist darüber hinaus nicht einmal mein Typ. Sonst noch Fragen?« Ferrer merkte selbst, dass seine Reaktion wirkte, als sei er auf die Frage bereits vorbereitet gewesen. Doch in diesem Moment scherte es ihn nicht, ob Salvà an seiner Aufrichtigkeit zu zweifeln begann.

Er dachte an seine Exfrau und verglich diese mit Verònica Martí. Die beiden Frauen hatten wirklich nichts gemein. Seine geschiedene Frau war dürr wie ein Model gewesen, glattes Blondhaar hatte ihr spitzes Gesicht eingerahmt, aus dem die hohen Wangenknochen zwar interessant, doch irgendwie nicht gesund hervorstachen. Die Martí hingegen hatte kastanienfarbene Locken und die richtigen Formen … Salvà kannte seine Exfrau und wusste, dass sie das komplette Gegenteil von Verònica Martí war. Daher würde er ihm wohl glauben.

»Was ist das?«, fragte Salvà mit einer Kopfbewegung Richtung Musikanlage, aus der immer noch dynamische Rhythmen drangen. »Ist das dein komischer Jazz?«

»Komischer Jazz, ja, wenn du es so nennen willst«, sagte Ferrer lachend. »Das ist Jazz Manouche.«

»Nie gehört.«

»Gypsy-Jazz.«

»Also von den Zigeunern?«, fragte Salvà.

»Da kommt dieser Stil tatsächlich her, mit der Bezeichnung würde ich allerdings vorsichtig sein.«

Ferrer begann einen Vortrag über Swing und war nach nur wenigen Sätzen vollkommen in seinem Element. Er redete über die Musik der Sinti in Frankreich und darüber, wie sich, beeinflusst von verschiedenen europäischen Musikstilen, all diese Klänge zu Beginn des zwanzigsten Jahrhunderts zum Gypsy-Jazz vereint hatten, der später auch in Spanien Einzug gehalten hatte.

Im Laufe dieser Lehrstunde leerten sie die restlichen Flaschen Bier und später mehrere Gläser Gin Tonic, den Ferrer mit mallorquinischem *Cabraboc* zubereitete, der all die aromatischen Kräuter der Tramuntana enthielt. Sie tranken und redeten, und der Rhythmus von Gitarren, Violine und Kontrabass lieferte die musikalische Untermalung.

Spät in der Nacht, als der Alkohol beiden die Sinne vernebelt hatte, dachten sie an Tänze und Gesänge an Lagerfeuern, verruchte Clubs in Kellern zwielichtiger Hafenviertel und feurige Frauen mit tiefen Dekolletés. Sie pafften Zigarren und verschwendeten keinen einzigen Gedanken an einen toten Schuhfabrikanten in seiner Küche oder an seine eigenartige Stiefschwester.

31

Ich hasse diese verdammten Pillen, dachte Iñes. Sie fühlte sich wie durch den Wolf gedreht. Der Kopf hämmerte, sie war kraftlos und hatte das Gefühl, sich nur mit Mühe in die Küche schleppen zu können, um einen Kaffee aufzusetzen. Sie hatte ausreichend lange geschlafen. Eine Nebenwirkung der Antidepressiva war jedoch, dass sie sich auch tagsüber nie mehr richtig wach fühlte und alles wie durch Watte wahrnahm. Egal, wie viele Stunden sie schlief.

Die derzeitigen Temperaturen machten es nicht besser. Glühend heiße Luft aus Nordafrika hatte sich über die Insel gelegt. Der Platz vor der Kathedrale von Palma war wie leer gefegt. Die afrikanischen Straßenhändler verkauften doppelt so viele Wasserflaschen wie an anderen Tagen. In den letzten Nächten war es kaum kühler gewesen als am Tag. Die Meteorologen sprachen bereits von tropischen Nächten. Iñes hatte sich auf ihrem feuchten Laken von einer Seite auf die andere geworfen.

Es war kurz vor sieben Uhr, als sie in ausgetretenen Hausschuhen in die Küche tappte und das Kaffeepulver und eine Filtertüte aus dem Schrank nahm. Mechanisch erledigte sie die Handgriffe und lehnte sich wartend an die Wand, während das Wasser durch die Maschine lief. Ihre Augen fielen dabei schon wieder zu.

Ein ungewohntes Geräusch erregte ihre Aufmerksamkeit. Sie lauschte in die frühmorgendliche Stille des Hauses. Da war es wieder. Irgendwo klappte ein Fenster oder eine Tür.

Iñes stieß sich von der Wand ab und trat auf den Korridor. Das Geräusch kam von unten aus der Wohnung ihrer Eltern. Sicher hatte ihre Mutter gestern Abend vergessen, ein Fenster zu schließen.

Wieder einmal dachte Iñes darüber nach, wie es weitergehen sollte. Heute war es nur ein nicht geschlossenes Fenster. Was, wenn ihre Mutter irgendwann vergaß, den Herd abzustellen? Oder einen Wasserhahn? Sie könnte das ganze Haus abbrennen oder fluten, weil sie immer drei Sachen auf einmal machte. Sie war zwar nicht dement, schätzte Risiken allerdings nicht mehr richtig ein, hielt sich in den manischen Phasen beinahe für unverwundbar und war felsenfest davon überzeugt, schier alles bewältigen zu können, was sie sich vornahm. Auch gleichzeitig. Und am Ende blieben viele Dinge eben doch unerledigt, wenn der Körper unausweichlich Ruhephasen einforderte.

Würde das im Alter noch schlimmer werden?, fragte sich Iñes. Müsste ihre Mutter rund um die Uhr unter Aufsicht sein? Sie wusste nicht, wie das gehen sollte. Sie fühlte sich dieser Verantwortung jetzt schon nicht gewachsen.

Müde ging sie auf die Zwischentür zu, die die beiden Hausteile miteinander verband. Nach dem Tod ihres Großvaters waren ihre Eltern nach unten gezogen, doch ihr Vater hatte die Räume seiner Mutter ebenso leer stehen lassen wie zuvor sein Vater.

Die Tür war nicht geschlossen, sondern wurde von einem Windzug immer wieder gegen den Rahmen geschlagen, ohne ganz zuzufallen. Iñes streckte eine Hand aus, um die Tür zu schließen, als sie bemerkte, dass dahinter eine weitere Tür sperrangelweit offen stand. Sie führte zur ehemaligen Küche.

Iñes lugte beiläufig in den Raum – und im nächsten Moment gaben ihre Beine nach. Sie wollte sich noch am Türpfosten festhalten, verfehlte ihn jedoch, konnte ihn nicht mehr rechtzeitig greifen. Sie sackte auf dem Boden zusammen und schlug die Hände vor die Augen. Sie gab ein Wimmern von sich und wünschte, jemand würde kommen und sie von hier wegbringen, denn sie wollte die Augen nicht öffnen. Nie mehr. Sie wollte nicht sehen, wie ihre Mutter in einer Blutlache mit aufgerissenen Augen und starrem Blick auf dem Fliesenboden lag.

Wie ein verletztes Tier begann sie zu schreien. So lange, bis sie keine Kraft mehr hatte und nur noch schluchzen konnte. Als auch das aufhörte, kroch sie auf allen vieren zum Telefon und alarmierte die Polizei.

32

Der Menschenauflauf vor dem Haus, das Aufgebot an uniformierten Polizisten, die die neugierigen Nachbarn fernhielten, und die Kollegen von der Spurensicherung. Ferrer kam das alles vor wie ein Déjà-vu. Er und Salvà, der auf seinem Gästesofa übernachtet hatte und immer noch ein bisschen grün um die Nase aussah, betraten das hintere Haus. Zum zweiten Mal in wenigen Tagen trafen sie auf die Notärztin Doctora Pujol.

»Da wären wir also wieder«, sagte Ferrer. »Es ist unter diesen Umständen wohl nicht angebracht, wenn ich sage, dass es schön ist, Sie zu sehen?«

»Das wäre auch unangebracht, wenn wir uns am Passeig des Born beim Shoppen über den Weg liefen, denn es wäre auch da eine glatte Lüge.«

Sie hat eine scharfe Zunge. Schärfer als Rossells Seziermesser, dachte Ferrer.

Doctora Pujol trat einen Schritt näher an ihn heran, reckte den Kopf vor und fächelte mit der Hand vor seinem Gesicht herum.

»Was soll das?«, fragte er.

»Haben Sie getrunken?« Ihre Nasenflügel vibrierten. Entweder vor Entrüstung oder weil sie immer noch versuchte, den Geruch näher zu bestimmen.

»Schnapspralinen.« Das war die wohl dümmste und am häufigsten verwendete Ausrede, die Menschen in dieser Situation parat hatten. Ferrer wünschte, er hätte gestern noch viel mehr getrunken. Vielleicht hätte er heute Morgen das Telefon nicht gehört und wäre erst am Nachmittag aufgewacht, wenn sich am Tatort jemand anderes um alles gekümmert hatte.

Doctora Pujol schüttelte missbilligend den Kopf. Ihr Gesichtsausdruck verriet, dass sie, was Ferrer betraf, nichts überraschen konnte. »Die Frau wurde erschossen. Mitten in die Brust und aus nächster Nähe. Um das Einschussloch herum gibt es Einsprengungen von unverbrannten Pulverpartikeln.«

»Also ein aufgesetzter Schuss.«

»Nein, das habe ich nicht gesagt. Bei einem aufgesetzten Schuss findet man auch feinste Brandbläschen und versengte Härchen. Das ist nicht der Fall.«

»Ich bin beeindruckt, Doctora. Sie haben den Beruf verfehlt.«

Doctora Pujol sah Ferrer entrüstet an. Er begriff seinen Fauxpas. »Nicht den als Ärztin, verstehen Sie mich nicht falsch. Sie sollten für die Kriminalpolizei arbeiten.«

»Ich nehme das mal als rares Kompliment aus Ihrem Munde. Einen schönen Tag noch, Chefinspektor.« Damit rauschte sie davon.

Ferrer betrat mit ernster Miene das Haus und marschierte schnurstracks über den Korridor auf den Ort zu, an dem Bernat Crespí gefunden worden war.

Ein uniformierter Kollege winkte ihn von dort fort. »Die Tote liegt drüben in der anderen Küche.«

»Gott, schreien Sie doch nicht so«, entfuhr es Ferrer. Der ratlose Blick des Mannes sagte ihm, dass er das vermutlich nicht getan hatte. Es war nur sein bis in die Haarwurzeln schmerzender Kopf. »Die andere Küche?«

»Ja, es gibt hier unten zwei. Aber diese hier steht leer und wurde offensichtlich schon lange nicht mehr benutzt.«

Die Räume von Crespís Mutter. Verònica hatte mit ihrer Vermutung richtiggelegen. Es war ihrem Stiefbruder nicht darum gegangen, dass er tatsächlich mehr Platz brauchte. Er hatte die verfluchten Küchen nur benutzt und sich unter den Nagel gerissen, um ein Wohnen für sie und ihre Mutter unmöglich zu machen. Er musste wirklich ein garstiger und missgünstiger Knochen gewesen sein.

In Ferrers Eingeweiden grummelte es. Noch wusste er nicht, warum. Vermutlich zu viel Schnaps. Oder doch, er wusste es, wenn er ehrlich war. Es waren die Tatorte. Denn die ließen Schlüsse zu, die in eine bestimmte Richtung wiesen. Wieso sonst wieder eine Küche? Ferrer wollte nicht darüber nachdenken. Sicher jedoch war es nicht wegen des Anblicks von Leichen. Was das betraf, war er nach zwanzig Jahren bei der Policía Nacional abgehärtet genug.

Er betrat die Küche, die Spurensicherer machten ihm Platz und zogen sich zurück. Er versuchte, sich zu sammeln. Zum ersten Mal bereitete ihm der metallische Geruch von Blut Unwohlsein. Er betrachtete das Gesamtbild.

Leonor Ros Llobera lag der Länge nach auf dem Rücken auf den in die Jahre gekommenen, immer noch prächtigen Zementfliesen, die in dieser Weise nur von Huguet in Campos hergestellt wurden. In dem traditionsreichen Familienbetrieb konnten Kunden auch heute noch von der Ausstellungsfläche aus durch Glasfenster den Handwerkern – nein, den Künstlern – in der Werkstatt bei der Arbeit zuschauen.

Campos. Das Gesicht von Verònica stieg wieder vor Ferrers innerem Auge auf. Er musste sich konzentrieren.

Die jahrzehntealten Schmuckstücke, die sogar Messingeinleger hatten, waren mit einer dicken Staubschicht bedeckt, die sich mit geronnenem Blut vermischte. Ein paar Skizzenblätter klebten in der Lache. Crespís Witwe hatte sich auch hier künstlerisch betätigt und Bleistiftzeichnungen angefertigt. Dabei war sie überrascht worden.

Die Beine der Toten waren gerade ausgestreckt und die Arme an die Seite gelegt. Es war klar, dass das keine Position war, in die jemand von allein fällt, tödlich von einer Kugel getroffen rückwärtsstürzend. Jemand musste sie in diese Position gebracht haben. Warum?

Bei Crespí hatte sich der Täter die Mühe nicht gemacht, sondern ihn in einer Lache seines eigenen Blutes auf dem Boden liegen lassen, in sich zusammengesunken und verdreht. Es konnte bedeuten, dass dem Täter diese neuerliche Tat leidtat, er sich dafür schämte. Er konnte töten, jedoch die Tote nicht wie Abfall liegen lassen. Es war wie eine Entschuldigung, an das Opfer gerichtet.

Aber Ferrer war kein Psychologe. Derlei Deutungen überließ er lieber den Experten. Außerdem stellte sich ja die Frage, ob es sich um denselben Täter handelte. Oder dieselbe Täterin.

Er wandte sich an Salvà, der hinter ihm auftauchte. »Wo ist die Tochter?«

»Sitzt im Rettungswagen. Sie hat eine Beruhigungsspritze

bekommen. Bis der Schock nachlässt, ist sie überhaupt nicht ansprechbar.«

»Und der Schwiegersohn?«

»Im Keller mit einem Kollegen. Es sieht aus, als hätte er dort genächtigt. Und er hat eine mächtige Fahne. Ein harmonischer Abend war das gestern sicher nicht.«

Ferrer ahnte, warum. Das Thema Scheidung. »Gut, kümmere du dich um die Aussagen. Ich sehe mich noch ein wenig um.«

Wie war der Täter ins Haus gekommen? Es gab wie beim ersten Mal keine Einbruchsspuren an der Eingangstür, auch nicht an den Fenstern.

Sie hatten Crespís Tochter nach dem ersten Mord aufgefordert, die Anzahl der Schlüssel aller Familienmitglieder zu überprüfen. Das Ergebnis war sie ihnen bisher schuldig geblieben. Und jetzt konnte er sie kaum fragen.

Was war mit dem Keller? Oder gab es vielleicht im Garten Spuren eines Eindringlings? Was ging hier vor sich? Wer hatte Interesse daran, zwei Mitglieder der Familie Crespí auszulöschen?

In Ferrers Kopf schwollen Stimmen zu einem wilden Durcheinander an. Gesprächsfetzen poppten auf wie Sprechblasen in einem Comic.

Mein Mann müsste schon drei Morde begehen, um sich alles unter den Nagel zu reißen, hatte Iñes gesagt. War sie womöglich in Gefahr? In welcher der drei Küchen?, hatte Verònica gefragt. Erben statt kaufen? Würde sie denn überhaupt irgendwann an der Reihe sein? Vermutlich. Wenn genug andere Familienmitglieder beseitigt wären und nur sie übrig blieb. War das ihr Plan? Mord an dem Ort, der die Familie entzweit hatte? Sehr symbolträchtig. Romanstoff für eine Autorin.

Diese Gedanken behagten Ferrer gar nicht. Und dass das so war, behagte ihm noch viel weniger. Er durfte seine Objektivität nicht verlieren.

Im Garten angekommen, scannte er blitzschnell alles, was rechts und links am Kiesweg lag. Rasen, üppig bepflanzte Terrakottakübel, Sonnenliegen, ein Gartenhäuschen. Nicht außergewöhnlich. Er hatte den Zaun an der hinteren Grundstücksgrenze erreicht und konnte nichts feststellen, was für die Ermittlungen wichtig war.

Doch hinter dem Zaun bemerkte er etwas. Bei den Büschen am Bachufer sah er etwas Weißes auf dem Boden flattern. Eine Spur? Hatte der Täter etwas hinterlassen? Eine Botschaft? Oder war er nur unachtsam gewesen? Wie sollte er da drankommen? Er musste wohl klettern.

Ferrer griff in den Maschendrahtzaun und zog sich hoch, während er versuchte, mit dem Fuß Halt in einer der Maschen zu finden. Doch die waren zu eng für seine schweren Boots. Er rutschte ab und hing wie ein schlaffer Sack am Zaun.

Er ließ los und sah sich um. Niemand hatte sein fehlgeschlagenes Manöver bemerkt. Sein Blick fiel auf einen Gartenstuhl, der an der Außenwand des Gartenhäuschens stand. Ferrer stieg darauf und zog sich auf das Dach. Von dort konnte er hinüberklettern in die Steineiche auf der anderen Seite des Zaunes. Wie er allerdings zurückkommen sollte, war ihm noch nicht klar.

Dennoch ließ er sich auf den Boden fallen. Er ging zu dem Etwas, das sich bei näherer Betrachtung als ein Blatt Papier entpuppte, nahm es auf und faltete es auseinander.

»Slim & Fit mit Illes. Für Sommereinsteiger 20% Rabatt auf Aufnahmegebühr und Mitgliedsbeitrag. Gültig bis zum 30.06. für die Clubs s'AiguaBlava, Aragón, Calvià, Inca und Marratxí.«

Wütend knüllte Ferrer das Papier zusammen und kickte es in die Büsche. Ein verdammter Werbeflyer. Dafür war er hier herumgekraxelt. Und wie zurückkommen?

Vielleicht sollte ich mich für »Slim & Fit« anmelden, dachte er zornig. Das macht das Herumklettern auf Bäumen sicher leichter.

Aber eine andere Möglichkeit gab es nicht. Er sah sich erneut um, sich vergewissernd, dass ihn niemand bei dieser entwürdigenden Aktion beobachtete. Er ging in die Knie, um für einen Sprung Schwung zu holen, mit dem er an die untersten Äste gelangen wollte. Doch bevor er sich vom Boden abstieß, fiel sein Blick auf etwas anderes am Ufer des Baches. Ein Schuhabdruck. Von einer auffälligen Profilsohle, im schwarzen Matsch getrocknet und hart wie ein Fossil im Stein. Der Mensch, der den Abdruck hinterlassen hatte, hatte sich zum Haus hin bewegt.

Ferrer bückte sich und fuhr vorsichtig mit den Fingerspitzen über die Rillen. Vielleicht Wanderschuhe. Oder irgendwelche Stiefel. Er zog seine Finger zurück, als hätte er sich verbrannt. Vor seinem geistigen Auge tauchte ein Paar leuchtend grüner Gummistiefel auf. Und er hörte wieder Verònica.

Drei Küchen. Für jeden eine.

Er zwang sich zur Ruhe, zog sein Handy aus der Innentasche seiner Lederjacke und wählte die Nummer von Salvà.

»Gabriel! Wo zum Teufel steckst du?«, rief Salvà.

»Reg dich ab. Ich bin auf der anderen Seite des Gartenzauns. Ich hab was gefunden. Schick mir mal die Spurensicherung her und jemanden mit einem Bolzenschneider für den Zaun.«

»Wozu denn einen Bolzenschneider?«

»Weil wir nicht auf einem Abenteuerspielplatz sind und alle wie die Affen übers Dach klettern lassen können. Darum.«

Ferrer drückte die Austaste auf seinem Handy. Er wusste, dass er ungerecht war. Salvà hatte ihm nichts getan. Er war wütend. Am meisten auf sich selbst. Er hatte sich wie ein Anfänger einlullen lassen von Rotwein und einer traurigen Familiengeschichte. Das war ihm zuvor noch nie passiert. Und das würde ihm auch nie wieder passieren.

33

Die neben der Tür postierte Polizistin starrte vermeintlich unbeteiligt irgendwo ins Leere. Sie erweckte den Anschein, nichts mit dem zu tun zu haben, was im Vernehmungszimmer vor sich ging, als wäre sie ganz zufällig dorthin geraten. Doch Ferrer wusste, würde die zu befragende Person auch nur eine falsche Bewegung machen, wäre seine Kollegin mit einem Satz zur Stelle, um einzugreifen. Auch wenn er nicht annahm, dass dies notwendig werden würde, war es doch Vorschrift. Er durfte sich mit der Verdächtigen nicht allein in diesem Raum aufhalten, auch wenn Kameras jeden Winkel im Visier hatten.

»Eine echte Krimiautorin mag sich ja wünschen, einmal den Betrieb in einem Kommissariat mitzuerleben und die Arbeit bei einer laufenden Ermittlung hautnah beobachten zu können. Insofern würden mich bestimmt einige Menschen in diesem Augenblick beneiden, wo ich doch mittendrin bin in dem ganzen Spektakel. Sozusagen im Auge des Orkans. Aber Krimis sind eigentlich nicht so mein Metier, wissen Sie?«

Verònicas Versuch, mit Humor die unbehagliche Situation aufzulockern, scheiterte. Ferrers säuerliche Miene veränderte sich nicht.

»Ich dachte, Sie recherchieren für einen Krimi. Schon vergessen? Stimmte das vielleicht gar nicht?«

Verònica schwieg.

»Aber Sie haben vollkommen recht«, fuhr Ferrer fort, »mehr mittendrin geht nicht. Heute geht es ausschließlich um Sie.« Er musste sich nicht einmal bemühen, streng und unerbittlich dreinzublicken. Er war zornig.

Das schien auch Verònica in diesem Moment klar zu werden. Daher stellte sie ihr Geplapper ein und erwiderte nichts.

»Senyora Martí, ich will gleich zur Sache kommen. Sie sind hier, weil Sie unter dringendem Tatverdacht stehen, Ihre Schwägerin Leonor Ros Llobera, Witwe Ihres Stiefbruders Bernat Crespí, ermordet zu haben oder zumindest an ihrem Tod beteiligt gewesen zu sein. Somit müssen wir Sie auch erneut als Verdächtige im Mordfall Crespí in Betracht ziehen.«

»Meine Schwägerin? Davon weiß ich noch gar nichts. Was ist denn passiert? Herrgott, kann mir das mal jemand erklären?«, forderte Verònica aufgebracht.

»Ihre Schwägerin wurde in der letzten Nacht in ihrem Haus erschossen. In einer der Küchen.« Den letzten Satz betonte Ferrer bedeutungsvoll.

»Ja und? Was habe ich damit zu tun?«

»Sie haben begründetes Interesse am Ableben Ihrer Familienmitglieder. Zudem kennen Sie das Grundstück und das Haus wie kaum ein anderer. Daher dürfte es für Sie keine Schwierigkeit darstellen, in das Haus einzudringen. Sie scheinen die Wahl der Tatorte ausgesprochen erheiternd zu finden. Und warum ist das so? Weil Sie Kenntnis von dieser ganzen irrwitzigen Geschichte mit den Küchen haben. Sie stoßen uns ja mit der Nase darauf, dass Sie die Täterin sind. Sie stapeln außerdem auf Ihrem Schreibtisch Unterlagen, die beinahe eine so eindeutige Sprache sprechen wie Fingerabdrücke. Für wie dumm halten Sie die Polizei?«

Dem ungläubigen Blick, mit dem Verònica ihn anstarrte, konnte Ferrer nicht standhalten. Er sah auf seinen noch leeren Notizblock, dessen oberste Blätter sich an den Ecken nach oben wölbten, als sei er irgendwann nass geworden und wieder getrocknet. Eigentlich sah er so aus, als sei er noch nie benutzt worden, als sei er nur ein Utensil, das bei einem Verhör auf dem Tisch lag, damit alles so aussah, wie man es erwartete. Ob Verònica den gleichen Gedanken hatte?

»Und wenn schon«, sagte sie. »Das reicht doch wohl nicht, um mich festzuhalten! Das ist doch nicht Ihr Ernst.«

Ihre Empörung war Ferrer nicht entgangen. Er deutete sie als aufsteigende Panik. Verònica schien zu begreifen, dass er sie drankriegen würde. Sie begann, sich abwechselnd alle zehn Fingerspitzen zu massieren.

»In Ihrem Besitz befindet sich ein Paar Gummistiefel, das meine Kollegen von der Kriminaltechnik mitgenommen und inzwischen untersucht haben. Es besteht eine hundertprozentige Übereinstimmung mit einem Schuhabdruck, der in unmittelbarer Nähe des Hauses, also des Tatorts, gefunden wurde. Uns interessiert, was Sie dort gemacht haben.«

Ferrer beobachtete, wie sich Verònica bemühte, ihre Atmung zu kontrollieren, die auffällig schnell und flach ging. Er nahm zwei Fotos aus einer Mappe und knallte sie vor sie auf den Tisch. »Kommen Ihnen die bekannt vor?«

Verònica beugte sich vor und zog die beiden Aufnahmen näher zu sich. Sie vertiefte sich in die Abbildung zweier apfelgrüner, matschverkrusteter Gummistiefel und eines Abdrucks, der so scharfe Konturen aufwies, als sei er mit einem Schnitzmesser in den Boden gearbeitet worden. Schließlich sah sie auf und brach in ein Lachen aus, das nicht weit von Hysterie entfernt war.

»Nicht schon wieder, Senyora Martí! Diese Spielchen kenne ich bereits. Ich warte auf eine Erklärung.«

Verònicas Augen waren weit aufgerissen. Sie hatte Mühe zu sprechen, als hätte sie ihre letzte Luft für das Lachen verbraucht. »Spielchen? Sie nennen das Spielchen? Weil ich darüber lachen muss, dass das Beweismittel ein Paar schreiend grüner Gummistiefel sind? Oh ja, darüber muss ich lachen.« Sie japste inzwischen wie ein Fisch auf dem Trockenen. Unvermittelt stand sie auf und begann, auf und ab zu gehen. Ferrer bedeutete der Polizistin, sie zur Raison zu bringen. Doch stattdessen öffnete diese die Tür und flüsterte einem auf dem Korridor postierten Beamten etwas zu.

»Ich warte immer noch. Wenn Sie allerdings die Aussage verweigern möchten ... Und hören Sie endlich auf, herumzulaufen. Was soll der verdammte Blödsinn!«

Da wurde die Tür wieder geöffnet. Der Beamte übergab der Polizistin eine kleine Plastiktüte, die sie nach einer kurz gemurmelten Entschuldigung in Richtung Ferrer Verònica reichte. Diese griff dankbar nach der Tüte, hielt sie sich vor das Gesicht und atmete hinein.

Ferrer sah sie an, als hätte sie den Verstand verloren. Doch nach wenigen Sekunden merkte er, wie ihre Atemzüge tiefer und ruhiger wurden und ihr Bedürfnis, sich zu bewegen, nachließ. Auch machte die Blässe in ihrem Gesicht einer gesünderen Farbe Platz.

Sie setzte die Tüte ab. »Ich mache eine Aussage. Wenn das Hyperventilieren vorbei ist und ich wieder atmen kann. Wenn ich dazu in der Lage bin, Sie gottverdammter ungehobelter Klotz.«

Ferrer war tatsächlich bestürzt. Er hatte gedacht, sie würde schauspielern. Er beugte sich über den Tisch und wollte ihr eine Hand auf den Arm legen.

Mit einem Ruck zog Verònica ihren Arm aus seiner Reichweite. »Ich war hinter dem Haus in den besagten Gummistiefeln«, gab sie in spöttischem Ton zu Protokoll. »Ich wollte nichts weiter als einen Blick in den Garten werfen. Sie fragen sich, warum? Dumme weibliche Neugier und Nostalgie. Ich wollte nur sehen, ob es dort noch so aussieht, wie ich es in Erinnerung hatte. Vielleicht, um es in meinem Buch zu verwenden. Vielleicht einfach nur der Erinnerung wegen.«

»Und das soll ich Ihnen glauben? Eine schwache Erklärung, Senyora Martí.«

»Ach ja? Vielleicht denken Sie noch mal gut nach, Sherlock. Dieser Fußabdruck ist doch ganz offensichtlich nicht in staubtrockener Erde entstanden, sondern in tiefem, nassem Matsch und anschließend getrocknet. Andernfalls hätten Sie nicht dieses wunderhübsche Profil erhalten.« Sie schubste das Foto über den Tisch zurück zu Ferrer. »Es hat seit dem Unwetter neulich nicht mehr geregnet. Wann, glauben Sie also, hat sich das Profil dort eingegraben? Gestern Nacht?«

Ferrer wurde unsicher. An ihrer Argumentation war etwas dran.

»Ich war gestern Nacht zu Hause. Allein. Aber es gibt mehrere Einträge von mir in Autorenforen, die ich besucht habe. Und Chatprotokolle. Außerdem habe ich einen Anruf von einer Freundin erhalten. Sie werden sicher überprüfen können, dass die Zeit dazwischen nicht ausgereicht hätte, um mal eben meine Schwägerin um die Ecke zu bringen.«

»Das werden wir tun. So lange werden Sie hierbleiben müssen. Zunächst benötigen wir Ihre Unterschrift für das Protokoll und …« Ferrer machte eine Pause. »Sie werden erkennungsdienstlich erfasst werden«, fügte er hinzu, ohne ihr ins Gesicht zu sehen, blätterte in Papieren, setzte seine Unterschrift auf einige von ihnen und knallte geräuschvoll einen Stempel darunter.

Verònica ließ währenddessen den Blick über die Wände des Vernehmungszimmers schweifen. Sie wirkte, als sei sie gedanklich weit weg.

Ferrer musste lauter werden. »Senyora Martí, hören Sie mich? Wir wären so weit. Wenn Sie uns allerdings noch etwas sagen möchten?«

»Nein, ich habe nur gerade gedacht, was wäre, wenn diese Wände sprechen könnten. Was sie alles zu sagen hätten über herzbewegende Familientragödien und Einzelschicksale, Reue, Scham, Gewissenserleichterung und Abschiede. Und vielleicht über Neuanfänge.«

Ferrer verzog das Gesicht. »Sie würden Ihnen viele Geschichten von Verrat, Niederträchtigkeit und Lügen, Rache, Habgier und emotionaler Grausamkeit erzählen. Glauben Sie mir, die wollen Sie nicht hören.«

»Das ist dann wohl Ihre männliche Sicht auf die Dinge«, erwiderte Verònica.

Ferrer zuckte mit den Schultern. »Vielleicht habe ich, genau wie die Wände, nur einfach schon zu viel von all dem gehört.«

In seinem Büro schob er das Vernehmungsprotokoll zur Unterzeichnung über den Tisch, legte einen Stift dazu und bedeutete Verònica mit einer unwirschen Handbewegung, an den markierten Stellen zu unterschreiben. Danach führte er ein Telefonat mit den Kollegen, die die Fotos von ihr machen sollten. Außerdem mussten Fingerabdrücke abgenommen werden. Er klärte Verònica über die übliche Vorgehensweise auf, doch sie sah gebannt durch die Glasscheibe, die sein Büro von dem seines Kollegen Salvà trennte. Sie konnte ihren Blick nicht von dem Whiteboard lösen, das dort aufgebaut war. Fotos aller an diesem Fall Beteiligten waren daran angepinnt. Opfer, Familienmitglieder, Verdächtige und Zeugen. Sie waren verbunden durch verschiedenfarbige Linien, die für Außenstehende ein undurchschaubares Muster darstellen mussten.

Ferrer registrierte Verònicas angespannten Gesichtsausdruck »Was ist?«, fragte er.

»Das Foto da drüben. Ich kenne diesen Mann, weiß nur nicht, woher.«

»Selbstverständlich kennen Sie diesen Mann, der ist ja im Nachbarhaus aufgewachsen.«

»Natürlich!« Verònica schlug sich mit der flachen Hand gegen die Stirn. »Josep Garau. Ich wusste nicht, dass er wieder draußen ist. Hat er etwa mit den Morden zu tun? Abgesehen davon, dass ich ja Ihre Hauptverdächtige bin …«

»Was meinen Sie mit ›wieder draußen‹?«

»Bin ich hier bei einer Mordkommission oder im ›Sala Trampa‹. Garau hat eingesessen. Soweit ich weiß, wegen bewaffneten Raubüberfalls. Was macht der denn da an Ihrer Wand, wenn Sie davon keine Ahnung haben?«

Sie verglich sein Kommissariat mit dem »Sala Trampa«. Einem Improvisationstheater. Es reichte Ferrer. Er schickte die uniformierte Kollegin aus dem Raum und schloss die Tür hinter ihr.

»Dürfen Sie das?«, fragte Verònica, die sich die Arme um den Körper schlang, als müsse sie sich schützen.

»Senyora Martí, vielleicht war ich zu voreilig …«

»Voreilig? Das trifft es ja wohl nicht ganz. Womit habe ich Sie so verstimmt, dass Sie mich im Nullkommanichts zur Hauptverdächtigen machen? Mit Gummistiefelspuren?«

Ferrer wedelte mit seiner Hand in der Luft herum, um zu signalisieren, dass er auch zu Wort kommen wollte. Sie war inzwischen richtig in Fahrt.

»Ich habe von Anfang an mit offenen Karten gespielt, Ihnen alle Informationen gegeben, die Sie haben wollten. Ich habe für die vergangene Nacht keine Zeugen, die mit mir in meiner Wohnung waren. Wie ich schon sagte, es gibt die Foreneinträge, es gibt ein Chatprotokoll, und ich habe von kurz vor Mitternacht an mindestens eine Stunde lang ein Auslandstelefonat geführt. Alles überprüfbar. Und mir fällt sogar noch etwas ein. Senyor Vidal ist mitten in der Nacht reichlich angesäuselt aufgetaucht.«

Ferrer sah sie fragend an.

»Er ist der Verehrer von meiner Vermieterin. Das darf natürlich keiner wissen. Senyora Pons ist schließlich eine anständige Frau.« Verònica verdrehte die Augen. »Er hatte schon so viel intus, dass er mit seinem Fahrrad gestürzt und beinahe in den Hühnerstall gefallen ist. Ich dachte, er hätte sich das Genick gebrochen, so ein Spektakel war das. Ich bin kurz hinausgelaufen, um nach ihm zu sehen. Er kann bezeugen, dass ich zu Hause war.«

»Falls er nicht zu betrunken war«, entgegnete Ferrer. »Wir werden Ihre Aussagen überprüfen. Garau ist im Übrigen kein Verdächtiger, er hat sich lediglich eine kindische Rauferei mit Planas geliefert, jedoch darauf verzichtet, Anzeige zu erstatten. Wir haben das Foto von ihm gemacht, um die Verletzungen zu dokumentieren, die er dabei davongetragen hat. Das dürfte ich Ihnen eigentlich gar nicht erzählen, weil es Bestandteil laufender Ermittlungen ist.«

Wenn sie recht hatte, dachte er, wäre ihnen wirklich ein kolossaler Fehler unterlaufen. Sie mussten schnellstmöglich überprüfen, ob es eine Akte zu Garau gab.

»Wir müssen jeder Spur nachgehen, auch wenn sie noch so unbedeutend oder abwegig erscheint. Es tut mir leid. Ich werde Ihnen einen Kaffee bringen lassen, und dann werden Sie auch bald gehen können.« Ferrer streckte ihr die Hand hin, doch Verònica ignorierte sie. Sie war immer noch sehr aufgebracht. Ihre geröteten Wangen sprachen Bände.

»Werden Sie sich um Garau kümmern?«, fragte sie.

»Selbstverständlich.«

»Was ist mit meiner Stiefnichte? Ist sie etwa auch in Gefahr?«

»Sie befindet sich derzeit im Krankenhaus und wird dort wohl auch noch ein paar Tage bleiben müssen.«

»Und ihr Mann?«

»Senyor Planas ist noch zur Befragung bei uns. Er ist ebenfalls verdächtig. Wir konzentrieren uns nämlich nicht nur auf Sie. Auch das dürfte ich Ihnen eigentlich nicht sagen.«

»Das heißt, das Haus steht zurzeit leer. Es ist niemand da, richtig?« Verònicas Katzenaugen glitzerten.

»Ja, warum?«, fragte Ferrer misstrauisch.

»Nur so. Der Täter hätte freie Bahn, um dort zum Beispiel etwas zu suchen, richtig?«

»Was soll das –«

»Haben Sie eigentlich bereits etwas gefunden, das Aufschluss über ein eventuelles Doppelleben von Crespí gibt? Die fehlenden Dateien, von denen Sie mir erzählt haben?«

»Schluss jetzt. Das geht zu weit. Sie machen nicht noch mehr Blödsinn. Das Haus ist ein Tatort, die Eingänge sind versiegelt.« Noch während Ferrer sprach, wurde ihm klar, dass Verònica den gleichen Gedanken gehabt hatte wie er. Wenn jemand die Absicht hatte, in das Haus einzudringen, käme er zurzeit unbemerkt hinein, Versiegelung hin oder her. Nicht überraschend war daher ihr unterdrücktes Lachen.

Ferrer baute sich vor ihr auf und packte sie an den Oberarmen. »Machen Sie keinen Blödsinn. Sie stecken doch schon weit genug drin in der Sache oder etwa nicht?« Er spürte, wie sie die Muskeln unter seinem Griff anspannte wie eine Katze, die Widerstand leistete.

»Es war nur eine Frage. Für meine Geschichte kann ich das vielleicht verwenden. Mein Buch, Sie erinnern sich?«

Sekundenlang starrten sie sich an. Immer noch hielt Ferrer Verònicas Arme wie in einer Schraubzwinge. Wenn er könnte, wie er wollte …

»Sie tun mir weh. Würden Sie mich bitte loslassen?« Ihre Stimme hätte nicht kühler sein können.

Sofort verschwand die seltsam beunruhigende Stimmung, die Ferrer gepackt hatte. Er ließ Verònica los und trat einen Schritt zurück. Mit einem knappen Kopfnicken verließ er den Raum und schickte die Polizistin wieder hinein.

34

Es waren alle eingetroffen, deren Anwesenheit bei der eilig organisierten, außerordentlichen Besprechung gefordert war. Chefinspektor Gabriel Ferrer, Inspektor Rafael Salvà und Kriminaltechniker Isandro Oriol saßen auf der einen Seite des Konferenztisches, auf der anderen Seite hatte ein Kollege der Presseabteilung Platz genommen. Ferrer wusste nicht einmal dessen Namen, da er es ja bekanntermaßen mit der schreibenden Zunft nicht so hatte.

Staatsanwalt Castro rückte sich den Stuhl an der Stirnseite zurecht. Ferrer überließ ihm zunächst die eröffnenden Worte.

»Meine Herren, wie weit sind Sie? Gibt es irgendwelche neuen Erkenntnisse? Wie ist der Ermittlungsstand?«

Erwartungsvolle Blicke richteten sich auf Ferrer. Er räusperte sich kurz, ehe er den aktuellen Stand zusammenfasste. »Wir haben zuallererst die Familie der Opfer. Die Tochter, Iñes Crespí, kann für beide Tatnächte nur angeben, dass sie geschlafen und weder etwas gesehen noch etwas gehört hat. Sie befindet sich zurzeit im Krankenhaus. Sie erlitt einen Zusammenbruch, nachdem sie ihre Mutter aufgefunden hat. Einziges Motiv könnte Habgier gewesen sein, Haus und Grundstück fallen nämlich an sie. Der Schwiegersohn Miquel Planas befand sich ebenfalls zu beiden Tatzeiten im Haus, kann jedoch auch keine Angaben machen. Nichts gesehen, nichts gehört. Beim zweiten Mord hat er nach einem Streit mit seiner Frau stark alkoholisiert im Keller des Hauses geschlafen. Er ist uns als aufbrausender, leicht erregbarer Zeitgenosse bekannt. Das mögliche Motiv wäre auch hier die Gier nach Haus und Grundstück, allerdings profitiert er davon erst nach dem Tod seiner Frau.«

»Ist sie in Gefahr?«, fragte Castro nach.

»Schwer einzuschätzen. Aber wir können sie schließlich nicht unter Polizeischutz stellen. Konkrete Drohungen gegen sie, Leib und Leben betreffend, hat es nicht gegeben.«

Castro nickte zustimmend.

»Außerdem wäre da Verònica Martí, die Stiefschwester beziehungsweise Schwägerin der beiden Opfer. Wieder geht es um das Haus. Sie hat vielleicht sogar das stärkste Motiv. Ihre Mutter hat das Haus unter dubiosen Umständen bei einem Erbschaftsstreit an den Ermordeten verloren. Sie will es zurückkaufen, hat ein Angebot gemacht, welches jedoch von Crespí abgelehnt wurde. Sie war mit beiden Opfern zerstritten. Ihr Interesse an dem Fall geht über den Tod der beiden hinaus. Sie erklärt dies mit der Absicht, für einen Roman zu recherchieren. Senyora Martí ist Autorin.«

An dieser Stelle verdrehte Castro die Augen hinter seiner Goldrandbrille zur Zimmerdecke.

»Für die erste Tatnacht liegt kein Alibi vor, für die zweite schon. Überprüft und bestätigt.«

Ferrer bemerkte, dass Castro ungeduldig wurde, was sich dadurch zeigte, dass er an seinem Krawattenknoten nestelte, als würde der ihn strangulieren.

»Es gibt an beiden Tatorten Fingerabdrücke der Tochter und des Schwiegersohnes, was nicht ungewöhnlich ist, denn die vier haben mehr oder weniger gemeinsam ein Haus bewohnt«, fuhr Ferrer fort. »Keine fremden Fingerabdrücke. Ein Täter außerhalb des Familienkreises müsste demnach Handschuhe getragen haben. An Crespí wurde kein Fremdmaterial gefunden, an seiner Frau schon. Es handelt sich um Textilfasern, die keinem ihrer Kleidungsstücke zugeordnet werden konnten. Die Tatsache, dass die Untersuchung nur bei ihr ein positives Ergebnis gebracht hat, erklärt sich wahrscheinlich mit der Tatsache, dass der Täter das Opfer in diese ungewöhnliche Position gebracht hat. Sie waren im engen körperlichen Kontakt. Bei Crespí war das nicht der Fall.«

»Irgendetwas von Dr. Rossell?«, fragte Castro.

»Nein, nichts.«

»Was dauert denn so lange an diesem verdammten Bericht?«

»An den Todesursachen besteht ja keinerlei Zweifel«, erklärte Ferrer. »Für unsere Ermittlungen spielt das also keine Rolle.« Er merkte selbst, dass er den schrulligen Rechtsmediziner gerade in Schutz nahm, was er nie für möglich gehalten hätte.

Castro überging seine Bemerkung. »Das heißt, wir haben rein gar nichts Verwertbares? Lauter lose Enden? Nichts, was wir der Presse mitteilen könnten?«

Ferrer war sehr unbehaglich zumute. Unterstützung suchend, wandte er den Kopf zu Salvà. Der zupfte am Kragen seines Shirts und zog ihn hoch bis zu den Ohren, als würde er sich darin verstecken wollen. Doch Ferrer konnte die folgende Information nicht vorenthalten. »Verònica Martí hat uns eine sehr interessante Information geliefert, die in diesem Moment überprüft wird. Es gibt einen Nachbarn, Josep Garau, der wegen …«

Weiter kam Ferrer nicht. Die Tür wurde aufgestoßen, und Catalina Roca trat ein. Sie legte mehrere Seiten Computerausdrucke und eine fingerdicke Aktenmappe vor Ferrer auf den Tisch. Er forderte sie auf, selbst eine kurze Zusammenfassung zu liefern.

Catalinas Gesicht leuchtete auf, als hätte sie nur auf diese Gelegenheit gewartet. »Garau hat vor ein paar Jahren wegen eines bewaffneten Raubüberfalls gesessen. Eine Gruppe Männer hatte damals eine Tankstelle im Norden bei Inca überfallen. Der Tankstellenbesitzer und seine Frau wurden dabei schwer verletzt. Garau hat bis zur Urteilsverkündung bestritten, an der Tat beteiligt gewesen zu sein. Er gab damals zu Protokoll, das Treffen mit seinen Freunden vorzeitig verlassen zu haben und noch bevor der Überfall stattgefunden habe, zu Hause gewesen zu sein. Zeugen hatte er dafür allerdings nicht. Stattdessen gab es eine anders lautende Aussage, die ihn schwer belastete, und die kam, halten Sie sich fest, von Planas. Er behauptete, die gesamte Gruppe, Garau eingeschlossen, gesehen zu haben, als sie aus Inca zurückgekehrt sei und ihren Beutezug in einer Bar begossen habe. Garau hingegen hat darauf bestanden, dass Planas lüge. Er sagte, er habe ihn nur aus dem Weg haben wollen, damit er ihm die Frau ausspannen könne.«

»Die Crespí?«, entfuhr es Oriol.

Der Pressekollege tippte etwas in sein Tablet.

Salvà stieß einen leisen Pfiff aus. »Die Tochter von Crespí und der Garau. Das ist ja interessant.«

»Wieso hat den Mann niemand überprüft?«, schnauzte Castro.

»Wir können doch nicht nur so sämtliche Nachbarn überprüfen. Welchen Grund hätten wir denn dafür gehabt?« Ferrers Ton wurde schärfer.

»Aber als Rache für ein unverdientes Einsitzen und eine ausgespannte Frau sind zwei Morde ein bisschen starker Tobak, oder?«, warf Oriol ein.

Catalina schüttelte den Kopf. »Garau stand damals kurz vor der Übernahme des Geschäfts in Palma, für das er bis dahin als Angestellter gearbeitet hatte. Majorica-Perlen. Der Schritt in die Selbstständigkeit ist von der Verurteilung vereitelt worden. Nach seiner Entlassung bekam er nur noch einen Hilfsjob im Fertigungsbetrieb in Manacor. Und Iñes Crespí war inzwischen mit Planas verheiratet. Garaus berufliche Karriere war zerstört und sein privates Lebensglück geplatzt wie eine Seifenblase. Das ist nicht zu unterschätzen.«

Staatsanwalt Castro klopfte mit seinen Fingerknöcheln auf die Tischplatte. Er machte ein Gesicht, als sei er von dieser Wendung und der neuen Spur sehr angetan.

Ferrer war skeptisch. »Wieso bringt Garau nicht Planas um, sondern die Familie von dessen Frau, seiner Ex?«, fragte er.

»Das wäre zu einfach«, warf Salvà ein. »Vielleicht will er Planas die Morde in die Schuhe schieben, ihn in den Knast wandern lassen und sich die Frau zurückholen. Er will Planas leiden lassen. Er will, dass ihm genau das widerfährt, was er selbst durchmachen musste.«

Ferrer fand diesen Plan zwar umständlich, doch unmöglich war es nicht.

»Warum hat keiner der beiden Männer mit irgendeinem Wort diese frühere Feindschaft erwähnt?«, fragte der Kollege von der Presseabteilung. »Auch dass Planas indirekt die Schuld an der Gefängnisstrafe trägt. Und vor allen Dingen, warum hat Planas die Sache verschwiegen? Es wäre doch eine großartige Gelegenheit gewesen, Garau erneut anzuschwärzen. Planas hätte behaupten können, dass Garau ihm die Sache in die Schuhe schieben wollte als Vergeltung für den Vorfall aus der Vergangenheit. Damit wäre er selbst erst mal für eine Weile aus der Schusslinie gewesen. Das verstehe ich nicht.«

Ferrer musste zugeben, dass die Fragen ihre Berechtigung hatten.

»Also dann, meine Herren. Sie wissen, was zu tun ist. Nehmen Sie sich diesen Garau vor. Wir haben keine Zeit zu verlieren«, sagte Castro und erhob sich umständlich aus dem Stuhl, der für seine Statur eigentlich zu klein und schmal war. Er hatte seine Körperfülle zwischen die beiden Armlehnen quetschen müssen, aus denen er sich nun unelegant wieder befreite. Für die anderen war es das Signal, dass das Treffen beendet war.

»Gute Arbeit«, bedankte sich Ferrer bei Catalina Roca, über deren Gesicht ein stolzes Lächeln flog.

Er würde mit Salvà nochmals nach Cala Santanyí fahren und sehen, wohin sie die neue Information führte. Es konnte sein, dass sie ganz nahe an der Auflösung waren. Und es wurmte ihn, dass sie diese Spur ausgerechnet Verònica Martí verdankten.

35

Sie klingelten mehrmals bei Garau. Mit jedem Mal presste Ferrer den Finger länger auf den Klingelknopf. Es half nichts. Niemand kam, um ihnen zu öffnen.

Sie gingen um das Haus herum in den Garten, doch auch hier trafen sie keinen Menschen an. Nur ein paar Eidechsen, die ein Sonnenbad genommen hatten, huschten eilig davon.

Salvà warf resigniert die Hände zum Himmel. Ferrer konnte es ihm nicht verdenken. Er selbst hatte die Stirn in Falten gelegt und starrte zum Haus der Crespís hinüber.

»Gabriel? Was ist?«, fragte Salvà.

»Vielleicht bilde ich es mir auch nur ein, aber ich glaube, ich habe drüben gerade jemanden hinter dem Fenster des Arbeitszimmers von Crespí gesehen. Ist Iñes aus dem Krankenhaus zurück?«

»Nein, definitiv nicht. Cati hat heute noch mit der Stationsschwester telefoniert und sich über Iñes' Zustand erkundigt. Das wird der Schwiegersohn sein. Den mussten wir ja heute wieder gehen lassen. Ohne Haftbefehl dürfen wir ihn nicht länger festsetzen. Es geht bei uns zu wie im Taubenschlag. Rein, raus, wieder rein und wieder raus. Wir kriegen einfach keinen Haftbefehl durch, bei der dünnen Beweislage. Wir haben ja genau genommen gar keine Beweise, sondern nur Indizien. Bei allen dreien. Garau, Planas und Martí. Und selbst die sind so dürftig, dass sich kein Richter darauf einlässt. Da kann Castro im Dreieck springen. Vielleicht nutzt Planas die Gelegenheit, um mal ein bisschen in anderer Leute Sachen herumzuschnüffeln.«

»Aber hast du sein Auto vor dem Haus gesehen?«, fragte Ferrer. »Ich nicht. Lass uns rübergehen. Da stimmt was nicht.«

Mit einem unguten Gefühl in der Magengegend machten sich die beiden auf den Weg. Ferrer ahnte, auf wen sie treffen würden, und das war vermutlich nicht Planas. Und er wusste auch, dass dies für die betreffende Person Folgen haben würde. Ob er wollte oder nicht, es gefiel ihm nicht.

Sie klingelten an der Haustür der Crespís und warteten. Wieder passierte rein gar nichts.

»Geh du um das Haus herum nach hinten, damit uns da niemand durch ein Fenster entwischt«, sagte Ferrer. Als er Salvà nachsah, registrierte er gerade noch, dass dieser bereits die Hand an der Waffe hatte.

Oh Gott, mach keinen Scheiß, dachte er – und er meinte nicht nur Salvà. Um ihn musste er sich keine Sorgen machen, denn er tat genau das Richtige. Er musste auf alles vorbereitet sein und sich im Falle eines Falles schützen können. Eine zu neugierige Verònica hingegen könnte sich nur allzu leicht in Gefahr bringen.

Ferrer vernahm ein Poltern aus dem Inneren des Hauses, jedoch nicht von dort, wo er zuvor den Schatten am Fenster zu sehen geglaubt hatte.

Wo will sie hin?, fragte er sich. Seine Gedanken überschlugen sich. Verònica – wenn sie es wirklich war – konnte nicht einfach zur Vordertür herausspazieren. Auch durch den Kellerausgang konnte sie nicht verschwinden. Sie würde direkt vor seiner Nase ins Freie treten. Es blieb ihr nur die Flucht durch ein Fenster an irgendeiner Ecke, an der sich im Moment weder er noch Salvà befanden. Das war am wahrscheinlichsten, denn sie konnten unmöglich alle Seiten des verwinkelten Hauses gleichzeitig im Blick behalten.

Gedanklich wanderte Ferrer einmal um das Haus herum und kam zu dem Schluss, dass nur das vordere Küchenfenster in Frage kam. Für Salvà war es uneinsehbar, da ihm die Garage an der Hausseite die Sicht versperrte. Er selbst befand sich auf der entgegengesetzten Seite. Und von der Straße aus würde ein Einbrecher nur gesehen werden, wenn gerade in dem Moment ein Spaziergänger stehen blieb und herübersah.

Ferrer verließ seinen Posten und schlich an der Vorderseite um das Haus herum, wobei er sich jedes Mal duckte, wenn er ein Fenster passierte, um von innen nicht gesehen zu werden. An der letzten Ecke vor dem Küchenfenster blieb er stehen und löste den Verschluss seines Holsters.

Jeder Muskel seines Körpers war angespannt. Er glich einem Raubtier, jederzeit bereit zum Sprung.

Aber es passierte nichts. Niemand kletterte aus dem Fenster. Hatte er sich verschätzt?

Wieder nahm er ein Geräusch wahr, diesmal von weiter oben, genauer gesagt aus der Nähe des Dachs. Im Obergeschoss wurde ein Fenster geöffnet. Vorsichtig wurde ein Fuß auf die Dachziegel gesetzt, aber wieder zurückgezogen, bevor Ferrer seine Deckung verließ.

Sie hat Angst zu rutschen, dachte er.

Nur ein beherzter Sprung vom Fensterbrett auf das etwas weiter links gelegene Garagendach war noch möglich. Wenn das gut ging, würde sich die Einbrecherin ohne Probleme von der Garage auf das Nachbargrundstück von Garau herablassen können und wäre weg.

Zu seiner eigenen Betroffenheit stellte Ferrer fest, dass er daran dachte, genau das passieren zu lassen. Das wäre die einfachste Lösung.

Plötzlich ging alles ganz schnell. Mehrere Dachziegel krachten auf die Garagenauffahrt und zerbarsten in Hunderte von Bruchstücken. Eine dunkel gekleidete Gestalt hatte sich mit einem ungelenken Sprung auf das Dach der Garage gerettet und war dort polternd aufgekommen. Doch es war nicht Verònica. Das begriff Ferrer sofort.

»Halt! Stehen bleiben!«, rief er der Person zu.

Ganz offensichtlich hatte die sich beim Aufprall verletzt, da sie immer noch auf dem Garagendach lag, anstatt auf das andere Grundstück zu flüchten. Ferrer zog seine Waffe und überlegte, was er tun konnte. Salvà war nicht zu sehen.

Er musste auf die andere Seite der Hecke, die die beiden Grundstücke voneinander trennte. Er drehte sich um und rannte die Auffahrt hinunter, durch das offene Tor an deren Ende, bog nach links und stürmte gleich darauf die Auffahrt auf der anderen Seite wieder hinauf. Inzwischen sah er, wie die Gestalt sich mühselig an einem Spalier an der Garagenseite zu Boden gleiten ließ.

»Rafael!«, brüllte er. Es kam keine Antwort.

Als Ferrer nah genug an der Gestalt war, erkannte er das Gesicht unter der Kapuze des Sweatshirts.

Josep Garau. Also doch.

So verdächtig sich Verònica durch ihre Fragen nach dem leeren Haus auch gemacht hatte, einen Einbruch hatte sie nicht gewagt.

»Garau, bleiben Sie stehen!«, rief Ferrer.

Ohne auf seinen Befehl zu reagieren, flüchtete Garau humpelnd in den Garten.

Ferrer setzte ihm nach und brüllte noch einmal nach seinem Kollegen. Er war schon dicht hinter Garau, als dieser im Laufen einen Gartenstuhl packte und ihn ihm in den Weg schleuderte. Um ein Haar wäre Ferrer der Länge nach darübergefallen. Das gab Garau einen kleinen Vorsprung.

»Garau, seien Sie doch vernünftig! Sie können nicht entkommen! Sie machen alles nur noch schlimmer!«

Als Nächstes packte Garau eine Holzleiter, die an einen Schuppen gelehnt war, und kippte sie um. Krachend fiel sie quer über den Laufweg seines Verfolgers.

Ferrer rettete sich mit einem Sprung über das Hindernis, spürte aber seinen Atem allmählich kürzer werden. Garau schien, obwohl verletzt und von plumper und keinesfalls sportlicher Statur, kein Konditionsproblem zu haben. Er würde ihm entwischen.

Ferrer traf eine Entscheidung. Er entsicherte seine Waffe, hob sie in die Luft und gab einen Warnschuss ab. Selbst auf ihn wirkte der Schuss in der friedlichen Stille der Gärten wie ein Schock. Er zeigte die gewünschte Wirkung.

Garau stoppte unvermittelt und warf sich ins Gras. Nach dem ersten Schock versuchte er jedoch, sich aufzurappeln und weiterzulaufen, doch da hatte Ferrer bereits unter Aufbieten all seiner Kräfte aufgeholt. Mit einem Hechtsprung warf er sich auf Garau, stemmte ihm sein Knie in den Rücken und drehte mit einer Hand den linken Arm nach hinten. Die Waffe hatte er weiterhin im Anschlag.

»Es ist vorbei, Garau. Sie sind vorläufig festgenommen wegen des dringenden Verdachts, Bernat Crespí und seine Ehefrau Leonor Ros Llobera ermordet zu haben.«

»Seid ihr bescheuert? Ihr blöden Bullen schnallt gar nichts!«, schimpfte Garau wütend, als Ferrer ihn unsanft auf die Beine zog. »Ich hab damit nichts zu tun!«

»Ja sicher. Sie werden dem Ermittlungsrichter vorgeführt werden. Alles Weitere können Sie mit Ihrem Anwalt besprechen. Los jetzt, bewegen Sie sich ein bisschen schneller.« Ferrer schob den zeternden Garau vor sich her wie eine Mutter ein widerspenstiges Trotzkind.

Endlich tauchte auch Salvà auf. Atemlos kam er auf Ferrer zugerannt. »Verdammte Scheiße, Gabriel. Ich wusste nicht, wo du bist. Ich bin zweimal um dieses gottverfluchte Haus gerannt, als ich den Schuss gehört habe. Ist alles in Ordnung?«

»Alles okay. Lass uns fahren. Für heute reicht es mir.«

Sie packten Garau jeweils von einer Seite unter den Armen und zogen ihn zum Auto. Er gebärdete sich immer noch wie ein störrischer Esel und schien zu denken, es würde ihn retten, wenn er einfach das Gehen verweigerte. Es half ihm nicht.

Am Auto angekommen, schnappten die Handschellen zu. Salvà legte Garau die Hand auf den Kopf und bugsierte ihn auf den Rücksitz.

Ferrer ließ den Motor an und fuhr los. Garau würde in die Zelle wandern, Salvà und er würden für heute Schluss machen. Sie waren beide bereits seit fünfzehn Stunden im Einsatz. Die Befragung würde bis morgen warten müssen.

36

Es war einfach nicht ihr Tag. Sie hatte Schwierigkeiten, die nächste Szene zu entwerfen, brütete gefühlt seit Stunden über einer überraschenden Wendung und hatte bereits brennende Augen, weil sie so angestrengt auf die Notizen gestarrt hatte.

Verònica war dankbar, als das Schrillen des Telefons sie aus ihrer Grübelei riss. Sie nahm das Gerät aus der Station und ließ sich rücklings ins Sofa fallen. Ihre Beine baumelten über der Armlehne. »Martí.«

Zu ihrer Überraschung meldete sich ihr Anwalt.

»Dr. Mayol, wie komme ich zu Ihrem Anruf?«, rief sie.

»Ja, ich … ich wollte mich nur erkundigen, wie es Ihnen geht. Ich war etwas in Sorge und habe mich gefragt, ob dieser Chefinspektor Ferrer Sie neulich Abend nicht zu sehr drangsaliert hat.«

Verònica musste lachen. »Nein, neulich Abend nicht. Das war harmlos. Im Gegensatz zu gestern. Da durfte ich einer sehr exklusiven Einladung in die Wache der Kriminalpolizei folgen.«

»Wie meinen Sie das?«

»Ach ja, Sie können es natürlich noch nicht wissen. Es hat einen weiteren Küchenmord gegeben. Meine Schwägerin.«

»Das ist ja furchtbar«, sagte Mayol hörbar erschüttert, was Verònica die nüchterne, fast gleichgültige Weise, mit der sie selbst darüber redete und dachte, noch bewusster machte.

»Dazu gibt es verschiedene Meinungen«, sagte sie trocken. »Aber ich weiß nun wenigstens aus erster Hand, wie es sich anfühlt, als Hauptverdächtige in einem Vernehmungszimmer festgehalten zu werden. Phantastische Vor-Ort-Recherche. Und das alles wegen Gummistiefeln.«

Natürlich fragte Mayol nach. Wer sollte auch ohne weitere Erklärung aus ihren Worten schlau werden. Sie erklärte ihm, was es damit auf sich hatte.

»Das ist ja ganz ungeheuerlich. Sind Sie inzwischen von jedem Verdacht freigesprochen?« Mayols Zweifel waren nicht zu überhören.

»Die Polizei hat mich laufen lassen.«

»Wie konnten Sie den Verdacht entkräften?«

»Ganz einfach. Ich habe ein Alibi.«

»Oh, natürlich.«

Sie fragte sich, warum er sich so überrascht anhörte. Traute er ihr etwa auch nicht?

»Aber es gibt trotz allem eine Spur«, fuhr sie fort, »und ich glaube, Chefinspektor Ferrer war nicht erfreut, dass ausgerechnet ich ihm die geliefert habe.«

Mayol sog scharf die Luft ein. Ihm schien es nicht zu gefallen, dass sie immer wieder ohne Anwalt mit der Polizei sprach.

»Ein Nachbar der Crespís könnte in die Angelegenheit verwickelt sein. Ich kenne diesen Typen von früher. Von ganz früher, meine ich, als wir alle noch Kinder waren. Er ist später wegen eines Raubüberfalls in den Knast gewandert – und eine Schlägerei mit Planas hat er sich auch geliefert.«

Verònica merkte selbst, wie überhastet und zusammenhanglos sie erzählte. Mayols Stimmung schien sich dennoch zu heben.

»Verònica, ich werde mich um die Sache kümmern. Ich rufe diesen Ferrer an und frage ihn nach dem Stand der Dinge. Als Ihr Anwalt kann ich wohl erfahren, ob Sie vollkommen aus dem Schneider sind oder mit weiteren Belästigungen zu rechnen haben.«

Er hatte sie noch nie Verònica genannt, er musste also plötzlich ganz besonders gute Laune haben. Sie war von seinem Eifer gerührt und erklärte sich einverstanden. Es konnte ja nicht schaden, einen Verbündeten zu haben. Noch dazu einen Anwalt.

Mayol versprach ihr einen Rückruf, sobald er Informationen hatte, und legte auf.

Verònica ging zurück an die Arbeit. Sie raufte sich die Haare, bog eine Büroklammer auf und kratzte damit auf der Tischplatte herum, bis sich feine Riefen in der Oberfläche zeigten. Sie hatte immer noch keinen gescheiten Einfall für den Fortgang der Geschichte.

37

Ferrer war genervt. Garau saß ihm seit einer Stunde im Vernehmungszimmer gegenüber und tischte immer wieder von vorn dieselbe lächerliche Geschichte auf. Er sei auf das offene Fenster über der Garage aufmerksam geworden und habe die spontane Idee gehabt, ins Haus einzusteigen und ein bisschen herumzustöbern. Ohne tiefere Absicht. Aus reiner Neugier.

Ferrer platzte bald der Kragen. Er konnte den Anblick des Mannes nicht mehr lange ertragen. Dieser plumpe Typ mit dem teigigen Gesicht saß da und glotzte ihn unschuldig und naiv an wie eine Kuh beim Grasen. Gleichzeitig nahm er die betont coole Körperhaltung eines Cowboys ein. Breitbeinig, den Daumen der einen Hand lässig unter den Gürtel seiner Lederhose geklemmt, während die andere immer wieder beim Erzählen auf den Oberschenkel klatschte. Heute unterschied er sich nicht mehr von Planas. Ferrer konnte sich lebhaft vorstellen, wie beide zusammen in einer Gruppe von weiteren Kerlen ihrer Sorte die Gegend unsicher machten. Alles in allem brachte er Ferrer auf die Palme.

»Also, Senyor Garau, fangen wir noch einmal von vorn an. Sie behaupten also –«

Weiter kam er nicht. Garau unterbrach ihn mit einem aufreizend theatralischen Stöhnen, das wohl signalisieren sollte, wie sehr ihn die Wiederholung der immer gleichen Fragen langweilte.

Es war an der Zeit, einen Schritt weiter zu gehen. Ferrer stand auf, ging um den Tisch herum und krempelte dabei seine Hemdsärmel auf. Es wirkte bedrohlich, wie er sich erst betont langsam zu seiner vollen Größe von immerhin etwas mehr als einen Meter neunzig aufrichtete und sich zu Garau hinunterbeugte, um mit nur mühsam beherrschter Stimme ganz nah an dessen Ohr weiterzusprechen. »Na schön, ich sage Ihnen, wie es wirklich gewesen ist. Sie haben den Schlüssel von Crespís Frau an sich gebracht, den diese vermutlich irgendwo unachtsam im Garten liegen lassen hatte. Leonor Ros Lloberas Gesundheitszustand lässt vermuten, dass es an der Tagesordnung gewesen ist, Dinge einfach zu vergessen oder zu verlegen, wenn sie sich ganz und gar auf das Malen konzentrierte und um sich herum nichts anderes mehr wahrnahm. Es fiel also niemandem weiter auf, und Sie machten sich diesen unglücklichen Umstand zunutze. Um an den Schlüssel zu gelangen, sind Sie im Schutz der Dunkelheit entweder über das Garagendach oder über die Hecke geklettert. Wie leicht es für Sie ist, die Grundstücksgrenze auf diese Weise zu überqueren, haben Sie uns ja heute eindrucksvoll demonstriert.«

Ferrer nahm wieder Platz und lehnte sich zurück. Er wollte Garau Raum geben, um ein Geständnis abzulegen.

»Und warum sollte ich das getan haben? Können Sie mir das auch erklären?«, sagte der stattdessen.

»Sie sind bereits aktenkundig und haben eingesessen. Bewaffneter Raubüberfall, richtig? Habgier ist ein starkes Motiv, Senyor Garau. Und darüber hinaus haben Sie doch auch noch eine Rechnung mit Planas offen, oder etwa nicht? Sie werden dem Haftrichter vorgeführt und verbleiben in Untersuchungshaft.« Ferrer wandte sich zu dem Polizisten an der Tür, um ihn aufzufordern, Garau abzuführen, als dieser seine Strategie änderte.

»Na schön, ist ja gut«, sagte er. Ferrer drehte sich wieder zu ihm um. »Ich bin in das Haus eingestiegen. Aber nicht mit einem Schlüssel, sondern durch das Fenster, wie ich es gesagt habe. Ich hab gesehen, dass das Auto von Planas nicht da war, und ich wusste auch, dass Iñes im Krankenhaus ist und somit keiner mehr im Haus.«

»Und Sie wollten nach dem Rechten sehen. Blumen gießen?«

»Quatsch!« Garau rutschte unruhig auf seinem Stuhl hin und her und biss sich auf die Unterlippe, als überlege er genau, was er als Nächstes sagen sollte. »Ich wollte verhindern, dass Planas mit dieser Sauerei durchkommt und andere büßen lässt.«

»Ach, tatsächlich? Sie sind sich verdammt sicher, dass Planas die Morde begangen hat. Und im Haus wollten Sie ein bisschen Sherlock Holmes spielen und Beweise für Ihre Vermutung suchen, weil Sie der Polizei nicht zutrauen, dass sie ihre Arbeit macht?«

»Genau, Senyor Chefinspektor«, bestätigte Garau heftig nickend. Er schien erfreut darüber, dass Ferrer die Tatsachen endlich klar erkannt hatte.

»Mir dreht sich gleich der Magen um, Garau. Ich hab genug von Ihrem Theater.«

In diesem Moment öffnete sich die Tür. Ein Kollege von der Spurensicherung winkte Ferrer mit einer Kopfbewegung zu sich. Die beiden flüsterten kurz miteinander. Als der Mann wieder gegangen war, wandte sich Ferrer triumphierend an Garau.

»Es ist aus. Während Sie meine Zeit verschwendet haben, sind Kollegen der Spurensicherung in Ihrem Haus gewesen und haben eine Durchsuchung durchgeführt. Dabei sind wir auf für uns äußerst interessante Kleidungsstücke gestoßen. Genauer gesagt, auf eines, das exakt die Textilfasern aufweist, die auch am Tatort sichergestellt wurden. Dunkelgrüne Flachsfasern, auch genannt Leinen. Kommt Ihnen das bekannt vor?«

Garau wurde blass. Schweißperlen glänzten auf seiner Stirn.

»Es wird Anklage gegen Sie erhoben wegen zweifachen Mordes. Stehen Sie auf«, sagte Ferrer. Er faltete seine Notizen und ließ sie in seiner Gesäßtasche verschwinden. Zuletzt schob er seinen Stuhl wieder zurück unter den Tisch.

Plötzlich packte Garau seinen Arm. »Okay, ich habe gelogen. Ich war schon in der Mordnacht im Haus.«

»Weiter.«

»Ich war noch wach und im Garten. Ich hab den Schuss gehört und darauf gewartet, dass die Lichter angehen und der ganze Polizeispuk beginnt. Nichts passierte. Ich hab nur Planas hinter dem Fenster von der Küche herumschleichen sehen. Ich dachte, ich kann ihn auf frischer Tat ertappen und stellen.«

»Und Sie hatten nicht die Idee, die Polizei zu rufen?«

»Das hätte doch viel zu lange gedauert. Als ich endlich drin war, hab ich gerade noch gehört, wie die Haustür vorn zugefallen ist. Ich hab Iñes' Mutter gefunden und geguckt, ob sie noch lebt. Da war nichts mehr zu machen. Ich bekam Schiss, dass Planas seinerseits die Bullen ruft und wieder alles so dreht, dass sie mich drankriegen. Da bin ich durch das Fenster verschwunden.«

»Planas haben wir am Morgen nach dem Mord stark alkoholisiert im Keller vorgefunden. Er hatte das Haus in der Nacht nicht verlassen.«

»Klar war der besoffen! Der hat sich sein schlechtes Gewissen runtergespült, falls er überhaupt ein Gewissen hat«, entrüstete sich Garau.

»Sie haben eine Menge saudummer Fehler gemacht. Sie sind unbefugt in ein Haus eingedrungen, mehr als einmal. Sie haben eine Tote gefunden und weder die Polizei noch den Notarzt verständigt. Sie haben eine Information unterschlagen, nämlich die, dass Planas angeblich das Haus verlassen hat. Damit haben Sie unsere Ermittlungen behindert. Und wo Ihnen nichts anderes mehr übrig bleibt, wollen Sie uns weismachen, dass Sie auf eigene Faust den Bösewicht zur Strecke bringen wollten?«

Erleichterung flackerte in Garaus Augen auf. Sie wich sofort wieder, als Ferrer urplötzlich auf ihn zustürzte. »Verarschen kann ich mich allein. Abführen!«, zischte er.

»Sie machen einen Fehler«, flehte Garau, als der Polizist ihn am Ellenbogen hochzog und Richtung Tür schob. »Sie müssen mir glauben, ich habe damit nichts zu tun. Ich hab Ihnen das alles doch nur nicht früher gesagt, weil Sie gedacht hätten, ich will Planas nur etwas heimzahlen für damals. Ich wollte erst Beweise in der Hand haben. Sie hätten das doch sonst niemals ernst genommen!«

»Da haben Sie verdammt recht.«

Endlich klärte sich auf, warum Garau nicht von Anfang an alles über sein Verhältnis zu Planas und seine Gefängnisstrafe erzählt hatte. Er hatte Angst gehabt, dass man es nur als billige Vergeltung ausgelegt hätte. Das ergab sogar Sinn. Ferrer konnte diesen Gedanken durchaus nachvollziehen. Warum Planas allerdings seinerseits ein Geheimnis daraus machte, war ihm nicht klar.

Klar war hingegen, dass sie der Aussage nachgehen mussten, Planas sei in der Nacht durch das Fenster des Hauses gesehen worden. Er hatte also nicht die Nacht im Keller durchgeschlafen. Oder hatte Garau alles erfunden?

Er wurde noch verrückt. Er hatte es mit zwei Streithähnen zu tun, die beide nur bröckchenweise ihr Wissen von sich gaben. Und glaubwürdig waren dabei beide nicht.

»Vielleicht habe ich auch ein bisschen nachhelfen wollen bei den Beweisen, aber ich hab niemanden umgebracht!« Das Geschrei von Garau entfernte sich allmählich.

Ferrer legte die Hände über die Augen und wünschte sich weit weg.

38

In den zwei Sekunden atemloser Stille zwischen dem Schlussakkord und dem Einsetzen des tosenden Applauses der Liveaufnahme vernahm Verònica das Telefon. Störend wie das Ziepen von etwas Kaltem an einem empfindlichen Zahnhals. Sie zog die Kopfhörerknöpfe aus ihren Ohren, erhob sich widerwillig von der Gartenliege und schlenderte ohne Eile ins Haus zu ihrem Schreibtisch.

Sie mochte es nicht, wenn sie gestört wurde, während sie sich ganz der Musik hingab. Es half ihr beim Nachdenken. Jede Unterbrechung war wie das Drücken der Reset-Taste. Danach fing sie wieder ganz von vorn an, ihre Gedanken in eine brauchbare Reihenfolge zu ordnen.

Wenn ich nur langsam genug bin, werde ich es nicht mehr rechtzeitig schaffen und könnte dennoch sagen, ich hätte es zumindest versucht, dachte sie.

Beinahe hätte es geklappt. Das Klingeln riss ab. Doch der Anrufer war hartnäckig. Er probierte es gleich noch einmal, was auf eine gewisse Dringlichkeit schließen ließ.

Verònica gab auf und nahm ab. Es war Chefinspektor Ferrer. Er klang angespannt. Sie fragte sich, ob es daher kam, dass er so lange hatte warten müssen. Vielleicht war er das nicht gewohnt. Sie verspürte ein kleines bisschen Genugtuung.

»Ich hoffe, ich störe Sie nicht«, sagte Ferrer.

»Wollen Sie eine ehrliche Antwort?« Verònica war ihre Unfreundlichkeit bewusst, doch sie konnte nicht anders. Ferrer hatte sie abgeführt wie eine Verbrecherin.

»Senyora Martí, ich weiß, dass das für Sie keine schöne Situation gewesen ist. Wir haben unsere Vorschriften und müssen unsere Arbeit machen«, sagte er, als ahne er ihre Gedanken.

Verònica blieb stumm.

»Hören Sie, es tut mir leid. Ich bin nicht gerade zimperlich mit Ihnen umgegangen. Sie haben uns einen wertvollen Hinweis gegeben, und es sieht so aus, als könnten wir den Fall in

Kürze abschließen. Ich möchte Ihnen mitteilen, dass wir derzeit keinen Verdacht mehr gegen Sie hegen.«

»Derzeit? Das heißt, das kann sich jeden Moment wieder ändern, richtig?«

»Himmel, das ist unser Polizeijargon. Legen Sie doch nicht jedes Wort auf die Goldwaage«, erwiderte Ferrer grantig.

»Eine Frage hätte ich noch«, sagte Verònica. »Was ist mit der Vermutung, dass mein Stiefbruder vielleicht homosexuell war? Haben Sie dazu endlich irgendetwas herausgefunden?«

»Wir haben diesbezüglich keine neuen Erkenntnisse. Es spielt für die derzeitigen Ermittlungen auch keine Rolle mehr.«

Schon wieder »derzeitig«, dachte sie.

»Das habe ich Ihrem Anwalt übrigens auch bereits gesagt. Selbst wenn es so war, hat es mit den Morden nichts zu tun.«

Dr. Mayol hatte also Wort gehalten und sich erkundigt. Verònica wurde ein wenig warm ums Herz. »Noch etwas. Wo sind meine Stiefnichte und ihr Mann?«, fragte sie.

»Iñes liegt immer noch im Krankenhaus, und ihr Mann hat sich zu seiner Familie abgesetzt«, sagte Ferrer nach einem kurzen Zögern. »Er wohnt vorübergehend bei seinem Bruder. Wir werden ihn noch heute aufsuchen, da wir noch ein paar Fragen haben.«

Es entstand eine kleine Pause. Verònica hörte, wie Ferrer am anderen Ende tief Luft holte.

»Mein Anruf sollte ein Friedensangebot sein. Ich dachte, falls Ihr Angebot noch steht, können wir noch einmal in Ruhe bei einem indischen Essen –«

»Tut mir leid. Curry ist aus. Und falls es nichts weiter gibt, würde ich gern wieder an meine Arbeit gehen.« Sie war zickig. Dass sie log, war ihr ebenfalls egal.

»Selbstverständlich. Entschuldigen Sie die Störung.« Ferrer legte auf. Was hätte er nach dieser Abfuhr auch sonst tun können?

An ein entspanntes Dösen im Garten war nicht mehr zu denken. Ein wildes Durcheinander an Gedanken schwirrte Verònica im Kopf herum. Garau also? Wieso wollten sie in dem Fall Planas auch noch weiter befragen? Wieso ging die Polizei der

Frage nach Crespís Doppelleben nicht mehr nach? Sie fand die Ermittlungsweise willkürlich und nicht sehr gründlich. Zudem fragte sie sich, ob der Chefinspektor ihr so manche Information überhaupt geben durfte oder ob er nicht manchmal zu viel ausplauderte.

Oder waren das alles Finten? Wollte er sie in eine Falle locken? Wahrscheinlich war das seine Idee. Welchen Grund konnte er sonst haben? Alles andere war doch absurd.

Verònica trank zwei Gläser Wein. Zu schnell und auf leeren Magen. Sie ging wieder hinaus und streckte sich auf der Gartenliege aus. Ihre Glieder wurden schwer, ihre Gedanken kamen zur Ruhe. Sie schlief ein.

Eine ganze Weile später erwachte sie sehr unsanft. Sie hatte sich hin und her geworfen und war schließlich ins Gras gefallen. Für einen Moment hielt sie die Augen noch fest geschlossen, um die Bilder nicht zu verlieren, die sie gerade geträumt hatte. Sie hatten dafür gesorgt, dass sie schweißgebadet in der Dämmerung lag und sich von den angelockten Mücken zerstechen ließ. Eine beträchtliche Anzahl juckender, angeschwollener Einstichstellen auf ihren nackten Oberarmen waren bereits spürbar. Verònica musste sich beherrschen, um nicht ihre Fingernägel einzusetzen.

Sie hatte von ihrem Stiefbruder geträumt. Er hatte gelacht. Alle hatten gelacht. Die ganze Clique in der Strandbar. Über ihre Schwägerin. Weinselig hatten sie sich in den Armen gelegen und zu einem der Sommerhits aus den Neunzigern geschunkelt, dem unvermeidlichen »Macarena«-Song, der die Platja de Palma erzittern ließ. Ihre Schwägerin war bereits völlig betrunken gewesen, und die Männer hatten mit dem Finger auf sie gezeigt, als sie begannen, lauthals mitzusingen. Ihre Schwägerin wollte mitmachen, kannte den Text jedoch nicht und bewegte nur die Lippen, ohne dabei ein richtiges Wort herauszubringen. Dabei liefen ihr Tränen über das Gesicht.

Verònica ging in die Küche, schenkte sich ein eiskaltes Glas Orangensaft ein und setzte sich an den Küchentisch. Die Vogelstimmen hatten abgenommen, dafür setzte der Gesang der Zikaden ein.

Als die ersten Motten ins Haus flogen und um die Lampe über dem Tisch kreisten, schaltete Verònica das Licht aus und blieb im Dunkeln sitzen.

Sie hatte keine Ahnung, wie lange sie dort draußen geschlafen hatte und wie spät es war. Es spielte keine Rolle. Wichtiger war, welche Schlüsse sie aus dem zog, was sie im Traum heimgesucht hatte. Ihre Schwägerin war die Außenseiterin gewesen, die nicht dazugehört und über die sich die Leute lustig gemacht hatten.

Vielleicht ist es in Wirklichkeit auch so gewesen, dachte Verònica. Vielleicht habe ich das nur nie begriffen, weil ich zu jung war, um diese Dinge zu durchschauen.

Ein Scheppern ließ sie zusammenzucken. Sie lauschte in die Stille. Da war es wieder. Ein blechernes Scheppern und ein Wühlen und Rascheln. Es kam aus Richtung der Mülltonnen. Sicher ein Waschbär. Um die Hühner von Senyora Pons brauchte sie sich allerdings keine Sorgen zu machen. Die waren nachts in ihrem Stall besser gesichert als das Diadem der Königin.

Ihr fielen die Meldungen wieder ein über die Mangusten, die eine Deutsche eingeführt hatte und der sie im Nullkommanichts entlaufen waren. Die katzenartigen Raubtiere gehörten nicht auf die Insel, waren aber besonders anpassungsfähig. Sie waren Allesfresser und hatten ein äußerst scharfes Gebiss. Auch die Experten der balearischen Artenschutzbehörde konnten nicht sagen, wie sie beim Zusammentreffen mit Menschen reagieren würden.

Verònica hatte bereits genug Aufregung. Sie stand auf und schloss die Terrassentür.

Es musste einen Grund haben, dass sie von ihrer Schwägerin und ihrem Stiefbruder in dieser Konstellation geträumt hatte. Es war wie ein Zeichen, das ihr etwas sagen wollte. Verònica spürte mit untrüglicher Sicherheit, dass irgendetwas falschlief. Ferrers Überzeugung war nicht die ihre. Seine Worte in Bezug auf Garau beruhigten sie nicht. Dieses Gefühl saß ihr wie ein Tier im Nacken, bedrohlich, lauernd und bereit, jeden Moment zuzuschlagen.

Ihre Gedanken kehrten zurück zu den Fotos auf dem Computer von Crespí. Schließlich formte sich ein Gedanke in ihrem Kopf, der sie erzittern ließ.

Endlich wusste sie, was sie zu tun hatte.

39

Sie schalt sich selbst vollkommen verrückt. Wenn man sie erwischte, brachte sie das erneut in Schwierigkeiten mit der Polizei. Sicher in noch viel größere als beim letzten Mal. Und doch vibrierte Verònica vor Aufregung. Ihr Entschluss stand fest.

Es war niemand im Haus. Allenfalls machte sie sich des Hausfriedensbruchs schuldig. Oder war das Einbruch? Sie kannte sich da nicht aus. Immerhin wollte sie sich nur umsehen und nichts stehlen.

Natürlich nicht, dachte Verònica. Dabei war ihr durchaus bewusst, dass sie gerade versuchte, sich selbst von der Harmlosigkeit ihres Plans zu überzeugen.

Sie wählte alte Klamotten, die ruhig schmutzig werden durften und noch dazu von dunkler Farbe waren, sodass sie in der Dunkelheit nicht sofort auffallen würde, sollte doch noch irgendein schlafloser Nachbar unterwegs sein.

Ich könnte mir auch schwarze Schuhcreme ins Gesicht schmieren, dachte sie und musste lachen.

Sie wählte bequeme Laufschuhe, mit denen sie zur Not Gas geben konnte. Die kleine Tasche, die sie normalerweise beim Laufen dabeihatte, klickte sie mit einem Karabinerhaken an ihrem Gürtel fest und stopfte alle Utensilien hinein, von denen sie meinte, dass sie hilfreich sein könnten – ihr Handy, eine kleine Taschenlampe, eine Digitalkamera, ein Notizblock und einen nagelneuen Bleistift, den sie mit der Brotsäge auf das passende Maß abgesägt hatte, damit er in die Tasche passte, sowie verschieden starke Drähte zum Öffnen von Schlössern. Wie sie das machen musste, hatte sie ein paar Jahre zuvor für ein Buchprojekt recherchiert und sich von einem Ex-Autoknacker, der sich auch mit Haustüren gut auskannte, zeigen lassen. Er hatte damals in ihrer Lieblingsbar hinter dem Tresen gejobbt. Die leuchtenden Augen, die er bei dem Thema bekam, hatten Verònica ein wenig beunruhigt. Ein paar Monate später hatte sie erfahren, dass er wieder einsaß. Er war in das Haus seines Bewährungshelfers eingestiegen. So blöd musste man erst einmal sein. Doch Verònica war ihm im Nachhinein sehr dankbar für seine damalige Auskunftsfreudigkeit.

Es gab keinen Grund mehr zu zögern. Sie lief noch einmal zur Toilette und entleerte ihre nervöse Blase. Auf Zehenspitzen verließ sie anschließend das Haus, um Senyora Pons nicht auf den Plan zu rufen.

40

Ferrer saß in seinem nachtblauen 1965er Mercedes 230 SL in ausreichender Entfernung zum Farmhaus der Senyora Pons. Er konnte sich nicht entschließen auszusteigen, sondern starrte stattdessen auf die Rotweinflasche und die Gewürzdose neben sich auf dem Beifahrersitz. *Colores de la India.* Eine Currygewürzmischung von allerfeinster Qualität, so der Verkäufer.

Er fuhr sich mit den Fingern über sein Kinn. Die glatt rasierte Haut fühlte sich fremd an. Er kam sich vor wie ein Vollidiot.

So hast du dich schon die ganze Zeit aufgeführt. Dieses eine weitere Mal macht auch keinen Unterschied mehr. Dies ist vielleicht deine letzte Chance, und du wirst jetzt nicht kneifen, dachte Ferrer.

Das hatte er sich auch immer wieder sagen müssen, als er noch auf dem Weg hierher gewesen war, unentschlossen, ob er Blumen kaufen sollte. Schließlich war er einen weiten Umweg bis nach Santanyí gefahren, was ihm ganz recht gewesen war, um noch ein bisschen Zeit zu schinden. Er hatte vor dem Blumenladen »Sa floristeria« in der Carrer Portell gestanden und die Eimer und Körbe voller Blüten in Lila, Rosé und Sonnengelb auf sich wirken lassen. Als er zu dem Schluss gekommen war, dass Blumen vielleicht doch zu persönlich waren, hatte er gleich gegenüber die Bodega »Llum de Sal« betreten, in der nicht nur kleine Gerichte, sondern auch Salz und Gewürze angeboten wurden. Mit der aromatischen Alternative zu einem bunten Blumenstrauß hatte er sich am Ende besser gefühlt.

Ferrer wollte gerade den Schlüssel abziehen, als er sah, wie Verònica das Haus verließ.

Das darf nicht wahr sein, dachte er. Sie kann doch jetzt nicht wegfahren!

Er beobachtete, wie sie die Tür hinter sich abschloss und zu ihrem Auto ging. Sie sah anders aus als sonst. In so düsteren Klamotten hatte er sie noch nie gesehen. Und was hatte sie mit ihren Haaren gemacht? Straff zurückgebunden und unter einer Baseballkappe verborgen, war von ihrer rotbraunen Mähne nichts mehr zu sehen. Sie überprüfte den Inhalt einer kleinen Gürteltasche, nahm diverse Gegenstände heraus, als würde sie sie durchzählen, und verstaute sie wieder.

Hier stimmt etwas nicht, dachte Ferrer. Gewohnheitsgemäß stellte sich sein berufsbedingter Argwohn ein.

Verònica Martí setzte sich ins Auto, ließ den Motor an und fuhr rückwärts von der Auffahrt. Ferrer duckte sich, als sie an seinem Wagen vorbeifuhr. Er wunderte sich, dass sie keinerlei Notiz von ihm zu nehmen schien. Immerhin war weit und breit kein weiteres parkendes Auto am Seitenrand der Straße zu sehen. Vermutlich dachte sie, dass ihre Vermieterin einen neuen Verehrer zu Besuch hatte. Oder sie war so gedankenverloren, dass sie ihn tatsächlich nicht bemerkt hatte.

Gedankenverloren? Oder fokussiert, dachte Ferrer. Die Frage ist nur, worauf sie sich konzentriert.

Er startete den Motor seines Mercedes, wendete derart schwungvoll, dass die Rotweinflasche in den Fußraum fiel und unter den Beifahrersitz kullerte, und fuhr Verònica nach. Es kümmerte ihn nicht, dass die Flasche in jeder Kurve hin und her rollte. Er griff nach der Currydose und schleuderte sie wütend aus dem Fenster.

41

Eigentlich fand Verònica, dass es am unauffälligsten gewesen wäre, sich so normal wie möglich zu verhalten. Das hätte bedeutet, ganz selbstverständlich vor dem Haus der Crespís zu parken und geradewegs durch das Gartentor zu marschieren. Doch so weit ging ihre Risikofreude am Ende nicht. Sie stellte ihr Auto etwa fünfzig Meter vom Haus entfernt ab und ging zu Fuß zurück.

Pechschwarze Nacht umgab sie. Es war Neumond, nicht einmal eine schmale Sichel, die Licht auf die Erde hätte werfen können, stand am Himmel. Von den elektrischen Leitungen, die sich wie ein grobmaschiges Spinnennetz von Mast zu Mast über die Straßen und Grundstücke zogen, ging ein gespenstisches Sirren aus. Irgendetwas huschte über die Straße und verschwand über eine niedrige Steinmauer im Gebüsch. Eine Manguste?

Verònica schauderte. Ob ich wohl allmählich durchdrehe in dem ganzen Durcheinander?

So unheimlich sie die Finsternis auch empfand, sie war ihre Verbündete. Sie minderte das Risiko, gesehen zu werden. Selbst wenn jemand aus der Nachbarschaft eine Gestalt am Haus sah, wäre sie nicht zu erkennen gewesen. Und wer würde schon auf die Idee kommen, dass eine Verwandte der Mordopfer, die zwei Jahrzehnte keinerlei Kontakt zu ihnen gehabt hatte, nach deren Ableben ins Haus einzubrechen gedachte.

Aus einem Garten am Ende der Straße drang Gelächter zu Verònica herüber. Sie vernahm das platschende Geräusch, als jemand in den Pool sprang. Der Duft von gegrillter *Sobrassada* wehte heran. Sie merkte, dass sie selbst auch hungrig war. Vor Aufregung hatte sie nichts mehr essen können, bevor sie sich auf den Weg gemacht hatte.

Endlich auf dem Grundstück der Crespís angekommen, umging Verònica den Kiesweg, der lautlose Schritte unmöglich machte. Stattdessen huschte sie geduckt die seitliche Grundstücksgrenze entlang, wo sie im Schutz der Hecke zum Haus lief. Das weiche Gras schluckte jedes Geräusch.

Ihr Herz pochte wild, als sie die drei Stufen zur Haustür hinaufging. Sie schloss die Augen und meinte, Stimmen aus der Vergangenheit zu hören. Ihren Stiefvater, der so oft keinen Widerspruch geduldet hatte. Ihren Stiefbruder, der nur um der Provokation willen dagegen angeredet hatte. Und ihre Mutter, immer bemüht zu beschwichtigen, obgleich sie gewusst hatte, dass keiner der beiden ihr dafür dankbar sein würde. Sommerfrisches Kinderlachen. Kinderweinen, wenn es eine Ohrfeige setzte. Für Iñes. Nie für sie.

Vorsichtig strich sie mit den Fingerspitzen über das Türschloss. Sie würde erst einmal alle Schlösser inspizieren, um herauszufinden, welches am einfachsten zu knacken war. Dieses war machbar, trotzdem ging sie die Stufen wieder hinab und am Haus entlang zum zweiten Eingang. Das Schloss war ähnlich und würde ebenfalls kein großes Problem darstellen.

Blieb noch die Kellertür. Im Gegensatz zu den Zylinderschlössern der Haustüren hatte diese Tür immer noch das alte, simple Schloss für einen Bartschlüssel.

Verònica drückte die Klinke hinunter und stellte fest, dass die Tür nicht abgeschlossen war. Sie unterdrückte einen triumphierenden Ausruf, denn noch gab es keinen Grund zur Freude. Unten am Ende der Steintreppe befand sich eine weitere Tür. Als Verònica unten ankam, konnte sie ihr Glück kaum fassen. Auch diese Tür war unverschlossen.

Wie konnte das sein? Mussten nicht alle Türen sogar versiegelt sein? Schließlich handelte es sich um einen Tatort. Doch es gab kein Siegel, nicht einmal ein Absperrband. Wurde das nur so lange angebracht, wie noch Spuren gesichert wurden? Und gleich danach wieder entfernt, wenn die Arbeit abgeschlossen war? So musste es wohl sein. Das Haus konnte ja nicht versperrt werden, bis die Fälle aufgeklärt wurden. Wo sollten solange die verbliebenen Bewohner unterkommen?

Zu gern hätte Verònica Chefinspektor Ferrer danach gefragt, nur musste sie in dem Fall auch erklären, wie sie überhaupt darauf kam. Sie verwarf den Gedanken rasch wieder und trat in die undurchdringliche Dunkelheit der Kellerräume. Muffig-feuchter Geruch schlug ihr entgegen.

Automatisch, als hätte sie es gestern zuletzt getan, griff Verònica mit der linken Hand hinter sich und drückte den Lichtschalter neben der Tür am Treppenaufgang zur darüberliegenden Wohnung. Das Licht war an eine Zeitschaltuhr gekoppelt, nach wenigen Minuten würde es sich wieder abschalten.

Langsam stieg sie die Treppe hinauf. Sie wollte in den Wohnräumen mit der Suche beginnen. Wie früher zog sie auf der vorletzten Stufe den Kopf ein, um sich nicht zu stoßen. Eine weitere Treppe, die an der Unterseite einen gemauerten Vorsprung hatte, dem sie so manche schmerzhafte Beule zu verdanken gehabt hatte, führte in den ersten Stock des Hauses.

In der Eingangshalle des ehemaligen Wohnbereichs angekommen, kostete es Verònica alle Kraft, nicht der Versuchung nachzugeben, durch die Räume zu streifen und sich in Erinnerungen zu verlieren. So ließ sie nur flüchtig den Blick nach links und rechts über den Flur wandern.

Nichts erinnerte mehr an ihr altes Zuhause, stellte sie fest. Tapeten, Teppiche, Möbel und alles andere Interieur waren ersetzt worden. Dennoch war für Verònica ein alter Zauber in diesen Wänden noch immer am Leben. Die Bilder ihrer Kindheit schoben sich vor die heutigen und machten alles vergessen, was dazwischen lag.

Ein Schauer lief über ihren Rücken. Sie musste sich immer wieder ins Gedächtnis rufen, warum sie hier war, um nicht auch noch ihr ehemaliges Kinderzimmer aufzusuchen. Es war winzig klein gewesen, dennoch hatte sie sich nirgendwo je wieder so geborgen gefühlt wie dort, wenn der *Embat*, dieses einzigartige Wetterphänomen, dafür gesorgt hatte, dass sich die Meereswinde, aus verschiedenen Richtungen kommend, über der Insel trafen, in einem Gewitter entluden und ein ergiebiger Sommerregen gegen die Scheibe geprasselt hatte. Sie schluckte, um den Kloß in ihrem Hals loszuwerden.

Plötzlich hörte sie ein Geräusch. Ganz real und aus der Gegenwart. Es schien wie das Klappen einer Tür.

Verònica spannte alle Muskeln an. Sie lauschte. Da war

nichts. Rein gar nichts. Vermutlich war das Geräusch von draußen gekommen. Wahrscheinlich hatte jemand eine Autotür zugeschlagen.

Obwohl ihr bewusst war, dass sie allein in dem großen Haus war, schlich sie wie ein Einbrecher auf leisen Sohlen umher. Ihr war mulmig zumute, als sie an der Küche vorbeikam, in der ihre Schwägerin umgebracht worden war. Erneut meinte sie, Geräusche zu hören, die sich diesmal anhörten wie entfernte Schritte.

Du spinnst doch, schalt sie sich selbst. Doch sie musste sich eingestehen, dass sie sich fürchtete. Hatte sie sich eben noch in den vertrauten Räumen sicher wie ein Baby in Mutters Armen gefühlt, so hatte sie jetzt das unbestimmte Gefühl einer Bedrohung. Sie stellte sich vor, wie die Seelen der Getöteten über ihr schwebten und jeden ihrer Schritte überwachten.

Ich muss mich beeilen. Ich will hier wieder raus, dachte sie.

Circa fünfzehn Minuten brauchte sie, um mit zusammengebissenen Zähnen unter Hochdruck die Schränke und Schubladen zu durchwühlen, nur um festzustellen, dass sich nichts Aufschlussreiches finden ließ. Resigniert dachte sie, dass die Polizei ihr längst zuvorgekommen sein konnte. Sie biss auf einem ihrer Fingernägel herum und beschloss, sich trotzdem noch den Keller vorzunehmen.

Das Unwohlsein, das Kellerräume unwillkürlich auslösten, erfasste sie sofort, als sie wieder dorthinunter tappte. Keine Stunde zuvor hatte sich das alles noch wie ein spannendes Abenteuer angefühlt – jetzt hingegen wurde sie panisch.

Verònica entschied, am hintersten Ende anzufangen und sich zum Eingang vorzuarbeiten. Früher hatte es einen Waschkeller und einen Raum für Vorräte mit zwei großen Tiefkühltruhen und etlichen Regalen gegeben, in denen sich Einmachgläser gedrängt hatten. Getrocknete Würste und Schinken, Knoblauchzöpfe und Zwiebeln hatten unter der Decke gehangen. Außerdem gab es zwei kleine Räume, die ihrer Mutter gehört hatten. Einer wurde für alles, was im Haus keinen Platz fand, genutzt – Koffer und Rucksäcke, Kartons voller Fotografien, ausrangierte Blumenkübel, Vasen und vieles mehr.

Der andere war ein Kellerraum randvoll mit Spielgeräten für die Kinder gewesen. Ein Indianerzelt, Federballschläger, Bälle und die passenden Pumpen, Springseile, ein Puppenhaus und Kartons voller Kuscheltiere.

Außerdem gab es noch den Heizungskeller mit dem großen Kessel, der ihr als Kind immer Furcht eingeflößt hatte, und zuletzt den Arbeitskeller von Hernán, dem Gärtner ihres Stiefvaters und Handwerker für alle Fälle, in dem sich eine selbst gezimmerte Werkbank und eine unüberschaubare Anzahl an verschiedenen Werkzeugen befanden.

Dort fing Verònica an. Mit beiden Händen zog sie mühevoll die Schubladen heraus, die offenbar schon lange von niemandem mehr benutzt worden waren. Das Holz hatte sich verzogen, und die Laden klemmten. Es kostete Verònica Überwindung, eine Hand in die tiefen Öffnungen zu schieben und das Innere abzutasten. Außer viel Staub und alter Hobelspäne hatte sie nichts in den Händen.

Sie ging auf die Knie und lugte unter die Werkbank. Das Licht ihrer Taschenlampe begann zu flackern. Sie durfte sie nur noch benutzen, wenn es gar nicht mehr anders ging.

Zweifel an dem Sinn der gesamten Aktion kamen in ihr auf. Dennoch ging sie in den nächsten Raum. In der Hoffnung, einen Hohlraum zu entdecken, klopfte sie die Holzvertäfelung an den Wänden ab. Auch hier war nichts. Sie kam sich immer lächerlicher vor.

Geschätzte zwanzig Minuten später war Verònica mit ihrem Latein am Ende. Sie hatte auf den Knien gelegen und Kartons durchwühlt, auf Leitern gestanden, Deckel angehoben und spinnwebenverhangene Mauernischen abgetastet. Nun saß sie erschöpft und frustriert auf dem kalten Betonboden im Vorratsraum und betrachtete das Vorhaben als gescheitert.

Mit grimmiger Miene fixierte sie die beiden Tiefkühltruhen. Absurde Meldungen von Morden mit zerstückelten, eingefrorenen Leichen kamen ihr in den Sinn.

Sie erhob sich, klopfte den Staub von ihrer Kleidung und ging langsam auf die Truhen zu. Ihre überbordende Phantasie führte dazu, dass sie kaum die Courage hatte, die Hand an den

Deckel zu legen, um ihn anzuheben. Schließlich überwand sie sich – und konnte gleich darauf den sensationellen Fund von tiefgefrorenen Tintenfischen und Garnelen vermelden.

Sie schaufelte alles beiseite und stellte fest, dass sich nichts unter den Lebensmitteln befand. Mit einem lauten Knall ließ sie den Deckel wieder hinunterfallen. Entschlossen riss sie den Deckel der zweiten Truhe hoch. Darin war ebenfalls nichts als Eis. Vorräte gab es keine mehr.

Seufzend stützte Verònica die Ellenbogen auf den Rand und ließ den Kopf hängen. Vielleicht würde die Kälte ihren Geist erfrischen.

Unvermittelt hielt sie inne. Irgendetwas irritierte sie auf dem Boden der Truhe. Sie kniff die Augen zusammen und konzentrierte sich auf das wenige, das sie sah. Und auf einmal wusste sie, was es war. Das Eis war grobkörnig und sah aus wie eine dicke Salzkruste. Nur an einer Stelle in der Ecke war es flacher. Dort war die Oberfläche glatt wie ein polierter Eiswürfel. Dieses Rechteck von der Größe einer DIN-A4-Seite war nicht von Eiskristallen bedeckt.

Verònica beugte sich so weit es ging vor und betastete die Stelle. Sie brauchte einen spitzen Gegenstand. Kurzerhand ließ sie den Deckel fallen, rannte in den Arbeitskeller, griff nach einem Schraubenzieher und eilte wieder zurück. Ruckartig blieb sie vor der Truhe stehen. Hatte sie schon wieder Schritte gehört?

Sie hielt den Atem an. Nichts.

Eilig öffnete sie den Deckel der Kühltruhe wieder, beugte den Oberkörper weit nach vorn und begann, mit dem Schraubenzieher auf die Eisfläche einzuhacken. Eissplitter sprangen ab und flogen durch die Truhe. Verònica blinzelte hektisch, aus Angst, ein Splitter könne ihr in die Augen fliegen.

Nach und nach bemerkte sie, wie sich ein dunkler Schatten unter der Eisfläche abzeichnete. Immer heftiger hieb sie auf die bereits bröckelnde Oberfläche ein. Als sich tiefe Risse bildeten, setzte sie den Schraubenzieher wie einen Hebel ein und hob eine kleine Eisscholle an.

Sie konnte es kaum glauben. Ein transparenter Beutel, in den

Papiere eingeschlagen waren, kam zum Vorschein. Verònica riss daran, bis das Eis das festgefrorene Plastik freigab. Als es sich endlich löste, musste sie sich am Rand der Truhe festhalten. Sie war sich sicher zu wissen, was sie da in den Händen hielt – und konnte ihr Glück kaum fassen.

42

Normalerweise war auf der Landstraße von Campos nach Cala Santanyí in den späten Abendstunden nicht mehr viel los. Es gab Tage, da hätte es einen gar nicht gewundert, sich plötzlich in der Vergangenheit wiederzufinden, als die inzwischen asphaltierte Straße nur eine sandige Buckelpiste gewesen war, und Don Quixote und Sancho Panza zu begegnen, die auf der alten Rosinante neuen Abenteuern entgegentrotteten. Links und rechts der Fahrbahn breitete sich nichts als verdorrte braungraue Landschaft hinter einer niedrigen Natursteinmauer aus, die aussah, als würde sie auch schon seit Don Quixotes Zeiten dort existieren.

Heute jedoch war auf diesem Abschnitt der Ma-19 der Teufel los. Ferrer war aufgebracht wie selten. Er war von einem Traktor ausgebremst worden, und der entgegenkommende Verkehr machte ein Überholen unmöglich. Ferrer vermutete, dass viele Besucher des Internationalen Musikfestivals von Santanyí nach Ende des Konzerts in der Kirche Sant Andreu Apóstol auf dem Weg nach Hause waren. Da er nicht im Dienst, sondern mit seinem Privatwagen unterwegs war, konnte er auch kein Blaulicht einsetzen. War er sowieso schon ein ungeduldiger Mensch, ging ihm in dieser Situation beinahe der Hut hoch.

Wie nicht anders zu erwarten gewesen war, hatte er Verònicas Auto aus den Augen verloren. Wütend ließ er seinen Ärger am Lenkrad aus, indem er mit der flachen Hand darauf einschlug. Er konnte nur noch hoffen, mit seiner Vermutung richtigzuliegen – und das hieß, er musste zum Haus der Crespís.

Als dem Traktorfahrer Ferrers Gestikulieren und Hupen endlich auffiel, scherte er an der nächsten Einfahrt nach rechts aus, um ihn passieren zu lassen. Ferrers Blutdruck war inzwischen mächtig gestiegen. Er gab Gas und raste mit überhöhter Geschwindigkeit durch Santanyí bis hinunter nach Cala Santanyí. In der Straße, in der die Crespís lebten, drosselte er das

Tempo und fuhr in Sichtweite des Anwesens rechts ran. Er stellte den Motor ab und wartete.

Hinter den Fenstern war kein Licht zu sehen. Das Haus lag einsam und verlassen im Dunkel der Nacht. Nervös angelte Ferrer sich die Zigarettenschachtel aus dem Handschuhfach. Eigentlich rauchte er seit einem halben Jahr nicht mehr, er hatte dieses Päckchen nur noch im Auto liegen, um sich bei dessen Anblick zu bestätigen, dass er stärker war als die Sucht. Was, wie er sich sagte, in außergewöhnlichen Situationen durchaus ausgesetzt werden durfte.

Doch wo war Verònica? Ihr Auto stand nicht vor der Tür, wie Ferrer es erwartet hatte. Nichts bewegte sich. Hatte er sich schon wieder in etwas verrannt?

Du drehst allmählich durch, dachte er kopfschüttelnd.

Gerade als er den Motor wieder anlassen wollte, nahm er einen schwachen Lichtschein hinter einem Fenster im Obergeschoss des Hauses wahr. Er starrte wie gebannt auf den sich bewegenden Lichtkegel.

»Also doch«, murmelte er und beschloss zu warten, bis Verònica aus dem Haus kommen würde.

Er steckte sich bereits seine dritte Zigarette zwischen die Lippen und griff nach dem Feuerzeug, das ihm diesmal jedoch aus der Hand fiel. Es landete irgendwo zwischen seinen Füßen und den Pedalen. Fluchend griff Ferrer nach der Vorrichtung, um den Sitz zu verstellen. Da er keine auffällige Innenbeleuchtung einschalten wollte, fingerte er im Dunkeln nach dem Feuerzeug. Prompt schlug er sich auch noch die Stirn am Lenkrad an. Nie zuvor war er sich tölpelhafter vorgekommen.

Als er das Objekt der Begierde endlich in die Finger bekam und sich keuchend aufrichtete, nahm er aus dem Augenwinkel eine Bewegung am Haus wahr. Da war noch jemand. Eine zweite Person, die in diesem Moment durch die vordere Tür ins Innere des Hauses verschwand. Die Tür fiel hinter ihr ins Schloss. Das konnte nur Planas sein.

»Verdammter Mist!«, rief Ferrer aus.

Zu spät bemerkte er ein Auto vor dem Gartentor, das dort vorher nicht gestanden hatte. Es musste während seiner Suche nach dem Feuerzeug angekommen sein. Es stand endgültig fest, dass er nie wieder eine Zigarette anrühren würde.

Verònica, dachte er. Sie muss da raus, und zwar sofort.

Im unteren Geschoss ging Licht an. Ferrer wusste, dass er keine Zeit zu verlieren hatte.

43

Ein leichter Schwindel erfasste Verònica, als sie fassungslos ihren Fund betrachtete. Sie beschloss, alles mitzunehmen und Blatt für Blatt in Ruhe zu lesen.

Ein Geräusch ließ sie erstarren. Diesmal gab es keinen Zweifel. Da kam jemand die Treppe herunter.

Was sollte sie tun? Um nach draußen zu flüchten, musste sie an der Person vorbei. Doch ihr war der Fluchtweg abgeschnitten.

Sie klemmte den Beutel in ihren Hosenbund, schob die Taschenlampe in ihre rechte Hosentasche und huschte mit wenigen großen Sätzen aus dem Vorratskeller in den Waschkeller. Dort kauerte sie sich hinter den großen Wäschetrockner und versuchte, ganz ruhig zu atmen.

Die Schritte kamen näher, nicht zielstrebig, eher zögerlich. Verònica fiel ein, dass sie zwar den Deckel der Kühltruhe geschlossen, den Schraubenzieher jedoch darauf liegen lassen hatte. Somit hatte ihr Verfolger eine Waffe, falls er nicht sowieso schon eine besaß.

Der Eindringling betrat den Vorratskeller und ging langsam in Richtung der Kühltruhe. Verònica vernahm das Öffnen des Deckels. Bei dem Gedanken, dass das geschmolzene Eis Wasserspuren auf dem Steinboden hinterlassen hatte, die verrieten, dass hier vor wenigen Minuten noch jemand gewesen sein musste, zogen sich vor Angst ihre Eingeweide zusammen.

Sie hörte, wie in der Truhe gewühlt wurde. Verònica fragte sich, ob der Eindringling sichergehen wollte, dass alles noch dort war, wo er es deponiert hatte. Oder hatten die Wasserspuren seine Aufmerksamkeit erst in diese Richtung gelenkt? Wäre er sonst vielleicht gar nicht auf die Idee gekommen, die Truhe in Augenschein zu nehmen?

Verònica wurde schlagartig bewusst, dass sie möglicherweise im Besitz von Material war, das die Person als Täter entlarven konnte. Ihr wurde übel, und ihr Herzschlag sprang in der kleinen Kuhle an ihrer Kehle herum wie ein aufgeregtes Tier. Sie fürchtete um ihr Leben.

Was, wenn der Eindringling gerade vornübergebeugt in der Truhe hängt?, dachte sie. In diesem Fall hatte sie eine minimale Chance, hinter ihm vorbeizuhuschen und die Treppe zu erreichen. Die Zeitschaltuhr hatte das Licht abgeschaltet. Sie würde den Weg auch im Dunkeln finden. Sie musste es wagen. Sitzen zu bleiben würde vielleicht ihren Tod bedeuten.

Verònica erhob sich mit steifen Gliedern, dehnte sich einmal kurz und setzte vorsichtig einen Fuß vor den anderen. In dem Moment, als sie sich an der Tür vorbeischleichen und losrennen wollte, trat der Eindringling heraus. Verònica prallte mit voller Wucht gegen ihn.

Sie schrie auf, wollte sich schützen und schlug unkontrolliert mit den Armen um sich, sodass ihre Schläge wirkungslos blieben. Da bemerkte sie, dass sie gar nicht angegriffen wurde. Ihr Gegenüber hielt die Arme ebenfalls schützend vor den Kopf.

Verònica blinzelte mehrfach, um in der Finsternis ein Gesicht erkennen zu können. Vor Überraschung riss sie die Augen auf.

»Iñes?«, fragte sie irritiert. Sie ließ die Arme sinken.

»Verònica?«

Vor Erleichterung entwich ein irres, glucksendes Lachen Verònicas Kehle. Als ihr das Ausmaß an Absurdität dieser Situation klar wurde, lachte sie laut los. »Was machst du denn hier?«, fragte sie ihre Stiefnichte, als sie sich beruhigt hatte. »Ich dachte, du bist noch im Krankenhaus.«

»Ich habe mich heute selbst entlassen«, erklärte Iñes. »Aber kannst du mir verraten, was *du* hier tust? In meinem Haus?«

Verònica war bewusst, dass Iñes recht hatte. Sie selbst war der Eindringling, und es stand ihr nicht zu, irgendwelche Fragen zu stellen. Iñes könnte genauso gut sofort die Polizei rufen.

»Können wir nach oben gehen, wo wir vernünftiges Licht haben?«, fragte Verònica und setzte sich in Bewegung, ohne eine Antwort abzuwarten.

Iñes folgte ihr nur zögerlich. Vor der offenen Tür des Heizungskellers blieb sie schließlich ganz stehen. »Jetzt langt es aber«, empörte sie sich. »Du brichst hier ein und scheuchst mich umher?«

Verònica drehte sich zu ihr um. »Iñes, ich weiß nicht, wie ich es sagen soll. Ich habe etwas bei mir, das für uns beide von großem Interesse sein dürfte.« Verònica zog den in den Plastikbeutel eingeschlagenen Packen aus dem Hosenbund. »Vermutlich weißt du es noch nicht, die Polizei hat gestern Josep Garau als Tatverdächtigen festgenommen –«

»Moment, Moment«, unterbrach Iñes. »Woher weißt du überhaupt, was passiert ist?«

Verònica winkte ungeduldig ab. »Das ist eine lange Geschichte, dafür ist keine Zeit. Hör mir gut zu, Iñes. Ich glaube nicht daran, dass Garau etwas mit der ganzen Sache zu tun hat.« Sie vermied es, Iñes gegenüber das Wort »Morde« in den Mund nehmen. »Ich habe eine völlig andere Theorie. Und dazu habe ich etwas in der Kühltruhe gefunden.« Sie hielt das Päckchen hoch wie eine Jagdtrophäe. Iñes sah sie an, als hätte sie den Verstand verloren. »Ich vermute stark, dass dies die noch fehlenden Fotos und Papiere sind, nach denen auch Chefinspektor Ferrer auf der Suche ist. Sie belegen, dass dein Vater –«

»Her damit!«, rief eine barsche Stimme durch den Kellerraum.

Die Frauen sprangen vor Entsetzen einen Schritt zur Seite. Eine Gestalt trat hinter der Kesselanlage hervor. Verònica kannte die Stimme. Sie hatte alle fürsorgliche Freundlichkeit verloren.

44

Ferrer öffnete den Kofferraum seines Wagens und griff nach einem kleinen Stoffbeutel. Er zog einen Ring daraus hervor, an dem silbern glänzende Werkzeuge zum Öffnen von Türen hingen. Seit seine Exfrau in der Endphase ihrer Ehe die Schlösser hatte austauschen lassen, hatte er ihn stets dabei. Einmal hatte er nach Dienstschluss mitten in der Nacht wie ein Hausierer vor der eigenen Haustür gestanden und war nicht hineingelassen worden. Das gemeinsame Schlafzimmer war zu der Zeit schon längst tabu gewesen, den Rauswurf aus dem gemeinsamen Haus hatte er sich jedoch nicht gefallen lassen. Er war in sein eigenes Zuhause eingebrochen und hatte seine Frau wissen lassen, dass sie von ihm aus die Schlösser jede Woche auswechseln könne. Wenn er wollte, würde er immer Mittel und Wege finden, ins Haus zu gelangen.

Seine Frau hatte daraufhin keine weiteren Versuche unternommen, ihn auszusperren. Drei Wochen später flatterte ihm ein Brief ihres Anwalts ins Haus, mit der Mitteilung darüber, dass sie die Scheidung eingereicht hatte.

Ferrer schnallte sich den Gürtel mit seiner Dienstwaffe um und schlug den Kofferraumdeckel zu. Danach rannte er über die Straße. An der Vordertür probierte er verschiedene Haken und Spanner aus, bis er das Zylinderschloss entsperrt hatte. Er trat ins Haus. Angespannt lauschte er in die Stille, in die anfänglich nur sein eigener Herzschlag pochte.

Als der sich beruhigte, vernahm er gedämpfte Stimmen. Er ging in die Richtung, aus der sie kamen, bis er vor einer Tür stehen blieb, die offensichtlich in den Keller führte. Er wollte Verònica nicht gefährden. Daher durfte er Planas auf keinen Fall provozieren und sich zu unüberlegten Handlungen hinreißen lassen. Um herauszufinden, wie sich die Situation dort unten darstellte, legte er das Ohr an die Tür. Seine rechte Hand lag auf der Waffe.

Was er hörte, überraschte ihn. Da waren zwei Frauenstimmen. Und eine lautere, fordernde Männerstimme. Doch das war nicht Planas. Was zum Teufel war hier los?

Ferrer zog seine Waffe, drückte die Türklinke Millimeter für Millimeter nach unten und öffnete die Tür einen Spaltbreit. Im Bruchteil einer Sekunde war ihm klar, dass nicht nur Verònica, sondern beide Frauen in höchster Gefahr schwebten.

45

»Geben Sie schon her.« Er streckte fordernd seine Hand aus.

»Dr. Mayol, was soll das bedeuten?«, fragte Verònica mit zittriger Stimme, das Päckchen eisern umklammernd. »Wann sind Sie hereingekommen?«

Mayols Lächeln drückte eine Mischung aus Belustigung und Bedauern aus. »Ich war die ganze Zeit hier. Haben Sie nicht gemerkt, wie ich Ihnen durch alle Räume gefolgt bin?«

Die Schritte, die sie gehört hatte. Er war das gewesen.

»Ich bin Ihnen zu Dank verpflichtet«, fuhr Mayol fort. »Sie haben mir Arbeit abgenommen und für mich das gefunden, was ich gesucht habe. Würden Sie also bitte …?« Er deutete auf das Päckchen.

Doch Verònica rührte sich nicht. Sie dachte nicht daran, ihm ihren Fund so einfach zu überlassen. Was wollte er überhaupt damit?

Plötzlich zog Mayol eine Waffe. Mit einem Satz war er bei Iñes und schlang ihr von hinten einen Arm um den Hals. Mit der anderen hielt er die Pistole an ihren Kopf.

Iñes stieß einen angstvollen Schrei aus. Verònica flehte sie an, sich zu beruhigen und um Gottes willen nicht so zu zappeln.

»Ein dritter Mord? Kommt es darauf auch schon nicht mehr an, Dr. Mayol?« Verònica wusste selbst nicht, welcher Teufel sie ritt, ihn so herauszufordern.

Wütend funkelte Mayol sie an. Ihre Frage war nur ein Schuss ins Blaue gewesen, doch als er nichts abstritt, wurde ihr schockierend klar, dass sie einen Treffer gelandet hatte, ohne jedoch die Zusammenhänge zu begreifen. Sie wedelte mit dem Beutel in ihrer Hand. »Ich will wenigstens wissen, was das alles bedeutet. Was hatten Sie mit meinem Stiefbruder und meiner Schwägerin zu tun?«

Iñes riss verängstigt die Augen auf.

Für sie muss die Situation noch schlimmer sein, dachte Verònica. Sie hat keine Ahnung, wer dieser Mann ist, der ihr den

Lauf der Waffe brutal gegen die Schläfe drückt. Geschweige denn, was ihre Eltern mit ihm zu tun gehabt hatten.

»Wir haben keine Zeit für eine Plauderstunde«, schnauzte Mayol. »Ich will die Beweise, und ich werde nicht noch mal darum bitten.«

»Beweise wofür?« Auch Verònica ließ nicht locker.

»Sie spielen mit dem Leben Ihrer Stiefnichte, Senyora Martí.«

Verònica registrierte, dass Mayol nicht so abgebrüht war, wie seine Worte vermuten ließen. Es kostete ihn Mühe, mit ihr zu reden und gleichzeitig die Waffe zu kontrollieren, um Iñes in Schach zu halten. Im trüben Licht der Kellerlampe glänzten feine Schweißperlen auf seiner Oberlippe.

Iñes wimmerte in der festen Umklammerung des Mörders ihrer Eltern.

»Legen Sie das Päckchen dort drüben auf den Boden und gehen Sie ein paar Schritte zurück«, befahl Mayol. »Machen Sie keinen Blödsinn. Ich will Ihnen nicht wehtun, ich will nur das Material.«

»Ich bitte Sie«, sagte Verònica eindringlich. »Das führt doch alles zu nichts. Wir wissen, dass Sie die Morde begangen haben. Sie müssten uns schon auch umbringen und mit dem Material untertauchen, damit die Polizei Ihnen nicht auf die Schliche kommt. Wie lange soll das so gehen?«

»Gut, wie Sie wollen«, erwiderte Mayol. »Es gibt ja noch eine dritte Küche. Da ist noch ein Plätzchen frei, ist es nicht so?« Während er sprach, setzte er sich rückwärts in Richtung Treppe in Bewegung und zog die taumelnde Iñes mit sich.

Verònica glaubte nicht daran, dass er seine Drohung wahr machen würde. Sie hatte vielmehr das Gefühl, dass er keinerlei Plan hatte. Dennoch stieg Panik in ihr auf.

Mayol stieg langsam, einen Schritt nach dem anderen zurücksetzend, die ersten Stufen hinauf. Sein Arm lag wie eine Schraubzwinge um den Hals von Iñes.

In diesem Moment wurde Verònica von einer Bewegung oben am Ende der Treppe, hinter Mayol und Iñes, abgelenkt. Die Tür war einen Spaltbreit geöffnet worden. Sie zwang sich, nicht zu auffällig dorthin zu starren, damit Mayol es nicht bemerkte. Die Tür öffnete sich um weitere Zentimeter.

Ein vertrautes Gesicht erschien. Chefinspektor Ferrer.

Verònicas Herz machte vor Freude einen Sprung. Sie schaltete blitzschnell. »Erzählen Sie mir, was passiert ist«, sagte sie ruhig zu Mayol, um Zeit zu gewinnen und Ferrer die Chance zu geben, überlegt zu handeln. Vielleicht würde sie Mayol sogar ein Geständnis entlocken können.

»Ihre Küchen-Geschichte ist schuld.«

»Meine was?«

»Verstehen Sie denn nicht? Ich musste den Verdacht in irgendeine Richtung lenken. Hauptsache, von mir weg. Ich dachte, Sie als zurückgewiesene Kaufinteressentin mit der Vorgeschichte wären ausreichend tatverdächtig.«

Verònica verstand kein Wort. Dennoch ließ sie ihn weiterreden.

»Ich bin nicht stolz auf das, was passiert ist. Ihre Schwägerin hatte ihren Schlüssel auf der Tür stecken lassen. Mit dem bin ich in der besagten Nacht in das Haus gelangt. Es war ein Kinderspiel, sie in ein Gespräch über Malerei zu verwickeln, als sie mich hinausbegleitete. Eine bessere Gelegenheit konnte es gar nicht geben. Ich wollte nichts weiter, als das Haus nach dem durchsuchen, was Sie in der Hand halten. Crespí hatte durchblicken lassen, dass er mit seiner Frau noch am selben Abend in den Urlaub aufbrechen wollte. Ich weiß nicht, ob das eine Lüge war oder ob sie es sich aus irgendeinem Grund anders überlegt hatten. Jedenfalls waren sie noch da, und ich stand Ihrem Stiefbruder plötzlich wie ein schäbiger Einbrecher gegenüber. Ich hatte keine Zeit zum Nachdenken ...«

Iñes begann zu weinen.

»Als ich am nächsten Tag bei Ihnen war, sah ich all diese Unterlagen auf dem Schreibtisch. So brachte ich die Polizei auf Sie.«

Verònica erinnerte sich, wie sie Mayol ertappt hatte. Dieser verdammte Mandelkuchen von Senyora Pons. »Und als mein Anwalt hatten Sie die Möglichkeit, immer wieder bei der Polizei in Erfahrung zu bringen, ob ein Verdacht gegen mich vorliegt oder nicht. So konnten Sie Ihr weiteres Vorgehen planen.«

»Richtig. Irgendwann erwähnten Sie, dass Chefinspektor Ferrer Sie nicht mehr für tatverdächtig hielt. Auch dass Sie ihm von der Geschichte mit den Küchen erzählt hatten. Ich musste handeln, Verònica. Ich musste etwas tun, was Sie wieder ins Spiel brachte. Ein Mord in einer Küche, der nächste Mord in einer anderen. Wer außer Ihnen hätte auf so eine Idee kommen sollen?«

»Sie haben einer unschuldigen Frau das Leben genommen, nur um den Verdacht im ersten Mordfall auf mich zu lenken?«, fragte Verònica, zutiefst getroffen von Mayols Worten. »Sie waren auch nie besorgt um mich, es war Ihnen scheißegal, ob ich an Ihrer Stelle ins Gefängnis gehen würde. Sie haben mein Vertrauen missbraucht und mir die ganze Zeit etwas vorgespielt.«

Mayol erwiderte nichts.

»Ich dachte, wir wären Freunde«, sagte Verònica und merkte, wie kindisch und vollkommen unpassend der Satz in dieser Situation war.

Für einen Moment lockerte Mayol den Griff um Iñes' Hals. »Ich wünschte, wir hätten uns auf andere Weise kennengelernt«, sagte er. »Vielleicht hätten wir sogar mehr als Freunde werden können.«

Beide hielten einen Moment inne, als würde ihnen eine verpasste Gelegenheit bewusst werden.

»Aber warum das alles? Was ist so wichtig an diesen Fotos und Papieren, dass Sie dafür so weit gegangen sind?«, fragte Verònica schließlich mit sanfter Stimme. Sie hatte das Gefühl, dass dies genau der richtige Weg war, um mit Mayol zu kommunizieren. »Ich verstehe die Zusammenhänge nicht. Was haben Sie damit zu tun?«

Doch sie hatte sich getäuscht. Ihre Worte ignorierend, straffte sich Mayol und richtete die Pistole mit ausgestrecktem Arm auf sie. »Schluss damit. Ich will Ihnen keine Gewalt antun müssen, Verònica. Also machen Sie endlich, was ich Ihnen sage.«

Verònica wurde nervös. Warum handelte Ferrer nicht endlich?

Mayol ging Stufe für Stufe das letzte Stück weiter die Treppe hinauf. Iñes stolperte hinterher. Da endlich öffnete Ferrer die Tür oben weiter und bedeutete Verònica zurückzubleiben. Sie bestätigte mit einem kurzen Nicken, dass sie verstanden hatte.

Doch auch Mayol hatte verstanden. »Ferrer, sind Sie da oben? Haben Sie bereits die Waffe auf mich angelegt? Ich würde nicht allein in den Tod gehen, das wissen Sie, richtig? Also seien Sie kein Idiot und lassen Sie mich gehen.«

»Sie würden nicht weit kommen, Dr. Mayol. Also seien *Sie* kein Idiot und geben Sie auf«, erwiderte Ferrer.

Geht das schon wieder los, dachte Verònica. Die zwei Kampfhähne lieferten sich einen verbalen Schlagabtausch. Sie musste handeln. »Dr. Mayol, denken Sie nicht, dass Sie meiner Stiefnichte schon genug Leid zugefügt haben? Lassen Sie sie gehen und nehmen Sie mich stattdessen als Geisel.« Sie sah, wie Ferrer sie verständnislos anstarrte, ließ sich davon aber nicht beirren.

Mayol schien zu überlegen, was sie vorhatte. Er wog Möglichkeiten ab. Schließlich stimmte er zu. »Großartiger Vorschlag, Verònica. Das wird den verliebten Chefinspektor noch viel mehr davon abhalten, mir zu nahe zu kommen. Kommen Sie ganz langsam zu mir herauf und machen Sie keinen Blödsinn. Ferrer, verschwinden Sie von da oben und machen Sie mir Platz, damit wir ungehindert das Haus verlassen können. Sie wollen doch sicher nicht, dass Ihrer Verònica etwas geschieht. Es wäre ein interessanter Wettkampf um ihre Gunst geworden. Schade, nun werden wir nicht mehr herausfinden, wer von uns beiden das Rennen gemacht hätte.«

Was redet dieser Verrückte da bloß?, dachte Verònica. Sie setzte langsam und mit Bedacht einen Fuß auf die unterste Stufe. Sie musste den richtigen Augenblick abwarten. Mayol stand schon an der richtigen Stelle, er durfte nicht noch weiter nach oben steigen.

»Bleiben Sie doch endlich stehen«, rief sie ihm zu. »Es ist zu dunkel. Ich möchte nicht, dass Sie stolpern. Sie halten schließlich eine Waffe auf mich gerichtet.«

Mayol kaufte ihr die Lüge ab und blieb stehen. Die Hand mit der Waffe ließ er ein wenig sinken. Wurde er schon müde? Verònica brach der Schweiß aus. Was, wenn es schiefgehen würde? Sie fühlte den Drang, zur Toilette zu gehen. Ihre Eingeweide revoltierten. Sie durfte auf keinen Fall schlappmachen.

»Ferrer, zurück!«, sagte Mayol in kläffendem Ton nach oben.

Verònica hatte ihn beinahe erreicht und beugte sich leicht nach vorn. Alle ihre Muskeln waren angespannt.

»Was machen Sie da?«, rief Mayol.

»Nichts, mir wurde nur kurz schwindelig«, log sie. »Ich komme. Lassen Sie Iñes vorher gehen.«

Mayol nahm den Arm von Iñes' Hals und hielt sie eine halbe Armeslänge von sich entfernt. Verònica erkannte die dunklen Blutergüsse, die der Druck seiner Umklammerung ihr zugefügt hatte. Mit einem kleinen Schubs stieß er sie von sich weg. Die Frauen drängten sich aneinander vorbei und tauschten die Plätze.

Mayol zielte wieder auf Verònica, was für ihn die sicherste Methode zu sein schien, Ferrer auf Abstand zu halten. Sie stand Mayol gegenüber und sah ihn direkt an. Sie schloss kurz die Augen.

Jetzt.

Verònica sprang die letzten beiden zwischen ihnen liegenden Stufen hinauf, duckte sich seitlich und rammte Mayol die Schulter in die Magengegend. Er taumelte rückwärts und krachte mit dem Hinterkopf gegen den Mauervorsprung über sich, den er nicht bedacht hatte, weil er ihn im Gegensatz zu ihr nicht kannte.

Iñes schrie entsetzt auf. Ferrer riss die Tür weit auf und machte einen Satz vorwärts, hielt aber sofort wieder inne. Mayol hatte sich schnell von dem Schreck und dem Schmerz erholt, griff Verònica in die Haare und riss brutal ihren Kopf zurück.

»Warum, Verònica? Ich dachte, wir wären Freunde«, äffte er sie nach. Sein Jungengesicht hatte sich zu einer hässlichen Grimasse verzerrt. »Wir sind dann wohl quitt.«

Verònica spürte, wie sich der Lauf der Waffe in ihre Rippen bohrte. Mayol gab ihr einen unsanften Stoß, sie verlor das Gleichgewicht und fiel treppauf mit den Ellenbogen auf die Kante einer Stufe, weil sie die Arme hochriss, um das Gesicht zu schützen. Ein Schmerzensschrei entfuhr ihr.

»Legen Sie die Waffe weg!«, brüllte Ferrer.

»Machen Sie den Weg frei!«, brüllte Mayol zurück.

Verònica hörte das eiskalte metallene Klicken, als er die Waffe entsicherte. Diesmal wurde ihr wirklich übel, noch verstärkt durch das Heulen von Iñes, die ihr keine Hilfe war. Mayol packte sie zudem am Kragen und riss sie grob wieder auf die Füße.

Das Ende der Treppe war erreicht. Wie durch einen Schleier sah sie, dass Ferrer zur Seite trat.

Warum tut er denn nichts? Er darf mich nicht mit Mayol gehen lassen. Sie wurde panisch. »Dr. Mayol. Antoni, bitte …«

Weiter kam sie nicht. Ein Schlag mit dem Handrücken ins Gesicht beendete ihren Satz. Warmes Blut quoll aus ihrer aufgeplatzten Lippe hervor. Tränen traten ihr in die Augen. Dass er das getan hatte, machte sie fassungslos.

Mayol drängte sie vorwärts, als ein markerschütternder Schrei ertönte.

»Verdammtes Schwein!« Iñes stürzte die Treppe hoch, packte wie ein Catcher Mayols Beine und riss ihn von den Füßen. Im Fallen drehte er sich um und feuerte einen Schuss ab. Ein hoher, sirrender Ton zischte an Verònicas Ohr vorbei. Irgendwo weiter unten schlug die Kugel in die Wand ein. Putzpartikel flogen durch die Luft. Verònica hustete. Mayol trat mit den Füßen nach Iñes. Die war wie von Sinnen und ließ nicht los.

Verònica schrie Ferrer an. »Schießen Sie doch, verdammt. Schießen Sie!«

»Ich sehe nichts. Wollen Sie, dass ich Iñes treffe?«

Verònica setzte einen Fuß über die strampelnden Körper, um an den Lichtschalter zu gelangen, als sich ein weiterer Schuss löste. Iñes kreischte.

»Iñes?«, schrie Verònica.

»Verònica?«, rief Ferrer.

»Zurück!«, herrschte Mayol sie beide an.

Das Licht sprang an. Ferrer musste den Schalter gefunden haben. Blitzschnell richtete Mayol wieder seine Waffe auf Verònica. Iñes lag zusammengekrümmt auf den Stufen. Aus einer Wunde an ihrem linken Oberarm sickerte Blut. Verònica wollte sich zu ihr hinunterbeugen, doch Mayol war schneller. Erneut packte er sie bei den Haaren und riss sie zurück. Er hatte sie fest im Griff, sie konnte nichts mehr ausrichten.

»Sehen Sie, was passiert, wenn Sie nicht tun, was ich Ihnen sage?« Mayol klang wieder sehr selbstsicher. »Und jetzt lassen Sie mich abziehen, Ferrer.«

»Tun Sie, was er sagt«, flehte Verònica. »Denken Sie an Iñes. Jemand muss sich um sie kümmern.«

Wie ein stetes Rinnsal lief das Blut von Iñes über die Stufen und tropfte treppabwärts. Doch sie war bei Bewusstsein.

Ferrer ließ den Arm mit der Waffe sinken und trat beiseite.

»Waffe dort rüber«, befahl Mayol mit einer Kopfbewegung.

Ferrer legte die Waffe auf den Boden und schubste sie mit dem Fuß außer Reichweite.

Mayol und Verònica hatten den Treppenabsatz erreicht und schoben sich in Richtung Ausgang an ihm vorbei. Ferrer sah Verònica fest an, als wolle er ihr Mut zusprechen und sie wissen lassen, dass er sie nicht im Stich lassen würde. Diesen letzten Blick nahm Verònica mit, als sie das Haus verließen und die Haustür hinter ihnen zufiel.

46

Der Spuk war vorbei und alles plötzlich ganz still.

Ferrer bemerkte etwas, das am Fuß der Treppe in einer staubigen Ecke am Boden lag. Es war absurd. Er konnte sein Glück im Unglück kaum fassen. Verònica und Iñes hatten ihr Leben retten wollen, und er hatte seinerseits nur daran gedacht, wie er die beiden Frauen schützen konnte. Für Mayol war seine Flucht alles gewesen, worauf er sich konzentriert hatte. Niemand hatte mehr einen Gedanken daran verschwendet, wofür sie hierhergekommen waren. Es war der Plastikbeutel aus der Tiefkühltruhe.

Doch Ferrer musste sich zuerst um die Verletzte kümmern. Er griff nach seiner Waffe und steckte sie zurück in das Pistolenhalfter. Er riss sein Handy aus der Jackentasche und wählte die Nummer von Salvà, der Nachtschicht hatte.

Während er den Freizeichen lauschte, kniete sich Ferrer neben Iñes, die am ganzen Körper zitterte. Vorsichtig schob er den Ärmel ihres blutgetränkten Pullovers nach oben und besah ihre Wunde. Sie hatte Glück gehabt. Ein Streifschuss hatte ihr nur eine Fleischwunde zugefügt, wenn auch eine tiefe. Iñes war eiskalt. Vermutlich stand sie unter Schock.

»Rafael, hier ist Gabriel«, sagte Ferrer, als sich Salvà meldete. »Ich bin im Haus von Crespí. Schick mir eine Ambulanz hierher –« Weiter kam er nicht.

»Noch eine Leiche?«, fragte Salvà.

»Bei einer Leiche brauche ich keine Ambulanz mehr«, schnauzte Ferrer in das Telefon. »Ich hab hier eine Verletzte. Iñes wurde angeschossen. Mayol ist der Täter. Er hat Crespí und seine Frau getötet. Er befindet sich auf der Flucht und hat Verònica Martí als Geisel bei sich. Finde heraus, was für ein Auto auf ihn zugelassen ist, und gib eine Fahndung raus. Schicke Einheiten zu seiner Wohnung und seiner Kanzlei. Möglich, dass er dort auftaucht.«

»Verstanden. Was machst du?«

»Ich bleibe bei Iñes, bis der Krankenwagen eintrifft. Anschließend komme ich ins Kommissariat. Ich habe etwas, das uns interessieren dürfte. Ruf auch Cati an. Sie soll ebenfalls kommen. Wir werden ihre Hilfe heute Nacht sicher noch brauchen.«

Nachdem er das Gespräch beendet hatte, zog Ferrer seine Jacke aus, faltete sie zusammen und legte sie Iñes unter den Kopf. »Halten Sie nur noch ein paar Minuten durch. Ein Krankenwagen ist unterwegs. Ihre Verletzung ist schmerzhaft, aber sie ist nicht gefährlich.«

»Meine Stieftante … Verònica …«, stammelte Iñes.

»Darum kümmern wir uns. Die Fahndung nach Mayol und Senyora Martí ist bereits eingeleitet. Sie kommen nicht weit. Machen Sie sich keine Sorgen.«

Iñes stieß ein heiseres Lachen aus, als zweifelte sie seine Worte an.

Ferrer räusperte sich. »Es tut mir leid, dass es zu dieser Situation gekommen ist. Wir hatten den falschen Mann im Visier. Für uns hat sich alles so dargestellt, als ob Garau die Morde begangen hat, um damit Ihren Mann zu belasten.«

»Warum hätte er das tun sollen?«, fragte Iñes.

»Weil er sich dafür rächen wollte, dass Ihr Mann ihm damals Sie ausgespannt hat.«

Iñes stöhnte leise. »Weil er *was*?«

»Wir wissen Bescheid, Senyora Crespí. Es muss ein harter Schlag für Garau gewesen sein, dass er erst Sie an Planas verloren und in der Folge durch den Gefängnisaufenthalt auch noch seine Karriere ein Ende gefunden hat.«

»Ich war nie mit Josep Garau zusammen. Was reden Sie denn da?«

Ferrer stellte erleichtert fest, dass Iñes keinen ernsthaften Schock, sondern nur einen großen Schrecken davongetragen hatte. Sie war jedenfalls wieder völlig klar. Er berichtete ihr, was aus den Polizeiakten hervorgegangen war und was Garau ausgesagt hatte.

»Hat er dabei ganz bestimmt meinen Namen genannt?«, fragte Iñes.

Das hatte er nicht, musste Ferrer eingestehen. Auch aus der Polizeiakte ging ihr Name nicht hervor.

»Wann genau soll das gewesen sein?«, hakte Iñes nach.

Ferrer nannte ihr die Daten – und fühlte sich gleich darauf sehr unwohl in seiner Haut. Er war ja noch nie gut gewesen im Überbringen von schlechten Nachrichten. Jetzt hingegen hätte er sich am liebsten in Luft aufgelöst. »Sie waren gar nicht die Frau, um die es ging?«, fragte er.

»Nein. Miquel und ich waren zu der Zeit bereits verlobt. Es gab eine kurze Phase, in der ich die Verlobung beinahe gelöst hätte, weil ich den Verdacht hatte, dass es da eine andere Frau gab. Miquel hat alles abgestritten.« Iñes verharrte einen Moment still mit geschlossenen Augen. Selbst im schwachen Licht der Kellerbeleuchtung konnte Ferrer erkennen, dass sich ihre Augen unter den Lidern hektisch hin- und herbewegten, wie wohl auch ihre Gedanken hin- und hersprangen. Als ihre Augenbewegungen immer ruhiger wurden, befürchtete Ferrer, dass Iñes das gesamte Ausmaß erfasst hatte.

»Das bedeutet«, fuhr sie fort, »dass mein Mann Garau mit einer falschen Aussage ins Gefängnis gebracht hat, damit er ihm nicht im Weg steht? So sehr wollte er also diese andere Frau?«

Ferrer wusste nicht, was er sagen sollte. Er nickte nur.

Aus irgendeinem Grund war es dennoch nicht zu einer Verbindung zwischen Planas und dieser Frau gekommen. Vielleicht hatte sie seine Gefühle nicht in gleichem Maße erwidert und ihn gar nicht gewollt.

Ferrer ging ein Licht auf. Das musste der Grund dafür gewesen sein, dass Planas der Polizei gegenüber nie behauptet hatte, Garau habe sich nur für die zerstörte Beziehung rächen wollen. Denn auf die Weise hätte seine jetzige Ehefrau davon erfahren, und das konnte er sich nicht leisten. Er musste die Sache verheimlichen.

»Ich war also nur die zweite Wahl«, stellte Iñes resigniert fest. »Hätte er die andere kriegen können, hätte er sich von mir getrennt, und wir wären heute nicht verheiratet. Ich war wohl besser als nichts.«

Es war tragisch. Iñes hatte ihre Eltern verloren, ihre Ehe war am Ende und obendrein musste sie auch noch erfahren, dass diese von Anfang an auf Lügen aufgebaut gewesen war.

Die Sirene des Krankenwagens rettete Ferrer aus dieser beklemmenden Situation. »Warten Sie einen Moment, ich bin gleich wieder bei Ihnen«, sagte er.

Er verließ den Keller, lief zur Straße und wies den Sanitätern den Weg. Nach wenigen Minuten hatten sie Iñes notversorgt, auf einer Bahre in den Krankenwagen bugsiert und zum Krankenhaus nach Palma abtransportiert.

Ferrer rannte zu seinem Wagen und folgte ihnen. Das Päckchen lag neben ihm auf dem Beifahrersitz.

47

Türen wurden aufgerissen, uniformierte Polizisten eilten kreuz und quer über den Korridor, Türen wurden wieder zugeschlagen. Telefone klingelten ununterbrochen, und das blaue Licht der Einsatzfahrzeuge zuckte durch die Fenster über die Wände von Ferrers Büro. Im Kommissariat ging es zu wie in einem Bienenstock.

Als er in Salvàs Büro trat, sah der erleichtert auf. Auch Catalina Roca hatte ihren Arbeitsplatz in das Büro der Inspektoren verlegt, statt am Ende des Flurs von ihrem eigenen Schreibtisch aus tätig zu werden. So war auch sie ganz nah am Geschehen. Das ermöglichte eine schnellere und effizientere Kommunikation.

Grußlos kam Ferrer sofort zur Sache. »Rafael, was gibt es Neues?«

»Die Fahndung läuft. Das Fahrzeug ist bekannt, und wir haben ein Foto von Mayol an die Einsatzkräfte ausgegeben. Wir haben Kollegen am Flughafen und an den Yachthäfen positioniert. Von Puerto de Andratx im Westen über Puerto de Pollensa im Norden bis zum Puerto Deportivo von Cala Ratjada im Osten. Der Süden sowieso. Das ist das Wahrscheinlichste, weil die Häfen am schnellsten zu erreichen sind. Alles, was Yachten und Sportboote beherbergt, ist abgedeckt. Sämtliche Kais und Molen in der Nähe von Kreuzfahrtschiffen in Palma sind ebenfalls unter Beobachtung. Wenn die Fahndung öffentlich werden soll, brauchen wir allerdings erst grünes Licht von Castro.«

»Damit warten wir noch. Wir sind schließlich auf einer Insel. Von der kann keiner so einfach verschwinden.« Es sei denn, er hat ein privates Boot in irgendeiner Bucht liegen, dachte Ferrer. Er wollte den Einsatzwillen seines Teams nicht mit negativen Gedanken ausbremsen, daher hielt er den Mund. »Cati, du nimmst die Anrufe entgegen. Gib uns Bescheid, wenn es etwas Wichtiges gibt.«

Catalina nickte. Sie setzte das Headset auf, das sie aussehen ließ wie die Mitarbeiterin eines Callcenters, und machte sich Notizen.

»Rafael, komm bitte herüber«, sagte Ferrer. »Ich möchte, dass wir uns das gemeinsam ansehen. Vielleicht brauchen wir auch Oriol. Cati, hol uns Oriol her«, rief er zu Catalina hinüber. »Wenn er nicht im Dienst ist, ruf ihn zu Hause an. Er soll sich beeilen.«

Wieder nickte Catalina nur. Hätten sie nicht so unter Zeitdruck gestanden, hätte sich Ferrer ernsthaft Gedanken darüber gemacht, wie sie das alles schaffte. In den heikelsten Situationen arbeitete Catalina wie ein Roboter. Sie nahm auf, verarbeitete und spuckte ein Ergebnis aus. Fehlerquote gleich null.

Ferrer schlitzte mit einem Brieföffner das Plastik auf, das den dicken Packen aus Crespís Keller umschloss. Salvà half ihm, den Inhalt auf dem Tisch vor ihnen auszubreiten. Es handelte sich vor allem um Fotos.

Es dauerte nur eine Sekunde, bis beiden klar war, dass sie das fehlende, gelöschte Material von Crespís Computer in den Händen hielten. Die Bilder gehörten zu der Serie, die sie bereits vor ein paar Tagen gesichtet hatten und die sie vermuten ließ, dass Crespí ein Doppelleben geführt hatte. War seine sexuelle Präferenz bis heute noch ungeklärt, erübrigte sich nun jede weitere Spekulation darüber. Diese Fotos gaben Aufschluss. Eindeutig und unzweifelhaft.

Immer wieder tauchte auch ein weiterer Mann auf all den Bildern auf. Einer, der ebenfalls bereits auf den Fotos von Crespís Computer zu sehen gewesen war und auf Ferrer gewirkt hatte, als fühle er sich bedrängt und mehr als unwohl in seiner Haut. Auf dem ihnen vorliegenden Bildmaterial verstärkte sich der Eindruck, dass dort Dinge gegen den Willen dieser Person geschehen waren.

Salvà faltete einen vergilbten Zeitungsausschnitt auseinander und überflog ihn. Dann pfiff er durch die Zähne.

»Was ist das?«, fragte Ferrer und riss ihm den Artikel aus der Hand. Eilig überflog er die Zeilen – und war so bestürzt, dass er noch einmal alles las, diesmal sorgfältig, mit einer steilen Sorgenfalte auf der Stirn.

»Was habt ihr da?«, fragte Oriol, als er ihr Büro betrat.

Ferrer las laut vor. »Hier steht: ›Am 17. September 1995 nahm sich der einundfünfzigjährige Joan Mayol in seiner Jagdhütte in den Hügeln von Galilea das Leben. Der angesehene Architekt tötete sich selbst mit einem Schuss in den Kopf aus seinem Jagdgewehr. Er wurde am Tag darauf von Urlaubern gefunden, die zu einer Wanderung auf den Bauçà unterwegs waren.‹«

Von der Zeitungsseite starrte ihnen der Mann entgegen, den sie von Crespís Fotos bereits kannten.

»Cati!«, brüllte Ferrer. »Ich will, dass du herausfindest, wie die Namen von Mayols Eltern lauten. Vor allem der des Vaters. Ich will wissen, ob sie noch leben, und wenn ja, wo. Gibt es immer noch nichts von den Einsatzkräften?«

Catalina hob die Schultern und ließ sie wieder fallen. Viele Worte brauchte es nicht. Dafür war auch keine Zeit. Im Nullkommanichts war sie wieder bei der Sache und tippte eine Nummer in das Telefon.

Oriol setzte sich zu Ferrer und Salvà. Gemeinsam lasen sie sich weiter durch ihren Fund. Salvà öffnete einen Briefumschlag, aus dem er noch mehr Zeitungsartikel hervorzog. Sie alle drehten sich um ein Thema. »Seht euch das an. Was hat das zu bedeuten? Das sind alles Berichte über den Fall ›Arny‹.«

Oriol, der noch keine dreißig Jahre alt war, sah seine Kollegen fragend an.

»Da hattest du noch Eierschalen auf dem Kopf«, kommentierte Ferrer trocken und nickte Salvà zu. »Erklär du es ihm.«

»Wir reden über einen Fall aus dem Jahr 1995. ›Arny‹ ist der Name eines schwulen Nachtclubs in Sevilla. Damals hatte ein fünfzehnjähriger Junge ausgesagt, dass sich dort Minderjährige prostituierten. An die fünfzig Männer wurden angeklagt, viele von ihnen waren Prominente. Schauspieler, Sänger, Fernsehstars. Erschreckenderweise war auch ein ehemaliger Jugendrichter dabei.«

»Nie davon gehört«, gab Oriol zu. »Und die wurden alle verknackt? Was ist aus ihnen geworden?«

»Von wegen verknackt«, sagte Salvà. »Die meisten wurden

freigesprochen, weil die Beweise nicht ausreichten. Es stellte sich sogar heraus, dass manche von ihnen niemals einen Fuß in diesen Nachtclub gesetzt hatten. Du kannst dir sicher vorstellen, welchen Imageschaden die Sache angerichtet hat. Keine oder zumindest weniger Aufträge, erheblich weniger Einkünfte.«

Oriol nickte.

»Cati, nimm das mal ab«, rief Salvà Catalina zu und deutete auf ihr Headset. »Kannst du uns so schnell wie möglich die Akten zum Fall ›Arny‹ von 1995 beschaffen? Oder wenigstens Einblick in die digitalisierten Aufzeichnungen der Prozesse? Alles, woraus die Namen der Angeklagten hervorgehen. Und auch die der Zeugen. Wir brauchen auch die Anwälte, die an dem Fall gearbeitet haben. Geht das?«

»Selbstverständlich. Ich weiß nur nicht, wie schnell.«

»Gib dein Bestes«, sagte Salvà und zwinkerte ihr zu.

»Immer«, antwortete Catalina grinsend.

»Glaubst du, Crespí und Joan Mayol haben zu den Angeklagten gehört?«, fragte Oriol Salvà. »Und dass sich Mayol das Leben genommen hat, bevor durch den Prozess alles an die Öffentlichkeit gezerrt werden konnte?«

»Das könnte natürlich sein. Beide Männer mit einem Doppelleben …«

»Aber angenommen, unser Mayol ist tatsächlich der Sohn von diesem Joan Mayol«, sinnierte Oriol. »Warum hat er die Crespís getötet?«

Cati wirbelte auf ihrem Drehstuhl so schwungvoll zu ihnen herum, dass sie zwei Umdrehungen machte. Als sie zum Stillstand kam, stemmte sie die Hände in die Hüften. »Vielleicht hat Crespí damals eine Aussage gemacht, die Mayol überhaupt erst mit in die Sache hineingezogen hat«, warf sie ein.

»Und vielleicht war diese Aussage sogar eine Falschaussage«, sagte Ferrer, der sich bislang schweigend durch die Fotos geblättert hatte.

»Was meinst du?«, fragte Salvà.

»Oriol, gib mir mal etwas zum Vergrößern«, sagte Ferrer.

Oriol zauberte tatsächlich eine Lupe aus der Gesäßtasche seiner Jeans.

Er würde gut zu Cati passen, dachte Ferrer. Allzeit bereit. Aber er müsste sich wohl mit Salvà duellieren. Die Möglichkeit, dass Catalina selbst zwischen den beiden Männern entscheiden könnte, anstatt wie eine Trophäe an einen der beiden verliehen zu werden, ließ er außer Acht. Er versenkte sich wieder in den Anblick der Bilder. Akribisch betrachtete er eins nach dem anderen. Von Zeit zu Zeit rieb er sich über die überanstrengten Augen. Nach einer Weile richtete er sich auf. »Ihr seid auf dem falschen Dampfer. Diese Fotos sind nicht im ›Arny‹ aufgenommen worden.«

Salvà und Oriol sahen sich erst gegenseitig und danach Ferrer fragend an.

»Ich bin fast hundertprozentig sicher, dass die Fotos aus einem Club hier in Palma sind. Ich komme gleich auf den Namen.« Grübelfalten überzogen Ferrers Stirn. Er legte die Hände über die Augen. Diesmal, um sich besser konzentrieren zu können. »›Club Caracas‹!« Triumphierend hieb er die Faust auf die Tischplatte. »Den Club gibt es schon seit den achtziger Jahren. Da treffen sich überwiegend Lateinamerikaner.«

»Woher weißt du das denn?«, fragte Salvà.

»Ich hab doch von dem Fall vor ein paar Jahren erzählt. Mein Kollege.«

»Du hast gesagt, es sei Selbstmord gewesen.«

»Es gab Ermittlungen, bis Fremdeinwirkung hundertprozentig ausgeschlossen werden konnte. Das ist normal. Muss ich dir doch wohl nicht erklären. Im Zuge der Ermittlungen waren wir auch in diversen Nachtclubs unterwegs. Und das hier …« Er tippte auf zwei Fotos, die er aus der Menge heraussortiert und beiseitegelegt hatte. »… habe ich schon einmal gesehen. Das ist in Palma, nicht in Sevilla. Im ›Club Caracas‹ an der Plaça Gomila in El Terreno, dem alten Hafenviertel.«

»Zeig mal«, sagte Salvà.

»Seht ihr das?« Ferrer nahm noch einmal die Lupe zur Hand und hielt sie über ein Foto. Salvà und Oriol beugten sich darüber. »Im Hintergrund, da hängt ein Bild an der Wand. Könnt ihr das Motiv erkennen?«

Salvà zuckte mit den Schultern.

»Ein Gesicht«, sagte Oriol. »Es kommt mir irgendwie bekannt vor. Aber irgendetwas stimmt daran nicht.«

»Bravo, Oriol.« Ferrers Ton entbehrte nicht einer Spur Ironie. »Das hier ist eine Porträtzeichnung von Santiago Russinyol.«

»Wer ist das denn?«, fragte Salvà, der ausschaute, als hätte er keinen Überblick mehr.

»Russinyol war ein Maler und Schriftsteller aus Barcelona, der Anfang des zwanzigsten Jahrhunderts für eine Weile in El Terreno gelebt hat«, sagte Ferrer. »Er war eine kleine Berühmtheit und Stammgast in den Cafés um die Plaça Gomila. Daher haben sich die Gastronomen gern sein Porträt aufgehängt, um ein bisschen mit ihm anzugeben. Im ›Club Caracas‹ hängt auch so eins. Allerdings – und da hast du vollkommen recht, Oriol – ist es mehr oder weniger künstlerisch verändert worden. Er hat rote Lippen bekommen, das restliche Gesicht ist voller Schminke. Sieht am Ende aus wie bei Andy Warhol. Nur dass dort keine Profis am Werk waren. Die Jungs aus dem ›Caracas‹ haben sich selbst kreativ ausgetobt und dem Malerporträt die Farbe verpasst. Ich glaube nicht, dass es das ein zweites Mal im Club ›Arny‹ in Sevilla gibt. Diese Fotos haben also nichts mit dem ›Arny‹ zu tun.«

»Ich kapiere noch nicht, weshalb Crespí sie zusammen mit dem Zeitungsartikel aufbewahrte«, sagte Salvà, nicht wenig beeindruckt von Ferrers gutem Gedächtnis.

»Vielleicht hat jemand versucht, sich diesen Skandal um das ›Arny‹ zunutze zu machen und Unbeteiligte in die Sache hineinzuziehen«, sagte Oriol. »Da macht man einfach ein paar solcher Fotos und behauptet, die stammen aus dem ›Arny‹.«

Oriols Gedanke ist nicht schlecht, dachte Ferrer.

»Und darauf fällt jemand herein?«, fragte Salvà skeptisch.

»Seid ihr doch auch gerade«, erwiderte Ferrer.

»Ihr wisst genau, dass das vor Gericht niemals Bestand gehabt hätte. Es wäre sofort herausgekommen, dass das nicht aus dem ›Arny‹ stammt.« Salvà ließ sich nicht überzeugen.

»Das stimmt. Vielleicht wurde nur damit gedroht. Diese

Bilder hätten schon einen großen Schaden anrichten können, bevor sie irgendwo bei Gericht zugelassen worden wären.« Leichte Ungeduld machte sich in Ferrers Tonfall bemerkbar.

»Was machen wir jetzt?«, fragte Salvà und unterdrückte ein Gähnen. Er stand auf und öffnete ein Fenster.

Die Nacht war längst verstrichen und machte einem strahlenden Morgen Platz. Eine erbarmungslose Sonne stand bereits am blauen Himmel. Auf den Balkonen der umliegenden Hotels rauchten Gäste ihre erste Zigarette, bevor sie sich zum Frühstücksbüfett aufmachten. Danach zogen sie üblicherweise in verschiedene Richtungen am Kommissariat vorbei. Je nachdem, was sie vorhatten. War es die Stadtbesichtigung, marschierten sie nach Westen, an Salvàs Fenster vorbei. Sie trugen karierte Bermudashorts, Hawaiihemden und Sonnenbrillen mit knallbunten Gläsern, die sie schon bei der Ankunft im Flughafenshop oder später bei einem Straßenhändler in der Nähe des Prachtboulevards La Rambla erstanden hatten. Zwischen den Ständen der Blumen- und Münzverkäufer drückte sich dort immer jemand herum, der einem eine billige Kopie eines Designermodells verkaufte.

Catalina kam mit einem Zettel in der Hand zu ihnen herüber. Einen Bleistift hatte sie sich hinter ihr rechtes Ohr gesteckt. »Chef, ich habe die Informationen über die Familie von Mayol. Sein Vater Joan lebt nicht mehr. Er ist bereits 1995 gestorben. Suizid. Die Mutter Pilar lebt in einem Pflegeheim bei Santa Ponça. Geschwister gibt es nicht.«

»Volltreffer! Gut, Cati«, sagte Ferrer. »Besorg mir auch noch die genaue Adresse des Pflegeheims. Ich will mit der Mutter sprechen. Das ist wichtiger als ein Besuch im ›Club Caracas‹. Bevor wir uns um die Hintergründe kümmern, müssen wir herausfinden, wo sich ihr Sohn aufhalten könnte.« Und Verònica, setzte er in Gedanken hinzu.

»Soll ich Staatsanwalt Castro benachrichtigen?«, fragte Catalina, die ob seines Lobes noch immer breit lächelte.

»Mach das. Es ist gut, wenn er vorbereitet ist. Wir müssen jedoch vermeiden, dass Mayol überreagiert und etwas Dummes tut, wenn er keinen Ausweg mehr sieht. Also noch keine öffentliche Fahndung über Radio und Fernsehen. Wir müssen besonnen vorgehen. Vielleicht kann uns seine Mutter weiterhelfen. Sie kennt ihren Sohn und weiß möglicherweise, wo er Unterschlupf gesucht haben könnte.«

»Wenn er sich mit der Geisel irgendwo ein Zimmer mietet, werden wir es nie herausfinden, ohne eine öffentliche Fahndung«, warf Salvà ein.

»Kein Fernsehen!«, herrschte Ferrer ihn an. »Noch nicht.«

»Schon gut, schon gut.«

Ferrers Ausbruch bewirkte, dass Salvà und Catalina sich bedeutungsvoll ansahen. Es war ihm vollkommen egal, vielleicht auch nicht bewusst, dass er damit Catalinas romantische Vermutungen über das Verhältnis ihres Chefs zu der Schriftstellerin noch befeuerte.

48

»In einer halben Stunde sind wir da«, sagte Salvà. »Das wird uns einen Schritt weiterbringen. Und unsere Einheiten sind über die gesamte Insel verteilt. Es ist nur noch eine Frage der Zeit, bis wir ihn haben.«

»Hast du eigentlich schon immer so viel geredet?«, brummte Ferrer. Sein Blick war starr auf die Fahrbahn vor ihnen gerichtet. Seine Lippen waren aufeinandergepresst, und die Kieferknochen mahlten.

Salvà sagte nichts mehr und drehte den Kopf weg. Ferrer war es recht. Er wollte nicht reden. Er musste sich konzentrieren und seine Gedanken sortieren. Und dafür musste er manchmal den plappernden Salvà in die Schranken weisen.

Erst als sie die Autobahn bei Calvià verließen und sich dem Kreisverkehr näherten, von dem aus sie nach Santa Ponça abzweigen mussten, ließ Ferrers Anspannung nach.

Salvà versuchte es noch einmal mit einer Unterhaltung. »Was ist, wenn er in einer der stillgelegten Mühlen Unterschlupf sucht?« Er wies auf die alte Getreidemühle mit ihrem breiten Rundturm aus Marès-Kalkstein und Feldsteinen, die vor einem halben Jahrtausend an dieser Stelle errichtet worden war, von wo aus sie heute den Kreisverkehr überwachte. Wie die Arme eines Verkehrspolizisten schienen ihre Flügel in die verschiedenen Richtungen zu weisen. Autoritär und unverrückbar.

»Und wozu sollte das gut sein? Er kann da ja nicht ewig bleiben«, sagte Ferrer.

Salvà seufzte.

Nach weiteren zähen Minuten parkten sie endlich vor dem Pflegeheim. Genau genommen glich es einem exklusiven Hotel. Weitläufige Gartenanlagen, die mit Fug und Recht als Park bezeichnet werden konnten, Meerblick und hier und da ins Grün arrangierte Sitzgelegenheiten empfingen sie.

»Nicht schlecht«, sagte Ferrer. »Für so eine Unterbringung muss ein Anwalt eine Menge Klienten beraten.«

Er hatte seine Sprache wiedergefunden. Salvà hingegen war offensichtlich vom Luxus so beeindruckt, dass es nun ihm die Sprache verschlug.

An der Rezeption, an der die Damen mit ihren adretten Kostümen auch mehr an einen Hotelempfang oder an Angestellte einer erstklassigen Fluggesellschaft erinnerten, fragten sie nach Senyora Pilar Reus Mayol.

Eine der Empfangsdamen, deren goldumrandetes, an das Revers angestecktes Namensschild sie als Senyora de la Rosa auswies, deutete durch das Foyer in den Garten. »Sprechen Sie am besten mit Schwester Marta. Sie kümmert sich meistens um sie. Sie haben Glück, sie hat gerade Dienst.«

Salvà und Ferrer bedankten sich und gingen in die großzügige Parkanlage hinaus auf eine Frau in blitzend weißer Schwesterntracht zu, die wie eine emsige Biene von Patient zu Patient eilte.

»Ob wir überhaupt über den Rasen laufen dürfen?«, fragte Salvà mit Blick auf das gestutzte Grün, das sich wie ein Teppich zwischen den Kiefern ausbreitete. Skeptisch sah er sich nach Verbotsschildern um.

»Schwester Marta?«, fragte Ferrer an die Pflegeschwester gewandt.

»Ja, das bin ich. Was kann ich für Sie tun?«

»Chefinspektor Ferrer und Inspektor Salvà, Kommissariat der Policía Nacional Palma. Wir möchten zu Senyora Pilar Reus Mayol. Wir haben ein paar Fragen an sie.«

Die Schwester sah sie tief bestürzt an. »Was ist denn passiert? Ist irgendetwas mit ihrem Sohn?«

»Sie kennen Dr. Mayol?«, hakte Ferrer sofort nach.

»Aber natürlich. Er kommt seine Mutter regelmäßig besuchen. Ein feiner Mensch. Er kümmert sich so sehr. Was ist denn –«

»Das würden wir gern mit Senyora Mayol besprechen.«

»Es tut mir leid, das geht nicht«, widersprach Schwester Marta.

»Doch, das geht. Ihre Gäste sind schließlich nicht in einem Gefängnis, oder?« Ferrer war kurz vor dem Explodieren.

»Sie verstehen nicht«, fuhr Schwester Marta unbeeindruckt fort. »Senyora Mayol spricht nicht. Seit Jahren nicht. Seit dem Schlaganfall. Sie kann Ihnen keine Fragen beantworten.«

Ferrer entglitten die Gesichtszüge. Das hatte ihnen noch gefehlt. Der Weg hierher war vollkommen umsonst gewesen. Doch er fing sich schnell wieder. »Wir möchten sie trotzdem sehen. Und wenn sie uns ihre Antworten aufschreibt, das ist mir egal. Irgendwie wird sie ja sonst auch kommunizieren.«

Schwester Marta zögerte. Ihr war anzusehen, dass sie besorgt war und ahnte, dass die beiden Männer keine guten Nachrichten brachten. Dennoch bedeutete sie den beiden, ihr zu folgen.

Sie gingen durch den Garten, über den Rasen, was Salvàs Frage beantwortete, und blieben vor einer mächtigen Aleppokiefer stehen. In deren Schatten döste auf einer Sonnenliege eine weißhaarige Frau. Ihre Augen waren geschlossen. Sie trug ein cremefarbenes Baumwollkleid mit einem runden Halsausschnitt, der von einem himmelblauen Satinband und einer dezenten Spitzenborte eingefasst war. Es erinnerte Ferrer an ein Taufkleid und verlieh seiner Trägerin etwas mädchenhaft Unschuldiges.

»Dies ist ihr Lieblingsplatz«, erklärte Schwester Marta. »Senyora Mayol? Hier ist Besuch für Sie.«

Ein Lächeln huschte über das Gesicht von Senyora Mayol, doch als sie ihre Augen öffnete und Ferrer und Salvà ansah, erlosch es.

Sie ist enttäuscht, dachte Ferrer. Sie hat ihren Sohn erwartet. Er stellte sich und Salvà erneut vor und bat Schwester Marta, sie allein zu lassen. Seufzend kam sie dem Wunsch nach.

»Senyora, wir sind hier, weil wir Ihren Sohn suchen. Haben Sie in den letzten Stunden irgendetwas von ihm gehört? Hat er Sie vielleicht angerufen?«

Nichts passierte. Ferrer registrierte jedoch, dass Senyora Mayol unter der pergamentenen Haut noch eine Spur blasser wurde. Das weiße Haar und ihr Gesicht verschmolzen beinahe miteinander. Wie sollte er sie zum Reden bringen, wenn sie nicht redete? Es war zum Auswachsen.

»Senyora, Ihr Sohn hat sich in eine schwierige Lage gebracht.

Wenn wir, Sie und ich, vermeiden wollen, dass er eine große Dummheit begeht oder ihm etwas passiert, müssen wir ihn so schnell wie möglich finden.« Ferrer verschwieg, dass es sich um eiskalte Morde und nicht um Dummheiten handelte. Er wollte Senyora Mayol nicht verschrecken.

Immerhin kam nun ein wenig Leben in sie. Ihre Brust hob und senkte sich schneller. Ihr Blick sprang hin und her, als suchte sie irgendetwas.

»Wissen Sie, ob Ihr Sohn irgendwo ein Ferienhaus besitzt, von dem wir nichts wissen? Oder ein Boot? Irgendetwas, wo er sich für eine Weile versteckt halten könnte?«

Senyora Mayol schüttelte den Kopf. Ferrer deutete dies als Anzeichen dafür, dass sie an dem Gespräch teilnahm, wenn auch nur durch Körpersprache. Gleich fühlte er sich weniger seltsam. Er war es gewohnt, Fragen zu stellen und mit der Verweigerung der Antworten umgehen zu müssen. Weil die Befragten nicht antworten wollten. Dies hier war anders. Senyora Mayol konnte nicht.

Sie machte eine auffordernde Handbewegung.

Ferrer verstand. »Es sind zwei Menschen ums Leben gekommen«, fuhr er fort. »Wir müssen leider annehmen, dass Ihr Sohn mit den Todesfällen zu tun hat.«

Salvà blickte ihn erstaunt an. Ferrer wusste, warum. Todesfälle? Es waren Morde. Er war sonst eigentlich nicht so zimperlich.

Die Schultern der alten Frau, die inzwischen mit durchgestrecktem Rücken an der Kante ihrer Sonnenliege saß, sackten nur ein wenig nach vorn. Kaum merklich. Ansonsten behielt sie ihre Haltung bei.

Ferrer kramte in den Innentaschen seiner Jacke, bis er einen zerfledderten Notizblock zutage förderte. Dann bat er Salvà um einen Stift und legte beides in den Schoß von Senyora Mayol.

»Bitte schreiben Sie mir Ihre Antworten einfach auf. Und wenn Sie Fragen an uns haben, ebenfalls. In Ordnung?« Senyora Mayol zeigte keine Reaktion. Ferrer wertete dies als Einverständnis. Er fuhr fort. »Bei den Opfern handelt es sich um

Bernat Crespí und seine Ehefrau Leonor Ros Llobera. Haben Sie diese Namen schon einmal gehört?«

In diesem Moment geschah etwas, das Ferrer und Salvà das Blut in den Adern gefrieren ließ. Senyora Mayol sackte so abrupt in sich zusammen, dass Ferrer befürchtete, sie könne vornüber ins Gras fallen. Gleich darauf bäumte sie sich auf, packte sich mit ihren langfingrigen Händen an die Kehle, als würde sie sich selbst strangulieren wollen, warf den Kopf in den Nacken, röchelte erst, gurgelte, holte pfeifend Atem und stieß einen Schrei aus, der nichts Menschliches mehr an sich hatte.

Salvà wich zurück, als wäre sie eine vom Teufel Besessene. Schwester Marta kam über den Rasen gerannt und wollte die Arme um Senyora Mayol legen, um sie zu beruhigen, doch die schlug sie weg.

»Ein Arzt! Wir müssen einen Arzt holen!«, rief Schwester Marta.

»Nein, Sie rühren sich nicht von der Stelle«, befahl ihr Ferrer.

»Was? Aber wir müssen doch –«

»Still jetzt!«

Ferrer wusste, dass er hoch pokerte, doch das war ihm egal. Obwohl sich ihnen ein schauriges Schauspiel bot, passierte etwas Wichtiges, das er nicht aufhalten wollte. Würde jetzt ein Arzt Senyora Mayol womöglich sedieren, wäre ihre Chance vorbei.

Die Köpfe aller im Garten Anwesenden hatten sich zu ihnen herumgedreht. Als Senyora Mayol atemlos den letzten Ton aus sich herausgeschrien hatte, wusste Ferrer, dass er die Informationen von ihr bekommen würde, die er haben wollte.

49

Ihre ersten Worte waren lediglich Laute, die nichts formten. Es hörte sich an, als sei sie betrunken und würde lallen. Und es strengte sie an. Sie war kurzatmig, als ob sie nicht genug Luft zum Atmen und Sprechen gleichzeitig hatte. Tatsächlich hatte sie ja zwei Jahrzehnte lang nicht mehr beides gleichzeitig getan.

Ferrer wirbelte herum zu Schwester Marta. »Ich denke, sie spricht nicht. Was hat das zu bedeuten?«

»Sie hat ... nicht gesprochen ... nicht einen Ton, kein Wort. Ich verstehe das nicht.« Außer sich vor Verwunderung presste Schwester Marta ihre ineinander verschränkten Hände gegen die Brust.

Ferrer fürchtete, sie würde jeden Moment damit beginnen, Gebete zu murmeln und der heiligen Mutter Gottes auf Knien für diese Wunderheilung zu danken. Sein Blutdruck stieg, und er bemerkte, wie es hinter seinen Schläfen hämmerte. Sie konnten keinerlei Zwischenfälle mehr gebrauchen.

»Bernat Crespí hat meinen Mann getötet«, sagte Senyora Mayol heiser.

Fassungslos starrten die Ermittler und Schwester Marta sie an. Ihr erster Satz erschreckte alle. Ihre Stimme war dünn und spröde, wie trockene Blätter, die man aneinanderrieb.

Ferrer fing sich als Erster. »Aber es gibt Zeitungsberichte über den Tod Ihres Mannes. Darin wird von Selbstmord gesprochen.«

»Crespí war der Teufel. Er war böse. Er hatte kein Herz und kein Gewissen«, sagte Senyora Mayol, ohne auf seinen Einwand einzugehen.

»Wieso sagen Sie das?« Ferrer bemühte sich, seine Ungeduld zu kontrollieren. »Was hatte Crespí mit dem Fall ›Arny‹ zu tun? Was hatte Ihr Mann damit zu tun?«

Ein Zittern lief durch Senyora Mayols fragilen Körper, so als habe sie Krämpfe. Sie starrte mit weit aufgerissenen Augen in die Ferne. »Mein Mann war Architekt. Er hat Immobiliengutachten abgegeben. Eines Tages hatte er ein Gutachten erstellt, das der Gegenseite nicht gefiel. Es war für eine Familie, die sich um ein Haus stritt. Immer das alte Lied.«

Ferrer war erstaunt darüber, dass sie sich nach vielen Jahren des Schweigens so gewählt ausdrückte. Doch gleich darauf überlegte er, dass sie schließlich nur ihre Stimme nicht benutzt hatte, wohl aber jeden Tag von Menschen umgeben war, Bücher las und fernsehen konnte. Warum sollte sie also ihren Wortschatz und ihre Fähigkeit, sich auszudrücken, verloren haben?

»Das war der Anfang des niederträchtigen Feldzugs gegen meinen Mann. Sie wollten ihn dazu bringen, seine Expertise zu korrigieren.«

In Ferrers Kopf fielen viele kleine Puzzlestücke an die richtige Stelle und begannen, ein Gesamtbild zu formen. »Womit hatten diese Leute Ihren Mann in der Hand?«, fragte er.

»Sie hatten nichts. Deshalb hat Crespí etwas konstruiert. Er war der Initiator. Der Teufel.«

Ferrer und Salvà hielten sich mit Worten zurück, doch in beider Gesicht stand geschrieben, dass sie ahnten, um was es sich handelte.

»Mein Mann wurde eingeladen. Zu einem sogenannten Herrenabend«, sagte Senyora Mayol leise. Die Umstehenden beugten sich vor, um sie zu verstehen.

»Was ist dann passiert?«, fragte Ferrer vorsichtig, um ihren Redefluss in Gang zu halten.

»Ich habe gemerkt, dass irgendetwas nicht stimmte. Joan war so nervös und …«

Joan. Sie wiederholte den Namen. Ungläubig und andächtig, so kam es Ferrer vor. Als würde sie ihn sich wie Schokolade im Mund zergehen lassen. So köstlich und so kostbar musste der Name des geliebten Mannes für sie sein, den sie so lange nicht mehr ausgesprochen hatte.

»Er war nicht mehr er selbst. Er stand unter großem Druck, war gar nicht mehr wirklich anwesend, wenn er zu Hause war. Mein Sohn hat es ebenfalls gespürt. Wir wussten nicht, was wir tun sollten. Ich habe meinen Mann gedrängt, immer wieder gefragt, was los sei. Ich habe keine Ruhe gegeben. Hätte ich doch bloß den Mund gehalten.« Sie schluckte ein paarmal, aber ihre Augen blieben trocken. Es gab keine einzige Träne. »Schließlich hat er mir alles gebeichtet. Nach einer ganzen Weile erst. Zum ersten Mal in seinem Leben hatte er nicht aufrichtig gehandelt und ein falsches Gutachten abgegeben. Ich verstand nicht, warum er es getan hatte. Und ich habe erneut gefragt und gefragt. Er sagte nur, dass es Material gebe, welches in den falschen Händen sein Leben ruinieren könne. Damit erpresste man ihn. Also ließ er sich darauf ein und dachte, dass damit alles erledigt sei.«

»Doch das war es nicht?«, fragte Ferrer.

»Nein, noch lange nicht. Ab da wusste Crespí, dass es funktionierte. Er und seine Helfershelfer konnten den Hals nicht vollkriegen. Sie haben meinen Mann weiter erpresst. Doch eines Tages kam er nach Hause und sagte, er würde nicht weiter mitspielen. Sie würden es am Ende doch nicht wagen, den nächsten Schritt zu tun, und er wollte sich nicht länger von der Angst sein Leben dirigieren lassen. Er schien so befreit, als ob er zum ersten Mal nach Monaten wieder atmen konnte. Eine ganze Weile war auch wirklich alles in Ordnung, und wir hatten unser altes Leben wieder.«

Irgendwo im rückwärtigen Garten rief jemand nach Schwester Marta. Doch die reagierte nicht. Ihre Augen waren starr auf Senyora Mayol gerichtet, wie auf einen Bildschirm, auf dem sich ein spannender Thriller abspielte.

»Irgendwann kam der Umschlag.« Senyora Mayol knetete ihre Hände im Schoß.

Crespí hatte es tatsächlich getan. Die Skrupellosigkeit dieses Mannes machte Ferrer sprachlos, obgleich er in all den Jahren als Polizist schon so viel erlebt hatte.

»Wir saßen zu dritt am Tisch beim Mittagessen. Mein Mann öffnete einen braunen Umschlag, den er aus dem Briefkasten gezogen hatte. Es stand kein Name drauf, er war nicht mit der Post gekommen. Jemand hatte ihn persönlich eingeworfen. Das allein war unheimlich. Joan sah hinein, schlug die Hände vors Gesicht, der Umschlag glitt ihm aus der Hand, und Bilder fielen heraus. Sie segelten durch die Luft wie Papierflieger. Es waren nur Ausdrucke, keine Originale. Joan fiel auf die Knie, er war vollkommen außer sich. Antoni kniete sich ebenfalls auf den Boden. Er wollte seinem Vater helfen, sie wieder einzusammeln. Doch Joan schrie ihn an, er solle die Finger davon lassen, sich wieder hinsetzen. Noch nie hatte er seinen Sohn angeschrien. Doch es war schon zu spät. Antoni hatte ein paar der Fotos gesehen, bevor Joan sie ihm wegnehmen konnte. Sie sahen sich wortlos an. In dem Moment zerbrach etwas. In beiden.«

»Sie müssen nicht weitersprechen, Senyora«, warf Ferrer ein und dachte, was für ein Irrwitz das war. Sie hatte gerade erst wieder angefangen zu sprechen, und er wollte, dass sie aufhörte. Es spielte sowieso keine Rolle. Senyora Mayol redete wie in Trance weiter.

»Sie hatten ihn betrunken gemacht, vielleicht sogar unter Drogen gesetzt. So sind diese Fotos entstanden. Eindeutige Fotos. Wie sie Dinge mit ihm machten. Sie können sich vorstellen, wovon ich rede? Nein, wie sollten Sie … Es waren keine Frauen auf den Fotos. Wissen Sie jetzt, was ich meine?«

Schwester Marta gab einen kleinen Aufschrei von sich und begann tatsächlich, zu beten und unablässig das Kreuz vor ihrer Brust zu schlagen. Ferrer bedeutete Salvà mit Blicken, sie ohne großes Aufsehen vom Schauplatz des Geschehens zu entfernen. Salvà flüsterte Schwester Marta etwas ins Ohr, worauf diese ihre Augen noch ein wenig weiter aufriss, sich die Hand vor den Mund schlug und sich in Marschmanier in Bewegung setzte, ohne sich noch ein einziges Mal umzublicken.

Fragend sah Ferrer seinen Kollegen an. Der zuckte nur mit den Schultern.

»Es lag ein Zettel dabei, auf dem nur ein einziger Satz stand. ›Denken Sie an das ›Arny‹.‹ Mehr nicht. Wir wussten, was damit gemeint war. Zwei Tage später …« Senyora Mayols Stimme brach wie ein morscher Ast. Sie nahm einen zweiten Anlauf. »Zwei Tage später hat sich mein Mann erschossen.«

»Und Sie erlitten einen Schlaganfall«, sagte Ferrer.

Senyora Mayol nickte. »Ich musste ihn doch schützen«, sagte sie.

»Was meinen Sie?«, fragte Ferrer.

»Antoni. Ich musste ihn doch schützen. Vor sich selbst!« Sie wurde lauter, und zum ersten Mal schimmerten ihre Augen feucht. »Ich hatte seinen Blick gesehen. Als die Polizei zu uns kam, um uns die Nachricht von Joans Tod zu überbringen. Und als er das erste Mal nach dem Schlaganfall an meinem Krankenbett saß. Ich wusste, es würde etwas Furchtbares passieren, wenn er die Namen der Erpresser jemals erfahren würde. Ich durfte ihm keine Informationen geben. Niemals. Um keinen Preis.«

Ferrer begann, das ganze tragische Ausmaß zu begreifen. Es war erschütternd. »Sie beschlossen, nicht mehr zu sprechen, damit Sie nicht aus Versehen etwas Falsches sagen?«, fragte er. Es war ihm anzusehen, dass er Mühe hatte zu begreifen, wie ein Mensch so weit gehen konnte. In mafiösen Vereinigungen war es eine traditionelle Form der Bestrafung, jemandem die Zunge abzuschneiden, wenn derjenige sich nicht an das ungeschriebene Gesetz des Schweigens, die Omertà, hielt. Aber freiwillig das Sprechen aufgeben? Das war doch Irrsinn.

»Ja, so war es. Und Sie kommen hierher und sagen mir, dass alles umsonst gewesen ist.«

Ferrer setzte sich neben Senyora Mayol auf die Sonnenliege und legte eine Hand auf ihren Arm. »Senyora, Sie können Ihren Sohn immer noch beschützen. Aber nicht dadurch, dass Sie uns seinen Aufenthaltsort verheimlichen. Nur indem Sie uns helfen, ihn zu finden, bevor er eine weitere große Dummheit begeht, die seine Lage noch schlimmer macht. Wo könnte er sein?«

Senyora Mayol wiegte den Oberkörper hin und her. Verzweifelt versuchte sie, sich zu konzentrieren und zu erinnern.

»Er hat eine Geisel bei sich«, sagte Ferrer. »Eine unschuldige Person, die mit der Sache von damals nichts zu tun hat. Im Gegenteil. Sie ist auch ein Opfer von Crespís Machenschaften. Helfen Sie uns, ihr Leben zu retten. Wo könnte er sich versteckt halten, wenn er weder nach Hause noch in seine Kanzlei kann und nicht weiterweiß?«

Senyora Mayol hob den Kopf und sah Ferrer in die Augen. »Coves del Drac.«

Die aufgesparten Tränen aus zwei Jahrzehnten liefen wie Sturzbäche über ihr Gesicht.

50

Als sie Santa Ponça verließen, saß Salvà am Steuer. Mit bis zum Boden durchgetretenem Gaspedal holte er aus dem Wagen heraus, was möglich war.

Ferrer bellte unterdessen Anweisungen in sein Smartphone. »Schicken Sie Einsatzkräfte zu den Coves del Drac. Aber ich will nicht, dass die mit Blaulicht, Sirenen und dem ganzen Tamtam dort vorfahren. Lassen Sie sie die Einsatzfahrzeuge in einiger Entfernung parken. Von dort sollen sie sich zu Fuß auf den Weg zum Haupteingang machen und auf uns warten.«

Überflüssigerweise gab er dem Kollegen noch einmal das Kennzeichen und eine Beschreibung von Mayols Wagen, als misstraue er den bereits laufenden Fahndungsaktivitäten. Außerdem machte er noch einmal deutlich, dass er umgehend benachrichtigt werden wolle, falls sie Mayols Wagen tatsächlich in der Nähe der Höhlen finden sollten, bevor er und Salvà eintrafen.

»Lassen Sie die Ein- und Ausgänge beobachten. Er darf uns nicht entkommen. Nach wie vor kein unüberlegtes Eingreifen, verstanden?«

Ferrer beendete das Telefonat und wählte gleich darauf die Nummer von Catalina.

»Ich wollte Sie auch gerade anrufen, Chef«, sagte sie, ohne Ferrer zu Wort kommen zu lassen. »Ich habe die Akten durchgesehen. Oriol hat mir geholfen. Keiner, weder Crespí noch Mayol, hat irgendetwas mit dem Fall ›Arny‹ zu tun gehabt. Ihre Namen tauchen nirgendwo auf. Ich habe auch noch mit dem damals zuständigen Richter telefonieren können und es mir bestätigen lassen.«

»Das habe ich mir gedacht. Die haben das nur benutzt, um Druck auszuüben«, sagte Ferrer. Ein Geräusch ließ ihn zusammenzucken und seinen Blutdruck in die Höhe schnellen. Er riss die Hand mit dem Telefon herunter. »Was ist das?«

»Was meinst du?«, fragte Salvà.

»Dieses Geräusch. Hörst du das denn nicht?« Ferrer verrenkte sich beinahe den Hals bei dem Versuch, während der Fahrt in alle Richtungen den Himmel abzusuchen. »Ein Helikopter! Ein Scheiß-Helikopter!«, brüllte er.

Das typische Geräusch der Rotorblätter eines sich nähernden Hubschraubers wurde so laut, dass niemand es mehr überhören konnte.

»Verdammt«, sagte Salvà leise.

»Ich hab gesagt, kein Aufsehen! Sind die wahnsinnig?« Ferrer flippte fast aus. »Warum nicht gleich Fliegerstaffeln?«

»Gabriel, beruhige dich.« Salvà versuchte, auf seinen tobenden Kollegen einzuwirken.

Ferrer hob das Telefon wieder an sein Ohr. »Cati, die sollen die vom Himmel holen! Sofort!«

»Gabriel, hör doch mal zu. Gabriel, verdammt!« Jetzt brüllte auch Salvà. »Das ist kein Polizeihubschrauber. Das sind die Touristenrundflüge!«

»Die fliegen doch nur Routen um Palma herum!«

Salvà schüttelte den Kopf. »Wenn du genug Geld hinblätterst, startest du von Son Bonet, dem alten Flughafen in Marratxí, und kannst sogar als Fluggast selbst auf dem Pilotensitz Platz nehmen und das Ding fliegen. Für ein paar Euro obendrauf kriegst du garantiert auch noch ein paar Extrarunden.«

Ferrer starrte ihn fassungslos an, ließ sich in den Sitz zurücksinken und sackte zusammen. Er presste zwei Finger auf seine Nasenwurzel und massierte sie für einen Augenblick, bevor er mit unendlich müder Stimme erneut in das Telefon sprach. »Cati, bist du noch da? Gut, hör zu. Ich will, dass die Drachenhöhlen für heute geschlossen werden. Setz dich mit dem Management dort in Verbindung. Oder dem Sicherheitspersonal. So was müssen die haben. Sie sollen die Besucher –«

Weiter kam er nicht. Cati schrie ins Telefon. Sie hatte gleich nach seinem ersten Satz vergeblich versucht, zu Wort zu kommen. »Chef! Die Höhlen sind geschlossen! Da ist niemand. Weder ein Management noch Besucher.«

»Was soll das heißen?«

»Diese ganze Woche. Renovierungsarbeiten am Haupteingang. Ich weiß das, weil wir vorgestern mit unserem Besuch –«

»Cati, dein Besuch interessiert mich nicht. Treib mir einen dieser Führer auf und lass ihn von mir aus mit einem Einsatzfahrzeug dorthin bringen. Wir brauchen jemanden, der sich dort drinnen auskennt.«

»Die Höhlen haben keine Führer. Die Touristengruppen sind immer allein unterwegs und –«

»Cati, mach mich nicht wahnsinnig. Es wird doch wohl einen fähigen Menschen geben, der da mit uns reingehen kann. Lass dir etwas einfallen!« Er beendete das Gespräch, ohne eine Antwort abzuwarten.

Die Landschaft flog an ihnen vorbei, doch Ferrer hatte keinen Blick dafür. Es gab etwas, das Salvà nicht wusste und er ihm auch nicht erzählen würde. Ihm graute vor den verdammten Höhlen.

Als Kind hatte er sie mit seinen Eltern besucht und den Anschluss an die Gruppe verloren, weil er irgendwo herumgeklettert war, wo er eigentlich nicht hatte sein dürfen. Er würde nie vergessen, welche Panik ihn bei dem Gedanken erfasst hatte, nicht mehr aus dem verschachtelten System von Kammern, Gängen und unterirdischen Seen herauszufinden.

Obendrein waren ihm die Geschichten wieder eingefallen, die ihm die Erwachsenen erzählt hatten. Es hieß, Templer und vielleicht auch Seeräuber hätten in den Höhlen ihre Schätze versteckt und sie von einem Drachen bewachen lassen. Im vierzehnten Jahrhundert ließ man die Höhlen sogar danach durchsuchen. Das Ergebnis dieser Suche wurde nie bekannt. Niemand wusste, ob dort ein Schatz gefunden worden war oder nicht. Niemand wusste außerdem, ob es den Drachen gab oder nicht.

So ein Quatsch, dachte Ferrer, als er sich daran erinnerte. Als damals jedoch Musik eingesetzt hatte, die Klänge von Streichinstrumenten immer näher gekommen waren und sich im Echo mit dem glasklaren »Plitsch« und »Platsch« der Wassertropfen vermischt hatten, die von der Höhlendecke auf die Oberfläche des Sees geklatscht waren, da hatte er aus Leibeskräften geschrien. Er schrie so lange, bis seine Eltern angelaufen kamen und wieder vor ihm standen. Mit ihnen die gesamte Truppe, mit der sie gemeinsam durch die Tiefe gewandert waren.

Später lernte er, dass die für ihn geisterhaften und furchteinflößenden Klänge von dem Quartett erzeugt wurden, welches auf einem Boot über den größten der Seen gleitend für die Besucher ein Konzert gab. Die meisten Menschen fanden es wunderschön, ganz zauberhaft. Für Ferrer begründete es eine lebenslange Abneigung gegen klassische Musik.

»Was hast du eigentlich vorhin zu Schwester Marta gesagt? Sie ist ja ohne jede Widerrede verschwunden«, fragte er Salvà, um auf andere Gedanken zu kommen.

Der grinste. »Ich hab ihr gesagt, dass mein Geliebter und ich niemals solche Fotos machen würden. Bei uns bleibt alles ganz privat.«

»Dein *was*?«

»Eben«, sagte Salvà. »Schwester Marta hatte es sehr eilig zu verschwinden. Vielleicht hatte sie Angst, dass meine Sünden auf sie abfärben würden, wenn sie sich in meiner Nähe aufhält.«

»Du bist doch ein abgebrühter Hund«, meinte Ferrer und musste trotz all der Anspannung lachen. Das Klingeln seines Telefons zwang ihn, zum Ernst zurückzukehren. »Ferrer. Was gibt es?«

Für einen Moment lauschte er konzentriert. Ab und an warf Salvà einen schnellen Seitenblick auf ihn, ohne die Fahrbahn zu lange aus den Augen zu lassen. Schon gab Ferrer erneut Anweisungen.

»Keiner, habt ihr verstanden, keiner nähert sich dem Eingang oder irgendeiner anderen Einrichtung auf dem Gelände. Mayol könnte überall sein und nur auf euch warten. Er ist bewaffnet. Ihr wartet, bis wir eintreffen.«

Er beendete das Telefonat so grußlos, wie er es angenommen hatte.

»Das Auto von Mayol steht auf dem Parkplatz vor dem Ticketcenter der Höhlen«, wiederholte er für Salvà. »Von ihm und Verònica Martí ist allerdings erwartungsgemäß nichts zu sehen. Cati hat tatsächlich so einen Höhlenforscher, oder wie man das nennt, ausfindig gemacht. Der ist auch schon da. Ohne den würden wir nicht weit kommen. Mayol kennt sich aus. Wir nicht.«

Senyora Mayol hatte ihnen erzählt, dass ihr Sohn schon als Kind nicht genug von den Höhlen hatte bekommen können. Später war er, wann immer er sich vor der Welt hatte verkriechen wollen, dorthin gefahren, um sich zurückzuziehen. Ferrer vermutete, dass Mayol einen geheimen Eingang kannte, der es ihm möglich machte, auch außerhalb der Öffnungszeiten in die Höhlen zu gelangen.

Es waren nur noch wenige hundert Meter bis zum Eingang des Parkplatzes an den Coves del Drac. Doch auf einmal ging es nicht mehr weiter. Salvà und Ferrer hatten das Ende einer Autoschlange erreicht. Eine Gruppe von etwa fünfzig Menschen blockierte weiter vorn die Straße. Sie hielten laienhaft angefertigte Plakate in die Luft und trotteten langsam vorwärts. Das Hupkonzert ignorierten sie.

»Was zum Teufel soll das?«, schimpfte Ferrer. »Kannst du erkennen, was da steht?«

»Die sind von der ›Ciutat per a qui l'habita‹. Die Stadt für die Bewohner. Das ist diese Bürgerinitiative, die gegen den Massentourismus protestiert ...«

»Und das tun die ausgerechnet jetzt und hier?« Ferrer fuhr das Fenster auf seiner Seite hinunter. »Weg da! Aus dem Weg!«

Niemand reagierte, denn er war nur einer von vielen, die vor Wut brüllten.

»Ich glaube, das stand in der Zeitung«, erklärte Salvà. »Die haben zu Protesten überall auf der Insel aufgerufen. Aus allen Richtungen marschieren die nach Palma und treffen sich dort zu einer Kundgebung. Scheint wohl heute zu sein.«

»Mach was, Rafael. Fahr an den Autos vorbei oder irgendwas.« Ferrer trommelte ungeduldig mit den Fingern auf das Armaturenbrett ein.

»In die Menschenmenge?«

»Schmeiß die Sirene an, verdammt. Wir sind im Einsatz. Die sollen sich von der Straße bewegen, aber ein bisschen plötzlich.«

Salvà schaltete das Blaulicht und die Sirene ein und steuerte den Wagen an der Reihe der wartenden Autos vorbei, wobei ihnen von nicht wenigen Fahrern dankbarer Beifall gespendet wurde. Die Gruppe der erbosten Demonstranten bildete nur widerwillig und im Schneckentempo eine Gasse, durch die sie hindurchfahren konnten. Einige der wartenden Autofahrer nutzten die Gelegenheit und folgten dem Einsatzwagen durch die Schneise.

»Und die wollen heute noch bis Palma kommen?«, fragte Ferrer.

Ein paar der Demonstranten hatten sich bereits auf Picknickdecken an den Straßenrand gesetzt und ließen sich den ausgeschenkten Wermut mit Oliven schmecken. Es glich mehr einem Happening als einer ernsthaften Protestaktion.

Ferrer konnte nicht abstreiten, mit diesen Leuten zu sympathisieren. Dreizehn Millionen Touristen in einem Jahr. Das konnte die Insel kaum noch bewältigen. Die Einwohner wurden aus den alten Stadtvierteln gedrängt, und die Müllberge an den Stränden sprachen für sich. Eimerweise Sangria saufende Horden wollte schon lange keiner mehr sehen, aber trotz des Verbots war vor allem die Platja del Palma weiterhin ein Zentrum für Trinkgelage und daraus resultierende Prügeleien.

Ferrer unterstützte die Ziele der Demonstranten durchaus und hätte auch mit auf die Straße gehen und Plakate hochhalten können.

Nur eben nicht jetzt.

51

Sobald sie die Gruppe passiert hatten, gab Salvà Gas. Sie überquerten den Torrent de Na Llebrona, zu dessen linker Seite der exklusive Yachthafen lag. Masten und Segel flogen an ihnen vorbei. Sie ließen auch den neuen, modernen Majorica-Store hinter sich.

Ab da wurde Ferrer von einer schier überwältigenden Nervosität erfasst. Er kannte das bereits – und wusste auch, dass es sich legen würde, wenn der eigentliche Einsatz begann. Dann wurde er immer ganz ruhig.

»Dort drüben sind die Uniformierten«, sagte Salvà und deutete auf drei Einsatzwagen, die am Straßenrand im Schutz einer Baumgruppe standen. »Ich werde auch hier parken. Wir können mit dem Wagen nicht näher ran, ohne eventuell gesehen zu werden.«

Sie stiegen aus, ein Kollege kam auf sie zu und grüßte durch ein knappes Nicken.

»Chefinspektor Ferrer und Inspektor Salvà«, stellte Ferrer sie ebenso knapp vor. »Gibt es Neuigkeiten? Haben Sie bei der Höhle oder auf dem Gelände irgendwelche Bewegungen beobachten können?«

»Nichts. Der Verdächtige könnte theoretisch auch schon auf der anderen Seite der Insel sein, wenn er das Gelände rückseitig verlassen hat.«

»Das glaube ich nicht. Ich bin sicher, er ist in den Höhlen. Wo ist dieser komische Höhlenforscher?«

»Dort drüben. Ich bringe Sie zu ihm.«

Ferrer folgte ihm. Gleich darauf standen sie einem Mann gegenüber, der eine Kopie von Indiana Jones hätte sein können. Hemd und Hose waren sandfarben, die Lederjacke dunkelbraun, abgewetzt und der von Ferrer nicht unähnlich. Die Füße des Mannes steckten in robusten Trekkingstiefeln, und er hatte sich eine Tasche schräg umgehängt. Tatsächlich trug er auch einen Fedora.

Fehlt nur noch die Peitsche, dachte Ferrer.

»Chefinspektor Ferrer«, erklärte Ferrer abermals. »Sie sind der Guide?«

»Jaume Aulet. Ich habe früher die Gruppen geführt. Inzwischen ist kein Geld mehr dafür da, und die Vandalen strömen allein durch die Höhlen.«

Herrje, dachte Ferrer, warum gesellt er sich nicht zu den Demonstranten …?

»Was haben Sie vor?«, fragte Aulet.

Ferrer stutzte. Er war derjenige, der die Fragen stellen sollte. »Wir vermuten, dass sich ein Flüchtiger mit einer Geisel in den Höhlen aufhält. Wir müssen da rein und sie finden. Und dafür brauchen wir Sie. Sie werden uns führen.«

»Sekunde«, erwiderte Aulet. »Heißt das, Sie werden sogar Waffen einsetzen?«

Nicht auch noch ein Pazifist. Ferrer rollte mit den Augen. »Wenn es sich nicht vermeiden lässt, ja.«

»Die Stalagmiten und Stalaktiten sind sehr empfindlich. Sie könnten beschädigt werden. Im schlimmsten Fall sogar brechen. Sie können da nicht einfach so herumballern. Die Kalzitsäulen sind viele tausend Jahre alt. Zehntausende!«

»Und wenn Sie noch ein bisschen älter werden wollen«, zischte Ferrer ihn an, »halten Sie endlich den Mund und helfen uns.«

Der scharfe Ton hatte seine Wirkung nicht verfehlt. Jaume Aulet nickte, wenn auch ein bisschen beleidigt.

»Sagen Sie uns zuerst, ob es außer dem Haupteingang noch eine andere Möglichkeit gibt, in die Höhlen zu gelangen.«

»Ja, es gibt einen weiteren Zugang. Bei der Cala Murta, nicht weit vom Torre del serral dels falcons.«

»Dem Turm der Falken?« Ferrer erinnerte sich an den alten Wachturm.

»Genau. Joan Servera Camps, der 1922 das Landstück gekauft hat, auf dem der Eingang lag –«

»Keine Geschichtsstunde jetzt«, fiel Ferrer ihm ins Wort. »Wie kommen wir an den Zugang?«

»Nur zu Fuß über die Felsenklippen oder vom Wasser aus.«

Ferrer rief Salvà zu sich und erklärte ihm, dass sich eine Einheit zu Fuß auf den Weg zum zweiten Eingang machen sollte. Sie mussten diese Fluchtmöglichkeit im Auge behalten. Als Nächstes führte er ein Telefonat mit der Küstenwache und beorderte eine weitere Einheit zur Cala Murta. Es war nicht sehr wahrscheinlich, doch vielleicht lag dort ein Boot, mit dem Mayol auf dem Wasser zu entkommen versuchen würde.

»Sie werden mit mir und meinem Kollegen in die Höhlen gehen«, sagte er wieder an Aulet gewandt. »Wir werden so vorsichtig, unauffällig und leise wie möglich vorgehen. Kriegen Sie das hin?«

»Selbstverständlich.«

»Brauchen wir eine besondere Ausrüstung?«

»Machen Sie Witze? Glauben Sie, die Horden von Touristen, die jeden Tag im Stundentakt durch die Höhlen geschleust werden, sind alle speziell ausgerüstet? Die latschen auf Flipflops da durch.«

»Hört sich an, als würde Ihnen das nicht besonders gefallen.«

»Die Höhlen sind unterirdische Kathedralen. Sie sind gewaltig, kolossal und voller Anmut. Da haben Smartphones und Sonnenöl nichts zu suchen.«

»Aber Sie haben doch sicher nicht schlecht davon gelebt. Und würden es auch vermutlich immer noch, wenn man Sie lassen würde, oder?«

»Ich habe mein Geld damit verdient, dafür muss ich es nicht lieben. Geht Ihnen das nie so?«

Doch, dachte Ferrer. Gerade jetzt geht es mir so. Immer wenn ich die Verantwortung dafür tragen muss, dass keine Menschen zu Schaden kommen, und ihr Leben von meinen Entscheidungen abhängt.

»Lassen Sie uns gehen«, sagte er zu Aulet, ohne ihm zu antworten. »Rafael, es geht los.«

Sie ließen Ticketcenter, Restaurant, Souvenirshop und den Picknickbereich hinter sich und standen kurz darauf vor dem Eingang. Jaume Aulet holte einen Schlüssel aus seiner Tasche und sperrte das Tor auf.

»Wieso besitzen Sie immer noch einen Schlüssel?«, fragte Ferrer.

»Weil ich mich von Zeit zu Zeit zu Studienzwecken in den Höhlen aufhalte und darüber schreibe. Ich bin selbstverständlich autorisiert.«

»Wenn ein Schlüssel gebraucht wird«, warf Salvà ein, »wie soll Mayol hineingekommen sein? Durch den zweiten Zugang?«

»Der ist ganz am anderen Ende«, sagte Aulet. »Und ebenfalls verschlossen.«

»Also muss Mayol an einen Schlüssel gekommen sein, das Schloss aufgebrochen haben oder einen bisher nicht bekannten Zugang nutzen«, warf Ferrer ein. »Könnte es so einen Zugang geben?«

»Unmöglich ist es nicht«, bestätigte Aulet. »Aber das kann keinesfalls mehr als ein Spalt irgendwo im Fels sein. Ansonsten wäre es sicher bekannt und würde bald ebenfalls verschlossen werden. Einmal aus Sicherheitsgründen, und weil niemand wollen würde, dass reihenweise Besucher ohne Ticket in die Höhlen gelangen.«

»Also los, gehen wir«, trieb Ferrer sie an.

Sie stiegen die Stufen hinab. Zu ihrer Überraschung empfing sie ein warmes Licht.

»Hier muss jemand sein. Oder wenigstens gewesen sein«, bemerkte Aulet. »Wenn die Höhlen geschlossen sind, ist nicht die gesamte Beleuchtungsanlage eingeschaltet.«

Das Licht ließ »La Bandera« sonnengelb erstrahlen. Die erste Sehenswürdigkeit auf dem mehr als einen Kilometer langen Weg durch diese Unterwelt war eine Kalkablagerung, die die Form einer Flagge gebildet hatte.

Ferrer ließ sich von der Schönheit dieses Gebildes nicht täuschen. Für ihn fühlte es sich an, als seien sie geradewegs auf dem Weg ins Höllenreich. Er sah sich bestätigt, als sie ein paar Minuten später an einer Höhlenwand die Worte *»No hi ha esperança«* erblickten. Es gibt keine Hoffnung mehr. Vor anderthalb Jahrhunderten hatten Forscher, die sich verlaufen hatten und tagelang durch die Grotte geirrt waren, dies in das Gestein geritzt. Sie waren am Ende gerettet worden.

Ferrer entschied, sich nicht an den verzweifelten Worten, sondern an der glücklichen Rettung zu orientieren und diese als ein gutes Omen für sich und seine Begleiter zu interpretieren.

Sie begaben sich immer tiefer in die unterirdische Welt.

Und da hörte er es.

Plitsch. Platsch.

Vereinzelte Wassertropfen, die sich von der Decke lösten und auf die Oberfläche einer der Seen trafen.

Wie damals.

Ferrer schnürte es die Kehle zu.

52

»Nehmen Sie, binden Sie sich das um die Handballen.«

Mayol hatte seinen Hemdsärmel zerrissen und reichte Verònica zwei schmale Stoffstreifen. Sie war ausgerutscht und hatte versucht, den Sturz auf den steinigen Untergrund mit den Händen abzufangen. Dabei hatte sie sich die Handinnenflächen aufgeschrammt, aus denen Blut sickerte. Dreck hatte sich in die Wunde gesetzt. Es brannte wie Feuer.

Sie waren kreuz und quer über die Insel gefahren, da Mayol offensichtlich keine Ahnung hatte, wie es weitergehen sollte. Er kam ihr vor wie ein Kind, das einmal gelogen hatte und nicht mehr wusste, wie es aus der Nummer herauskommen sollte. Stattdessen brauchte es eine zweite kleine Notlüge, um die erste zu erklären, dann eine dritte … bis ihm irgendwann die Wahrheit vollständig abhandenkommen und er selbst nicht mehr wissen würde, was diese eigentlich war.

So dachte Verònica, als sie Mayol auf der Irrfahrt durch die Nacht beobachtet hatte, bis sie am Morgen hier gestrandet waren. Was er getan hatte, war nicht zu entschuldigen, doch vielleicht bekäme sie jetzt, da die Erschöpfung nach ihnen griff, wenigstens noch eine Erklärung. Bevor er möglicherweise aufgab.

»Kommen Sie her, so wird das nichts«, sagte Mayol, als er ihre Versuche beobachtete, mit einer Hand die Enden der Stoffstreifen zu verknoten.

Verònica streckte ihre Arme aus. Seine Hände zitterten ein wenig, doch er ging behutsam vor, bis er die Enden so verarbeitet hatte, dass sie sich nicht so schnell wieder lösen würden.

»Danke«, sagte Verònica.

Mayol sah sie an. Unter seinen Augen hatten sich Schatten gebildet, sein sonst makellos rasiertes Kinn war stoppelig. Und doch hatte er seinen jungenhaften Ausdruck nicht ganz verloren. Nur dass er jetzt von grenzenloser Müdigkeit überschattet wurde.

»Sie wollen wissen, was passiert ist. Ich sehe es Ihnen an. Sie wissen nur nicht, wie Sie mich fragen sollen«, sagte er.

Verònica konnte nicht anders, sie musste lächeln. Trotz der objektiv betrachtet bedrohlichen Situation, in der sie sich befand, hatte sie keine Angst vor Mayol. Sie nickte.

»Na schön, ich erzähle Ihnen die Geschichte. Wir haben reichlich Zeit.«

Bei dem Gedanken, dass sie eventuell tagelang hier ausharren würden, erschrak Verònica.

»Mein Vater war der Architekt, der für Ihre Mutter das Gutachten für das Haus von Crespí abgegeben hat. Und Crespí war derjenige, der meinen Vater in den Tod getrieben hat.«

Verònica war wie vor den Kopf geschlagen. Damit hatte sie nicht gerechnet.

Mayol lehnte sich zurück, streckte die Beine von sich und sah sie nicht an. Die Waffe hatte er achtlos auf einer Stufe über ihm abgelegt, sodass sie sich nicht mehr in Reichweite befand. Er hätte aufstehen müssen, um sie zu erreichen.

Für einen Moment geriet Verònica in Versuchung, die Gelegenheit zur Flucht zu nutzen, verwarf den Gedanken jedoch wieder. Sie wollte diese Geschichte hören. Es war auch ihre Geschichte, und die ihrer Mutter. So ließ sie ihn reden, bis alles gesagt war.

»Was wurde aus Ihrer Mutter?«, fragte sie, nachdem Mayol geendet hatte.

»Sie erlitt einen Schock, der einen Schlaganfall zur Folge hatte, sodass sie nicht einmal der Beerdigung beiwohnen konnte. Seitdem hat sie kein einziges Wort mehr gesprochen. Sie lebt in einem Sanatorium.«

»Oh Gott, das … das tut mir wirklich leid. Ich hatte keine Ahnung, dass mein Stiefbruder zu solchen Dingen fähig ist.« Sie schwiegen einen Moment, doch mehr und mehr Fragen überfluteten Verònicas Verstand, auf die sie Antworten haben wollte. »Warum haben Sie so lange gewartet, um sich an ihm zu rächen?«

»Ich hatte nie bewusst eine Rache geplant. Selbst wenn es so gewesen wäre, ich hatte ja keinen Namen. Nur ein Bild.«

Verònica begann zu begreifen. »Bis ich Sie zu Crespí geschickt habe …«

»Dass Sie mich mit dem Hauskauf beauftragt haben, war purer Zufall. Oder Schicksal. Nennen Sie es, wie Sie wollen. Crespí öffnete mir die Tür, und in diesem Moment erkannte ich den Mann von den Fotos wieder. Vor mir stand der Mensch, der meine Familie und mein Zuhause zerstört hatte. Er hatte sich nicht sehr verändert. Als ich ihm gegenübersaß, versuchte ich, ihn in Gespräche über die guten alten Zeiten zu verwickeln, um sicher zu sein, dass ich mich nicht getäuscht hatte. Mein Gerede, all die Anspielungen, mein Name … Irgendwann hat er wohl begriffen, dass er es mit dem Sohn seines ehemaligen Erpressungsopfers zu tun hatte.«

»Und er hat auch Sie erpresst?«

»Er hat mich verhöhnt. Über mich und meinen Vater gelacht. Es hat ihm auch zwanzig Jahre später noch Befriedigung verschafft, sich am Leid anderer zu ergötzen. Er hat mir angeboten, in die Fußstapfen meines Vaters zu treten, und gab mir zu verstehen, dass er immer noch über das Material verfüge, das auch mich gefügig machen würde.«

»Deshalb sind Sie in das Haus eingedrungen. Weil Sie das Material an sich bringen wollten.«

»Ja, das war alles. Dabei hat er mich überrascht. Den Rest der Geschichte kennen Sie.« Mayol ließ resigniert den Kopf auf seine Brust sinken.

Verònica empfand Mitleid für ihn. Sie musste sich beherrschen, ihm nicht tröstend über das Haar zu streichen. Einem zweifachen Mörder.

»Und was wollen Sie nun tun?«, fragte sie vorsichtig in die Stille.

Mayol straffte seinen Körper wieder. »Fürs Erste bleiben wir hier und ruhen uns aus«, sagte er entschlossen. »Weiter oben habe ich ein paar alte Kerzenstummel gesehen. Es ist das Beste, wenn wir bleiben, bis es draußen dunkel ist.«

53

Ferrer, Salvà und Aulet bewegten sich langsam vorwärts, um jedes unnötige Geräusch zu vermeiden, das von den Höhlenwänden als Echo zurückgeworfen würde. Doch sosehr sie sich auch bemühten, es gelang ihnen nicht, vollkommen lautlos zu sein. Dafür hätten sie sich auf Socken bewegen müssen.

Ferrer sah, dass Aulet ab und an auf eine besonders spektakuläre Gesteinsformation deutete. Salvà schien ehrlich beeindruckt zu sein. Immer wieder formte sich sein Mund zu einem lautlosen »Ah« oder »Oh«.

Als sie sich auf der Höhe der Grotte »Dianas Bad« befanden und Salvà tollpatschig wie ein neugieriger Tourist nicht mehr darauf achtete, wohin er trat, geschah es. Er machte einen falschen Schritt, stürzte, seine Waffe fiel scheppernd auf den Steinboden, und er stieß einen wohl durch die gesamte Höhlenwelt vernehmbaren Fluch aus. Ferrer hätte ihm am liebsten noch einen gewaltigen Tritt in den Hintern obendrauf verpasst.

Da hörten sie weiter unten in der Grotte Stimmen. Ein mühsam unterdrückter Aufschrei einer Frau. Gleich darauf das Plätschern von Wasser.

»Da sind sie!«, rief Ferrer. Er wollte zur Eile antreiben, denn sie mussten jetzt schnell hinterher. Egal, wie laut sie waren. Bemerkt wurden sie sowieso bereits.

Salvà machte ihm einen Strich durch die Rechnung. Er streifte seinen linken Schuh ab und zog den Socken hinunter. Ferrer konnte sehen, dass der Knöchel bereits angeschwollen war. Salvà verzog vor Schmerzen das Gesicht, als Aulet prüfend den Fuß betastete.

Ferrer war stinksauer. Salvà hatte es vermasselt. Welche Folgen das haben würde, war noch nicht abzusehen.

»Er kann so nicht weitergehen«, sagte Aulet. »Wir müssen zurück.«

»Das geht nicht. Dann entkommen sie uns«, sagte Ferrer.

Der Widerhall seiner eigenen Worte schien sich über ihn lustig zu machen.

»Sie haben doch Leute an der anderen Seite. Ich schaffe es auch allein. Ich hake Ihren Kollegen unter und bringe ihn zurück. Und Sie gehen allein weiter.«

Allein. Durch die Höhle. Ferrer begann zu schwitzen. Die Wassertropfen. Er konnte das nicht.

»Haben Sie gehört, was ich gesagt habe?«, fragte Aulet ungeduldig.

Salvà jammerte vor sich hin.

»Ja, ich ... ich habe Sie gehört. Sie gehen zurück. Und ich ...« Ferrer brach ab. Er würde doch keine Panikattacke bekommen? Doch nicht er! Er dachte plötzlich an Verònica und daran, welche Ausmaße das bei ihr während der Vernehmung angenommen hatte. So etwas konnte er jetzt nicht gebrauchen.

Aulet packte Ferrer bei den Schultern und sah ihm ins Gesicht. »Ich kann nicht mit der Waffe umgehen. Also kann ich auch nicht an Ihrer Stelle gehen. Denken Sie an das, was Sie mir vorhin gesagt haben. Da ist eine Geisel. Es geht um ihr Leben. Sie können sich nicht verlaufen. Wir sind schon kurz vorm Llac Martel. Wenn Sie dort am Auditorium angekommen sind, gehen Sie nach rechts. Folgen Sie einfach immer dem Weg mit diesem Handlauf. Haben Sie verstanden?«

Endlich kehrte Leben in Ferrer zurück. Er schlug Aulet die Hand auf die Schulter, nickte Salvà zu und rannte los.

Nach nur wenigen Minuten erreichte er den Llac Martel, auf dem die weißen Ruderboote lagen, die die Besucher auf dem größten der unterirdischen Seen herumschipperten. Und dort war auch das Orchesterboot mit den Instrumenten ... Einfach ein Boot mit Instrumenten. Nicht mehr und nicht weniger. Es hatte nichts Erschreckendes mehr an sich. Ferrer hätte vor Erleichterung beinahe gelacht.

Ein Farbreflex in einem der Boote ließ ihn innehalten. Er kniff die Augen zusammen und fokussierte den Farbfleck im schummerigen Licht der Höhle. Da war etwas ...

Entschlossen griff Ferrer nach dem klammen Tau, mit dem

das Boot am Ufer befestigt war, und zog es langsam zu sich heran.

Sein Auge hatte ihn nicht getäuscht. Auf dem Boden des Bootes lag eine bunt geblümte Sommerbluse. Doch hatte Verònica eine solche Bluse getragen? Ferrer wusste es nicht mehr. Doch, es fiel ihm wieder ein. Bei ihrem Einbruch war sie schwarz gekleidet gewesen. Vielleicht darunter? Doch wieso sollte sie sie ausgezogen haben?

Er war sich dennoch sicher, dass Mayol und Verònica unmittelbar vor ihm hier gewesen sein mussten. Glänzende Wasserpfützen am Ufergestein deuteten darauf hin, dass sie schnell aus dem Boot gesprungen waren, wobei Wasser auf das Ufer geschwappt sein musste.

Als er eilige Schritte vor sich hörte, ließ Ferrer die Bluse fallen und setzte sich wieder in Bewegung. Sie konnten nicht weit entfernt sein.

Direkt vor ihm tauchten sie auf. Ein Mann und eine Frau. Sie hetzten die Stufen zum Ausgang hoch. Der Mann hatte die Frau an der Hand gepackt und zog sie hinter sich her.

Ferrer brach der Schweiß aus. Es waren nicht Mayol und Verònica. »Halt! Bleiben Sie stehen!«, rief er. »Sie haben keine Chance, der Ausgang wird bewacht.«

Sofort folgte das Paar seiner Anweisung und blieb wie eingefroren stehen. Ferrer ging zu ihnen. Es waren fast noch Teenager. Das Mädchen stand zitternd im BH vor ihm und versuchte, sich zu bedecken. Ferrer hätte sich vor Zorn die Haare ausreißen mögen.

»Was tut ihr hier, verdammt? Die Höhlen sind geschlossen, ihr habt hier nichts zu suchen!«

Der Junge und das Mädchen sahen betreten zu Boden. Es war eindeutig, was sie vorgehabt hatten. Das war auch Ferrer klar.

»Nun gib ihr schon deine Jacke«, sagte er etwas sanfter zu dem Jungen.

Der gehorchte augenblicklich. Als er stammelnd nach Erklärungen zu suchen begann, stoppte Ferrer ihn mit einer Handbewegung. »Das interessiert mich nicht. Ich will nur eines von euch wissen. Seid ihr in der Höhle jemandem begegnet? Ist euch irgendetwas komisch vorgekommen?«

Die beiden schüttelten den Kopf.

Ferrer war der Verzweiflung nah. »Lasst uns gehen. Wie seid ihr überhaupt hereingekommen?«

»Durch den Ausgang. Die Tür … also, wir haben …«

»Ihr habt die Tür aufgebrochen.«

Betretenes Schweigen war Antwort genug. Ferrer war es vollkommen egal. Er und seine Kollegen hatten auf ganzer Linie versagt. Mayol konnte vor Ewigkeiten hier gewesen sein und sein Auto an den Höhlen geparkt haben. Vielleicht war einfach nur der Tank leer gewesen. Sie würden wieder ganz von vorn beginnen müssen.

Als sie aus der Höhle hinaustraten, waren Ferrer und die beiden Turteltauben heilfroh, dass die Unterwelt sie wieder ausgespuckt hatte. Es dämmerte bereits. Gierig sog Ferrer die frische Luft ein, die nach salziger Brandung roch. Auf den Wellen vor der Küste tanzten einzelne Lichter von Fischerbooten, die erst am Morgen mit ihrem Fang zurückkehren würden. Allmählich machte es sich bemerkbar, dass Ferrer seit sechsunddreißig Stunden nicht mehr geschlafen hatte. Seine Augen brannten.

Er rief einen der Kollegen zu sich, die dieses Ende des Tunnels bewacht hatten. »Fahren Sie die beiden zurück nach … ich hab keine Ahnung, wo sie wohnen. Sie werden es Ihnen sagen. Und beschaffen Sie dem Mädchen etwas zum Anziehen, bevor Sie es zu Hause abliefern.«

Das zaghafte Lächeln des Mädchens war eine Mischung aus Scham und Dankbarkeit. Der Junge schaute nicht auf. Er betrachtete stattdessen seine Schuhspitzen. Sie würden sich ganz sicher in Zukunft ein anderes Plätzchen für ihr Rendezvous suchen.

Ferrer wählte die Nummer von Salvà, der sofort abnahm, als hätte er nur auf diesen Anruf gewartet.

»Wo bist du? Was ist mit deinem Fuß?«, fragte Ferrer.

»Dein komischer Höhlenforscher hat mich nach Manacor zu einem Unfallarzt gefahren. Es ist nur eine Bänderdehnung.

Sah schlimmer aus, als es ist. Es tut mir leid, Gabriel. Ich hab es vermasselt«, sagte Salvà zerknirscht.

»Gar nichts hast du vermasselt.«

Ferrer berichtete, was passiert war, und versuchte, sich einen Fixpunkt am Horizont zu suchen, an den er seinen Blick anheften konnte. Er war einerseits erschöpft, andererseits so angespannt, dass seine Gedanken und seine Augen unruhig hin- und hersprangen. Plötzlich hielt er inne.

»Gabriel? Bist du noch da?«, rief Salvà ins Telefon.

»Sag mal, warst du schon mal beim Torre del serral dels falcons?«

»Dem Wachturm? Nein, wie kommst du darauf?«

»Ich sehe da Licht. Da ist jemand im Turm.«

»Meinst du …«

Salvà brauchte nichts weiter zu sagen. Ferrer wusste, was das Licht bedeutete. Mayol und Verònica konnten in dem Turm sein. Das würde auch das bei den Höhlen geparkte Auto erklären.

Er beendete das Gespräch und rief gleich darauf die Kollegen zusammen, die noch mit ihm vor Ort waren. Präzise erläuterte er die Situation und ihr Vorgehen. Danach machten sie sich auf den Weg.

54

Erst dachte Verònica, ihr übermüdeter Geist und der unterzuckerte Körper würden ihr einen Streich spielen. Doch nachdem sie Mayol eine Weile beobachtet hatte, war sie sicher, dass eine Veränderung mit ihm vorging.

Er fixierte etwas draußen in der Nähe des Wachturms. Und das war nicht der sensationelle Sonnenuntergang, der die Insel in kitschiges Rosa tauchte. Er saß stocksteif am Ausgang des Turms, der sich vier Meter über dem Boden befand, und kniff die Augen angestrengt zusammen. Dabei schob er unbewusst den Kopf immer weiter nach vorn, als ob die Reduzierung der Distanz um diese wenigen Zentimeter zu dem, was er beobachtete, seine Sicht verbessern würde.

Verònica rutschte unauffällig auf dem Hosenboden näher an die Luke heran. Ihr ehemals schwarzes Einbrecher-Outfit war inzwischen staubig und grau. Die Baseballkappe hatte sie schon vor Stunden verloren. Ihre Haare standen wirr in alle Richtungen ab. Die Gürteltasche mit ihren Utensilien hatte Mayol ihr abgenommen und irgendwo unterwegs aus dem Autofenster in einen Graben geworfen. Sie und ihr ehemaliger Anwalt mit seinem zerfetzten Hemd und den Blutflecken von ihren zerschundenen Händen auf seinen Hosenbeinen sahen aus wie Schiffbrüchige.

Verònica spähte über Mayols Schulter – und sah sofort, was seine Aufmerksamkeit auf sich zog. Da waren Bewegungen in etwa vierhundert Meter Entfernung. Tiere, die hin und her huschten, von einem Strauch zum anderen. Sie konnte nicht genau sagen, wie viele. Fünf oder sechs waren es sicher. Sie überlegte, welche wilden Tiere es hier gab. Vielleicht waren es aber auch Straßenhunde.

Da war wieder etwas. Es kam näher, wenn auch nur sehr langsam und immer wieder von kurzen Pausen unterbrochen. Wer oder was sich da näherte, bewegte sich nicht durch das Wohngebiet, sondern immer an den Klippen entlang.

Ein Lichtblitz zuckte auf.

Verònica und Mayol zogen reflexartig den Kopf zurück. Es war eine Spiegelung gewesen. Etwas hatte sie für den Bruchteil einer Sekunde geblendet.

»Wir müssen hier weg. Sofort!«, fuhr Mayol sie an.

»Was war das?«, fragte Verònica.

»Ein Fernglas, ein Zielfernrohr … was weiß ich. Mit Sicherheit die Polizei. Los, hoch!«

Keine Tiere, Menschen näherten sich dem Turm. Hilfe war unterwegs. Ob auch Ferrer da draußen war? Verònica erhob sich. Sie spürte Mayols Panik, die Aussichtslosigkeit, die er verströmte. Wenn er bloß nichts Unüberlegtes tat.

»Wir klettern zusammen runter«, sagte er und schob Verònica zum Ausgang. Die dort angebrachte Leiter endete etwa zwei Meter über dem Boden. Von dort würden sie auf die gemauerten Stufen darunter springen müssen.

Mayol schlang die Arme um Verònica und schob sie rückwärts an die Leiter heran. Gemeinsam setzten sie einen Schritt auf die erste Sprosse.

Rufe aus der Richtung, in der sie die Personen gesehen hatten, wehten zu ihnen herüber.

Was, wenn ich mich einfach an die Leiter klammere und mich weigere, mich zu bewegen?, dachte Verònica. Oder nach hinten einen Hieb austeile und Mayol dazu bringe, die Leiter loszulassen und zu fallen …

Nein, das konnte sie nicht tun. Sie wollte nicht, dass noch mehr Blut floss. Sie wollte, dass er sich stellte.

»Jetzt!«, schrie er ihr ins Ohr. »Spring!«

Sie landeten sicher auf den Stufen. Mayol packte ihren Arm und begann zu laufen. »Wir müssen zum Yachthafen, das ist ein knapper Kilometer.«

»Aber das bringt doch alles nichts«, sagte Verònica atemlos. Die Rufe hinter ihnen wurden lauter. Sie mischten sich mit Hundegebell. »Antoni, bitte, ich kann nicht mehr.«

Doch Mayol zerrte sie gnadenlos weiter. Sie stolperte über die Felsen und schauderte beim Gedanken daran, wie tief es nur wenige Meter von ihnen entfernt hinab zum Meer ging.

Plötzlich blieb Mayol stehen. »Die Waffe. Wo ist die verdammte Waffe?« Seine Stimme war schrill.

»Wenn sie im Turm ist, schaffen wir es nicht zurück.« Verònica keuchte. »Geben Sie auf.«

»Dann müssen wir so weiter.«

Kaum hatten sie sich wieder in Bewegung gesetzt, da hörte Verònica Ferrers Stimme hinter sich. »Mayol! Bleiben Sie stehen. Sie haben verloren.«

Blitzschnell bückte sich Mayol und hob einen der kleineren Felsbrocken mit einer scharfen Kante auf. Er legte Verònica einen Arm um den Hals und hielt den Stein mit der anderen Hand an die Seite ihres Kopfes. Ein gezielter Schlag auf die Schläfe wäre tödlich gewesen.

Ferrer und seine Männer blieben abrupt stehen.

Verònica spürte Mayols wilden Herzschlag an ihrem Rücken. Sie standen den Polizisten wie bei einem Duell gegenüber. Und doch konnte sie nichts tun.

»Lassen Sie Ihre Geisel gehen. Ich verspreche, Ihnen wird nichts geschehen«, rief Ferrer.

Mayol lachte. Es war das verzweifelte Lachen eines Menschen, der keinen Ausweg mehr sah und wusste, dass er verloren hatte.

Mit einem Mal gab er Verònica einen Stoß. Sie taumelte seitlich von ihm weg. Mayol drehte sich um. Bis zum Klippenrand waren es nur wenige Meter. Er begann zu laufen.

»Nein, nicht!«, schrie Verònica. Ohne nachzudenken, setzte sie ihm unter Aufbringung ihrer letzten Kräfte nach.

»Verònica!«, schrie Ferrer.

Sie hörte ein Klicken. Jemand entsicherte eine Waffe. Er würde schießen.

Auch Mayol hatte es gehört. Er schlug einen Haken wie ein Kaninchen. Verònica sprang in dieselbe Richtung.

»Waffe runter!«, brüllte Ferrer.

Doch es war zu spät. Für Verònica blieb die Zeit stehen. Alles um sie herum drang wie durch Watte zu ihr durch. Ein paar Sekunden verstrichen, ehe der Schmerz einsetzte. Brennend und scharf. Er nahm ihr den Atem.

Mit dem Schmerz kehrte auch die Klarheit zurück. Sie war getroffen worden. Jemand hatte tatsächlich auf sie geschossen. Auf Mayol oder sie, sie wusste es nicht. Hatte sie sich in die Schussbahn geworfen und die für ihn bestimmte Kugel abgefangen? Sie fühlte warmes Blut an ihrem rechten Oberschenkel hinunterlaufen. Von allen Seiten stürzten Menschen auf sie zu. Ferrer. Auch Mayol. Polizisten, die ihm die Arme auf den Rücken drehten und Handschellen anlegten. Sie drückten ihn auf den steinigen Boden.

»Warum haben Sie mich nicht gelassen?«, fragte er. Seine Verzweiflung war greifbar.

»Ihre Mutter«, flüsterte Verònica.

Mayol verstand.

Ferrer zog sein Handy aus der Jackentasche und rief einen Rettungswagen. »Nur ein paar Minuten noch aushalten, Verònica«, beschwor er sie. »Bewegen Sie sich nicht unnötig, Sie verlieren sonst zu viel Blut.«

Er hockte sich auf den Boden und bettete ihren Kopf auf seinen Beinen. Die Minuten tropften wie zäher Schleim. Verònica wurde müde und schloss die Augen.

»Nicht einschlafen!«

Doch seine Stimme glitt immer weiter von ihr weg.

»Verònica! Mach die Augen auf! Hörst du mich?«

Sie drehte ihren Kopf in seine Richtung und sah ihn an. Sein Gesicht, finster. Sie fürchtete sich, denn sie ahnte, dass die düstere Miene ihrem Zustand galt. Sie sah seinen Mund, der Wörter formte, die sie nicht hören konnte. Schließlich Zeitlupe. Alles wurde schwarz. Sie wurde in eine gnädige Ohnmacht entlassen.

55

Einen Tag und eine Nacht lang hatte Verònica auf der Intensivstation gelegen, bis sich ihr Kreislauf einigermaßen stabilisiert hatte. Sie hatte viel Blut verloren, bevor ihr im Krankenhaus die Kugel aus dem Oberschenkel operiert worden war. Nachdem sie den Chefarzt lange genug gedrängt hatte, war sie nach drei weiteren Tagen entlassen worden.

Iñes ging es körperlich ebenfalls gut, die Schwere ihrer seelischen Verletzungen war noch nicht abzusehen. Sie hatte Verònica im Krankenhaus besucht und ihr erklärt, dass sich an ihrem Entschluss, sich scheiden zu lassen, nichts geändert hatte. In dem unglückseligen Haus hielt sie nichts mehr. Sie hatte es Verònica zum Kauf angeboten. Die hatte ihr noch keine Antwort gegeben. Sosehr sie das Haus auch gewollt hatte, nach all den schrecklichen Ereignissen war sie sich nicht mehr sicher, ob das immer noch galt.

Antoni Mayol saß im Gefängnis und würde wegen zweifachen Mordes und Geiselnahme verurteilt werden. Die Polizei hatte anhand des gefundenen Materials rekonstruiert, dass seine Geschichte über Crespís Erpressung stimmte.

Im Gartenhaus auf dessen Grundstück in Cala Santanyí war sie ebenfalls fündig geworden und hatte sogar noch viel mehr belastendes Material zutage gefördert. Bernat Crespí war nicht nur gegen Mayols Vater in dieser Weise vorgegangen. Es hatte noch weitere Erpressungsopfer gegeben. Ferrer und seine Kollegen würden herausfinden müssen, was aus ihnen geworden war.

Die skrupellosen Machenschaften Crespís rechtfertigten nicht die Taten von Mayol. Dennoch konnte Verònica ihn verstehen und empfand Mitleid für ihn. Gleich nach ihrer Entlassung, sie ging noch an Krücken, hatte sie in Erfahrung gebracht, in welchem Sanatorium seine Mutter untergebracht war, und sich von einem Taxi nach Santa Ponça fahren lassen, um sie zu besuchen. Sie hatte Blumen mitgenommen, eine Stunde lang neben ihr unter der Aleppokiefer im Park der Einrichtung gesessen und ihre Hand gehalten. Gemeinsam hatten sie durch die Baumkrone die vorüberziehenden Wolken beobachtet.

Senyora Mayol hatte sich, nachdem Ferrer sie aufgesucht und über die Inhaftierung ihres Sohnes unterrichtet hatte, wieder in ihr bleiernes Schweigen zurückgezogen. Ihr Sprechen hatte die Polizei auf die Spur ihres Sohnes gebracht. Sie schien sich für diesen Verrat bestrafen zu wollen. Dass sie ihn vielleicht vor viel Schlimmerem bewahrt hatte, schien für sie nicht zu zählen. Sie wusste nur, dass sie ihren Sohn für eine sehr lange Zeit nicht mehr sehen würde.

Alles kehrte zur Normalität zurück, die Menschen nahmen ihre Arbeit wieder auf, und der Schrecken der Ereignisse verblasste allmählich. Von außen betrachtet lief das Leben so weiter wie vor den Ereignissen, die diese tragische Kettenreaktion ausgelöst hatten.

Verònica ordnete die Papierseiten, die sie soeben ausgedruckt hatte. Sie fühlten sich noch warm an. Die noch nicht restlos verheilte Wunde an ihrem Bein hatte sie zur Ruhe gezwungen, die sie dazu genutzt hatte, ihre Geschichte zu beenden.

Es klingelte an der Tür. Verònica legte den Stapel beiseite, stand auf und öffnete.

Zu ihrer Überraschung stand Ferrer vor ihr und bat darum, eintreten zu dürfen. Er war offensichtlich nicht dienstlich erschienen, denn so leger gekleidet hatte Verònica ihn noch nie gesehen. Er trug ausgewaschene Jeans, ein hellblaues T-Shirt und tatsächlich mal nicht seine Lederjacke, die sie schon für seine zweite Haut gehalten hatte. Es fühlte sich bereits vertraut an, als sie wieder einmal auf der Veranda Platz nahmen.

»Wie geht es Ihnen?«, fragte Ferrer.

»Den Umständen entsprechend, würde ich sagen. Die Wunde verheilt gut, sagen die Ärzte. Es wird nur eine kleine Narbe zurückbleiben. Das ist sowieso egal …«

»Und die andere Wunde?« Ferrer sah ihr forschend ins Gesicht.

Verònica schluckte. »Ich fühle mich schuldig«, gab sie unumwunden zu. »Hätte ich nicht die Idee zum Hauskauf gehabt, Mayol beauftragt und ihn dorthin geschickt, könnten zwei Menschen noch leben und ein eigentlich guter Mensch, so naiv es sich auch anhört, würde nicht im Gefängnis sitzen.«

»Oh nein, Verònica«, widersprach Ferrer und sah sie mit dem finsteren Blick an, der ihr manchmal Angst machte. »Es ist nicht Ihre Schuld. Mayol hat das getan. Er allein hat die falsche Entscheidung getroffen. Er hätte sich auch anders entscheiden können. Die Sache ruhen lassen, zur Polizei gehen. Es hätte andere Möglichkeiten gegeben. Aber er hat diesen Weg gewählt. Und dafür hätte er Sie ins Gefängnis gehen lassen, ohne mit der Wimper zu zucken.«

»Ja, er hat mich belogen und benutzt«, sagte Verònica. »Das vergesse ich manchmal tatsächlich.« Sie sah Ferrer an. Seine Augen schienen prüfend ihr Gesicht abzusuchen nach etwas, das ihm Aufschluss geben konnte über ihre Gefühle für ihren ehemaligen Anwalt.

»Hat er wirklich immer nur gelogen?«, fragte sie.

»Was meinen Sie?«

»War alles Lüge und erfunden, was er dort im Keller gesagt hat?«

Ferrer hielt ihrem Blick stand. Er schien sich seine Antwort gut zu überlegen. »Nein, nicht alles. Was er über mich gesagt hat, über meine Gefühle für Sie, stimmt. Ich habe es sehr lange nicht wahrhaben wollen. Es brauchte einen Dr. Mayol, um mir die Augen zu öffnen.«

Verònica öffnete den Mund, wollte etwas sagen, schloss ihn wieder. So eine freimütige Antwort hatte sie nicht erwartet. Ihr fielen keine passenden Worte ein. Überraschenderweise fühlte sie jedoch einen großen Frieden in sich. Sie erhob sich.

Ferrer tat es ihr gleich.

»Geben Sie mir Zeit«, bat Verònica. »Ich muss Dinge in Ordnung bringen, bevor ich –«

»Alle Zeit der Welt.«

Es war nicht wie im Film. Sie standen sich gegenüber, aber es gab keine Umarmung und auch keinen Kuss. Dennoch fühlte Verònica, dass sie am Anfang von etwas standen.

Als sie Ferrer zur Tür begleitete, fiel sein Blick auf den Papierstapel. »Ist er das? Der Roman?«, fragte er.

»Ja, das ist er«, sagte sie und fuhr mit den Fingerspitzen über die oberste Seite.

»Wann schicken Sie ihn ab?«

»Gar nicht.«

Ferrer sah sie verständnislos an.

»Ich habe meine Pläne geändert.«

Ferrer kam nicht dazu, weitere Fragen zu stellen. Sein Telefon klingelte. Er nahm das Gespräch an und wandte sich ab. Mit einer entschuldigenden Geste machte er nach einer Weile klar, dass es länger dauern würde.

Verònica nickte und schloss die Tür. Sie würde ihm irgendwann später von diesen geänderten Plänen erzählen müssen.

56

»Also schön. Hier bin ich. Was ist so verdammt wichtig?«, fragte Ferrer Salvà. »Cati wollte es mir am Telefon nicht sagen.«

Er war in das Kommissariat gestürmt, weil Catalina geklungen hatte, als sei der Teufel persönlich hinter ihr her.

»Frag sie selbst«, sagte Salvà.

Ferrer wurde allmählich ärgerlich. Doch bevor er über den Flur nach Catalina brüllen konnte, kam sie auch schon herangestöckelt. Die Absatz-Architekten hatten dieses Mal noch ein Stockwerk draufgelegt.

»Chef, da sind Sie ja. Dr. Rossell hat angerufen. Er wollte nur mit Ihnen sprechen. Sie sollen ihn zurückrufen.«

Das ist wirklich so gut wie der Teufel persönlich, dachte Ferrer. »Ernsthaft? Und deshalb beorderst du mich hierher? In meiner dienstfreien Zeit?«

»Er hat gesagt, es geht um den Fall Crespí.«

»Der ja bekanntlich bereits gelöst ist und bei den Akten liegt. Was tust du, wenn es um einen laufenden Fall geht? Lässt du mich über ›Radio Balear‹ ausrufen oder schickst mir einen Helikopter nach Hause?«

»Ja, den Helikopter, der Ihren Einsatz begleitet und dafür gesorgt hat, dass Sie sich fast ins Hemd gemacht haben.« Sie drehte sich um und ging.

Ferrer war sich keiner Schuld bewusst. Er zuckte mit den Schultern, rang sich durch und wählte die Nummer des Doktors.

Rossell meldete sich schon nach einem Klingeln. Er musste wirklich auf den Anruf gewartet haben.

»Ferrer hier. Was gibt es?«

»Wussten Sie, dass der Erzengel Gabriel Schutzpatron des Fernmelde- und Nachrichtenwesens ist? Wieso ist es dennoch so schwer, Sie zu erreichen?«

»Auch der Philatelisten. Vielleicht versuchen Sie es beim nächsten Mal mit einem Brief.«

Rossell gluckste amüsiert. »Mein Lieber, kommen wir zur Sache. Bernat Crespí.«

»Der Fall ist abgeschlossen. Wir haben einen geständigen Mörder. Was kümmert Sie das noch? Ich dachte, Sie haben so viel zu tun.« Ferrer überlegte sich bereits, wie er es Catalina heimzahlen konnte. Sie würde in den nächsten Tagen viele Berichte tippen müssen.

»Crespí wurde erstickt.«

»Wie bitte?«

»Ich wiederhole mich generell nur ungern, aber für Sie mache ich eine Ausnahme. Crespí wurde erstickt. Die Schlagwunde war nicht tödlich. Sein Tod wurde durch Verlegung der Atemwege aus nicht natürlicher Ursache herbeigeführt. Die inneren Organe weisen eine Blutfülle auf, in der Milz liegt jedoch eine Blutarmut vor. Dazu kommen Tardieu'sche Flecken, Blutungen unter dem Lungenfell und der Herzaußenhaut –«

»Rossell! Was genau heißt das?«, schnauzte Ferrer in den Hörer.

»Jemand hat dem ohnmächtigen Crespí Mund und Nase zugehalten. Oder etwas Weiches auf das Gesicht gedrückt. Weich deshalb, weil keine Druckstellen vorhanden sind. Falls also Ihr geständiger Mörder davon bisher noch nichts erwähnt hat, muss jemand anders dem Opfer das Lebenslicht ausgeblasen haben. Viel Erfolg beim Ermitteln. Und lassen Sie sich helfen. Rafael, Schutzpatron der Bergleute, könnte von Nutzen sein, denn tiefes Graben ist wohl angezeigt. Ich wünsche einen guten Flug.« Damit legte Rossell auf.

Ferrer fühlte sich wie ein Boxer nach einem Tiefschlag.

Salvà warf einen besorgten Blick auf ihn. »Alles klar, Gabriel?«

Statt eine Antwort zu geben, brüllte Ferrer los. »Cati! Catalina!«

Klack-klack-klack. Er hörte sie kommen. Schnell. Sie hatte ein gutes Gespür dafür, wann es galt, sich zu beeilen. Wenn er ehrlich war, hatte sie das ja bereits vorhin bewiesen, als sie ihn so eilig hierher beordert hatte. Das würde er ihr irgendwann einmal sagen …

»Ich will, dass du für mich herausfindest, welcher Jahrgang Rossell ist. Schnellstens«, sagte Ferrer, als Cati mit hochgezogenen Augenbrauen in der Tür stand. »Finde heraus, wann dieser Irre in den Ruhestand geht. Salvà, erheb dich. Wir haben zu tun.«

57

Ferrer und Salvà hatten noch einmal konzentriert sämtliche Vernehmungsprotokolle gelesen, alle Aussagen Mayols gedreht und gewendet und abschließend beurteilt. Nichts. Nicht ein einziges Wort deutete darauf hin, dass er Crespí nach Ausführen des vermeintlich tödlichen Schlags mit der Siurell noch irgendwie angerührt hatte. Und er hätte keinen Grund gehabt, es zu verschweigen. Es machte seine Situation nicht besser und nicht schlechter. Es sei denn, ein Richter würde befinden, dass der Schlag als Totschlag im Affekt zu bewerten war, das Ersticken des bereits bewusstlosen Opfers jedoch als vorsätzliche Tötung aus niederen Beweggründen, nämlich als Mord. Mayol war Anwalt, wenn auch für Immobilienrecht. Diese Unterscheidung war ihm gewiss geläufig. Sicher auch die Tatsache, dass die Differenz beim Strafmaß mehrere Jahre betragen konnte.

Doch aus irgendeinem Grund war Ferrer eher bereit, die Theorie des verrückten Rossell anzunehmen, nämlich dass jemand anders den Job zu Ende gebracht hatte.

Es blieb ihnen nichts anderes übrig, als wieder auf Planas zurückzukommen. Garau hatte in der Tatnacht jemanden durch das Fenster gesehen und behauptet, es sei Planas gewesen. Doch nach den darauffolgenden Ereignissen hatten alle angenommen, es habe sich um den geständigen Mayol gehandelt.

Aber was, wenn dem nicht so war?

Salvà hatte Ferrers Meinung geteilt. Deswegen, und wohl auch aus Mangel an Alternativen, waren sie wieder einmal auf dem Weg zum Haus der Crespís in Cala Santanyí.

Iñes öffnete ihnen die Tür. Der ersten Überraschung folgte Bestürzung. »Ist etwas passiert?«, fragte sie ohne Begrüßung.

»Nein, Senyora. Keine Sorge.« Ferrer hob beschwichtigend die Hände. »Dürften wir hineinkommen? Dann erklären wir Ihnen, warum wir hier sind.«

Iñes ließ sie eintreten und bot ihnen einen Platz an. Ferrer und Salvà versanken in den weichen Polstern des Designersofas.

»Wissen Sie, wo sich Ihr Mann derzeit aufhält?«, fragte Ferrer.

»Meine letzte Information ist, dass er bei seinem Bruder wohnt«, sagte Iñes irritiert. »In Llucmajor. Wieso …?«

»Haben Sie auch die genaue Adresse?«

»Die könnte ich heraussuchen. Wenn Sie meinen Mann heute sprechen wollen, werden Sie dort allerdings keinen Erfolg haben. Es ist Mittwoch, da sieht er seine Leute vom Fanclub.«

»Fußball?«, fragte Ferrer.

Iñes nickte. Sie verzog genervt das Gesicht. »Ja, Real Mallorca. Die treffen sich immer in einer Sportsbar in Llucmajor. Irgendwo bei der Plaça Espanyol.«

Salvà hatte die Informationen mitgeschrieben.

»Wir möchten Sie bitten, uns darüber zu informieren, wenn Ihr Mann Kontakt zu Ihnen aufnehmen sollte«, sagte Ferrer. In knappen Sätzen erklärte er Iñes, weshalb die Untersuchungen wider Erwarten doch noch nicht abgeschlossen waren.

Sie wurde blass und fasste sich an den Arm, der dort, wo die Kugel sie gestreift hatte, immer noch bandagiert war. Unvermittelt stand sie auf und begann, auf und ab zu wandern. Es war offensichtlich, dass es nicht nur aufkommende Angst war, die für ihre plötzliche Ruhelosigkeit verantwortlich war. Etwas quälte sie.

»Senyora Crespí, wenn es etwas gibt, das Sie uns besser sagen sollten, wäre jetzt der richtige Moment«, sagte Ferrer sanft, aber mit Nachdruck.

»In der Nacht, als mein Vater getötet wurde«, begann Iñes, »da war ich wach. Ich bin die Treppe hinuntergegangen, weil ich etwas gehört hatte. Über den Flur wollte ich ins Hinterhaus zu meinen Eltern.«

»Was ist dann passiert?«

»Mein Mann. Ich habe meinen Mann gesehen. Er kam aus der Wohnung meiner Eltern und ging in den Keller. Er ist bis zum Morgen dort geblieben.«

»Senyora Crespí, warum haben Sie uns das nicht schon längst erzählt? Das ist eine wichtige Information.« Ferrer bemühte sich, nicht zu ärgerlich zu klingen.

Iñes begann zu weinen. »Ich dachte, ich müsste ihn schützen. Er ist ja schließlich mein Mann, und ich konnte mir nicht vorstellen, dass er wirklich zu so etwas fähig ist.« Sie senkte die Stimme. »Und ein bisschen hatte ich wohl Angst, dass er wieder einen seiner Wutanfälle bekommt, wenn ich ihn darauf anspreche.« Sichtlich erschöpft setzte sie sich wieder hin. »Später, als Mayol gefasst war und alles gestanden hatte, dachte ich, wer weiß, vielleicht habe ich Gespenster gesehen. Ich wollte wohl einfach nicht mehr daran denken. Ich hatte es verdrängt.«

»Und jetzt?«, fragte Ferrer. »Wären Sie bereit, dazu eine offizielle Aussage zu machen?«

Iñes sah ihn und Salvà resigniert an. Sie hob die Hände, ließ sie aber wieder in den Schoß fallen. Sie machte sich ihre Antwort nicht leicht. »Ja, das wäre ich. Wenn er doch der Mörder ist, muss es Gerechtigkeit geben, nicht wahr? Und ich denke nicht, dass ich immer noch die Pflicht habe, ihn zu schützen. Nach allem, was ich von Ihnen erfahren habe. Meinen Sie nicht auch?«

Sie spielte darauf an, dass Planas vermutlich nur deshalb bei ihr geblieben war, weil er seine Favoritin nicht für sich hatte gewinnen können. Ferrer konnte ihr nicht verdenken, dass sie keine Scheu mehr hatte, endlich zu sagen, was gesagt werden musste.

Iñes erhob sich und ging zu einem Sekretär aus glänzendem Mahagoni. Dort schrieb sie etwas auf ein Stück Papier und reichte es Salvà. »Das ist die Anschrift meines Schwagers in Llucmajor. Falls Sie Miquel in der Bar nicht antreffen sollten.«

»Danke. Sie haben uns sehr geholfen. Der ganze Spuk wird bald vorüber sein.« Ferrer reichte ihr die Hand.

Sie verließen das Haus der Crespís. Ferrer hoffte, dass er so bald keinen Grund mehr haben würde, zurückzukehren.

58

Die Sportsbar war zwar keine zwielichtige Spelunke, einladend konnte man das Lokal jedoch auch nicht nennen. Schmierige Fensterscheiben und eine verblichene, sich an manchen Stellen schon auflösende Markise über windschiefen Plastikstühlen und Tischen auf dem Gehsteig empfingen die Gäste, die ausnahmslos männlich waren. Ferrer hätte sich auch beim besten Willen nicht vorstellen können, welche Frau sich hier wohlfühlen würde.

Rauchschwaden wogten ihm und Salvà entgegen. Ferrer notierte sich im Geiste, dass er der Guardia Civil einen Tipp geben wollte, denn um das 2011 in Kraft getretene strikte Rauchverbot in Lokalen und auf den meisten öffentlichen Plätzen scherte sich niemand.

Spielverderber, dachte er. Du bist doch nur sauer, weil du dir selbst gern eine anstecken würdest.

Er hatte zwei uniformierte Kollegen vor dem Lokal Stellung beziehen lassen. Zunächst wollte er sich nur mit Salvà umsehen.

Mehrere große Flachbildschirme hingen an verschiedenen Stellen an den Wänden, so hoch, dass die Gäste das Sportgeschehen aus jedem erdenklichen Winkel verfolgen konnten. Es lief, wie sollte es anders sein, Fußball. Eine Wiederholung des letzten El Clásico. Über das Abschneiden der Lokalmatadore am Ende der aktuellen Saison breiteten die Anhänger auch besser den Mantel des Schweigens. Oder ertränkten die Trauer in Alkohol. Auch darin schienen die Gäste geübt zu sein.

Noch eine Information für die Guardia Civil. Ferrer bezweifelte, dass alle Anwesenden zu Fuß den Heimweg antraten oder in ein Taxi stiegen.

Der Mann hinter dem Tresen hob fragend die Augenbrauen, um eine Bestellung entgegenzunehmen. Ferrer und Salvà lehnten mit einem knappen Kopfschütteln ab. Das machte klar, dass sie nicht zum Vergnügen hier waren. Entsprechend misstrauisch wurden sie beäugt. Es wurde deutlich ruhiger im Raum.

Nur ab und an knallte jemand sein geleertes Schnapsglas auf die Tischplatte, oder Bierflaschen wurden aneinandergestoßen. Das ungezügelte Geschrei der diskutierenden Männer verwandelte sich in Gemurmel.

Ferrer sah Planas in dem Moment, in dem der auch ihn erblickte. Planas entglitten die Gesichtszüge nur für eine Sekunde, dann fing er sich wieder. Sein Gesicht war gerötet vom Alkohol.

»Sieh an, der Herr Chefinspektor!«, rief er lallend herüber. »Und der Assistenzengel ist auch dabei.« Er machte eine Bewegung mit den Armen, die einen Flügelschlag nachäffte.

Ferrer atmete tief ein und aus, um den Mann nicht am Kragen zu packen und ihm eine zu verpassen. Vielleicht würde er doch eines Tages eine Versetzung in ein anderes Dezernat in Erwägung ziehen, nur um diesen dämlichen Anspielungen auf seinen und Salvàs Vornamen zu entgehen.

»Senyor Planas. Wie ich sehe, sind Sie bester Laune. Und das, obwohl Ihre Idole gerade in die dritte Division abgerutscht sind. Alle Achtung.«

Das hatte gesessen. Planas schnappte empört nach Luft. Ferrer bemühte sich, eine ernste Miene beizubehalten.

Es war mucksmäuschenstill geworden. Sie hätten eine Stecknadel fallen hören können. Hätten die anwesenden Männer nicht durch die blinden Fenster gerade noch sehen können, dass Uniformierte vor der Tür standen, hätten Ferrer und Salvà das Lokal wohl nicht ohne blaue Augen und zerschlagene Knochen verlassen.

»Wir müssen Sie bitten, mit uns auf das Kommissariat zu fahren, Senyor Planas. Wir haben ein paar Fragen an Sie«, sagte Ferrer sachlich.

»Jetzt? Sind Sie verrückt geworden? Können Sie mich nicht einladen? Oder vorladen oder wie das heißt?«

»Jetzt. Und es wäre für Sie von Vorteil, wenn Sie uns freiwillig begleiten, damit wir Sie nicht in Handschellen abführen müssen. Wenn Sie das vorziehen …«

Planas pulte nervös an der Ecke des Etiketts auf seiner Flasche San Miquel und zog Stück für Stück das glänzende Papier ab. Er schien abzuwägen, was er tun sollte. Schließlich gab er sich einen Ruck. »Na schön, ich komme mit. Aber nur, weil Sie so nett gefragt haben.« Er grinste dümmlich in die Runde, wohl auf Zuspruch von seinen Kumpels hoffend, der jedoch ausblieb.

Ferrer und Salvà nahmen Planas in die Mitte. Kleinlaut verließ er mit ihnen die Bar.

Sie waren kaum auf der Straße angekommen, als Ferrer hörte, wie die Gäste ihre Diskussionen lautstark wieder aufnahmen. Die Schockstarre hatte sich rasch gelöst. Es war, als hätten sie die letzten fünfzehn Minuten einfach gelöscht.

Erst als Planas von den beiden uniformierten Polizisten auf der Straße in Empfang genommen wurde, lichtete sich der Alkoholnebel in seinem Hirn. Er begriff, dass das kein Spaß war. Ehe er sich's versah, packte einer der Beamten seine Arme, drehte sie auf den Rücken und ließ die Handschellen zuschnappen. Planas wurde in einen Einsatzwagen auf die Rückbank geschoben, die durch ein Gitter von den Vordersitzen getrennt war. Einer der Polizisten nahm neben ihm Platz.

Es begann ein Gezeter, das auch nicht endete, als sie am Kommissariat ankamen und Planas über den langen Korridor mit dem immer noch zuckenden Oberlicht in den Verhörraum geführt wurde, wo Ferrer ihn darüber aufklärte, was ihm vorgeworfen wurde.

»Ich soll *was*? Was ist denn das für ein Scheiß? Sie haben doch Ihren Täter schon.« Planas sah von einem zum anderen.

Salvà erklärte ihm, welches neue Licht das Resultat der Obduktion auf den Fall warf.

»Ich war nicht in der Nähe von Crespí. Fragen Sie meine Frau!« Ferrer wandte den Kopf zur Seite, und Salvà schrieb etwas in das Vernehmungsprotokoll. Planas begriff. »Iñes? Die hat das erzählt? Die Schlampe! Glaubt wohl, so wird die Scheidung billiger für sie!«

»Mäßigen Sie sich, Senyor Planas. So kommen wir nicht weiter.« Ferrer versuchte unter Aufbringung all seiner Beherrschung, die Situation zu beruhigen.

Doch Planas beruhigte sich nicht. »Das werde ich ihr heimzahlen. Dafür wird sie büßen, das schwöre ich.« Er sprang vom Stuhl auf und rammte sein ganzes Gewicht gegen den Tisch, der einen Meter durch den Raum geschoben wurde.

Salvà und ein Kollege packten Planas links und rechts unter die Arme und versuchten, ihn zurück auf den Stuhl zu drücken. Doch Planas tobte wie ein wilder Stier.

Ferrer machte einen Schritt auf ihn zu, um einzugreifen. In diesem Moment rammte Planas seinen Schädel mitten in Ferrers Gesicht. Dessen Lippe riss auf, Blut spritzte beiden über die Kleidung.

Ferrer hatte die Nase voll. Er holte aus und verpasste Planas einen Kinnhaken, wie er nicht einmal von John Wayne perfekter hätte platziert werden können. Planas taumelte rückwärts und sackte in den Händen der Männer in sich zusammen wie ein nasser Sack.

»Abführen«, wies Ferrer knapp an.

Einen Moment später waren Ferrer und Salvà allein.

»Du weißt schon, dass das nicht in Ordnung ist, oder?«, fragte Salvà.

»Melde mich bei der Dienstaufsicht, wenn es dir damit besser geht. Ist mir scheißegal, ich werde nichts abstreiten.«

»Bullshit«, sagte Salvà, klopfte Ferrer auf die Schulter und ging.

Ferrer setzte sich, stützte den Kopf auf die Hände und schloss die Augen. Er war todmüde. Er würde nach Hause gehen. Er brauchte eine Dusche. Er musste etwas essen. Den Bericht konnte er auch noch morgen schreiben.

Kurz danach drang aus dem Vernehmungszimmer leises Schnarchen.

59

Verònica war aufgeregt, als sie an Iñes' Tür klingelte. Es war das erste Mal nach zwanzig Jahren, dass sie nicht wie ein Dieb, sondern offiziell bei Tageslicht und durch die Vordertür ihr früheres Zuhause betreten würde.

Als Iñes öffnete, erkannte Verònica in ihrem Gesicht neben Erschöpfung und dem Schmerz der vergangenen Wochen auch eine Spur von Freude darüber, sie zu sehen. Und sie hatte sich zurechtgemacht, trug eine neue Frisur und dezentes Make-up. Verònica deutete dies als positive Zeichen. Auch für ihre Stiefnichte würde das Leben weitergehen.

Mit einer auffordernden Handbewegung bat Iñes sie herein und ging vor, um im Wohnzimmer Platz zu nehmen. Auf einem Beistelltisch bemerkte Verònica eine ältere Ausgabe der »Diari de Balears« mit einem Artikel über Planas und den Mord an Crespí auf der Titelseite. Auf der gesamten Insel hatte sich die Geschichte binnen eines Tages herumgesprochen. Der habgierige Schwiegersohn ermordet einen angesehenen Fabrikanten.

Verònica hatte genug davon. Sie bat Iñes darum, dass sie sich in den Garten setzten. Iñes war einverstanden, nahm eine Flasche Wein, eine große Flasche kaltes Wasser, zwei Gläser und ging vor ihr her nach draußen. Obwohl Verònica den Weg auch im Schlaf hätte finden können, ließ sie ihrer Stiefnichte den Vortritt. Dies war nicht mehr ihr Zuhause.

»Vielleicht hier?«, fragte sie Iñes, ohne den Grund für diese Wahl zu nennen.

»Sicher, wenn du möchtest.«

Iñes zog zwei Rattansessel heran und holte dicke, bequeme Sitzkissen aus dem Gartenhäuschen. Sie setzten sich und wussten erst nicht recht, worüber sie reden sollten. Sie waren zu befangen. Mit dem Einschenken des Weins überbrückte Iñes die Stille. Sie deuteten ein Zuprosten an und nahmen einen Schluck.

Der Zaun, in dem der Bolzenschneider der Spurensicherer ein großes Loch hinterlassen hatte, war provisorisch geflickt worden, bemerkte Verònica. Holzlatten und Klebeband schlossen fürs Erste die Lücke.

»Ich kann immer noch nicht fassen, dass das alles wirklich passiert ist«, sagte sie. Ihr fiel das Paket wieder ein, das sie mitgebracht hatte. Sie zog es aus ihrer Korbtasche und reichte es Iñes.

»Was ist das?«

»Mach es auf.«

Zögerlich riss Iñes das Papier auf und betrachtete ratlos den Stapel Seiten, der zum Vorschein kam. Auf der ersten Seite las sie »Eine Geschichte ohne Titel«.

»Der Roman enthält die Geschehnisse aus den letzten Wochen. Ich hatte ihn eigentlich veröffentlichen wollen.«

»Und jetzt? Was soll ich damit?«, fragte Iñes irritiert.

»Ich habe es mir anders überlegt. Du kannst ihn behalten und damit machen, was du willst. Verbrennen, im Garten vergraben, lesen. Ich habe die Datei gelöscht. Es gibt keine Kopie.«

Tränen standen in Iñes' Augen. Auch Verònica musste ein paarmal blinzeln.

»Hast du dir mein Angebot überlegt?«, fragte Iñes hoffnungsvoll. »Willst du das Haus immer noch kaufen?« Sie schluckte, es kostete sie offensichtlich viel Mühe, diese Frage zu stellen.

»Iñes, ich –«

»Sowie alle Sachen ausgeräumt sind, könntest du sofort einziehen.«

»Was soll ich denn allein in dem großen Haus?«

Enttäuschung zeichnete sich auf Iñes' Gesicht ab. »Aber du wolltest es doch. Dafür hast du schließlich Mayol hierhergeschickt.«

Es ließ sich nicht leugnen, dass mit diesem Satz auch ein Vorwurf mitschwang. Verònica verstand und fragte sich, ob das wohl jemals wieder anders würde.

»Ich bräuchte jemanden, der mir bei den Gartenarbeiten hilft«, erklärte sie. »Für mich allein ist das zu viel. Weißt du, ich würde wieder Obstbäume pflanzen wollen, so wie früher. Da bräuchte ich deine Hilfe.«

»Meine Hilfe?« Mit großen Augen sah Iñes sie an.

»Ja, deine Hilfe. Es gibt genug Platz. Wir könnten jeder in einen eigenen Teil des Hauses ziehen.«

»Ich weiß nicht«, murmelte Iñes.

»Überleg es dir.«

Sie saßen da, klammerten sich eine Weile an ihren Gläsern fest und sahen in die Ferne, bis Verònica das Gespräch wieder aufnahm. »Erinnerst du dich noch daran, wie wir mit dem Gartenschlauch die Wäsche, die gerade auf der Leine getrocknet war, nass gespritzt haben?«

Iñes lachte. »Oh ja, deine Mutter war hinter uns her und hat uns eine Tracht Prügel mit dem Teppichklopfer angedroht.«

»Als ob sie so etwas jemals wirklich getan hätte.«

»Sie nicht, aber Großvater allemal«, sagte Iñes düster.

»Ich erinnere mich auch noch lebhaft an den Tag, als du ohne Leiter in den Kirschbaum klettern wolltest und dir beinahe sämtliche Gräten gebrochen hast, als du heruntergefallen bist«, sprach Verònica weiter, die nicht zulassen wollte, dass die gute Stimmung unter den weniger schönen Erinnerungen litt.

»Sieh her«, sagte Iñes, zog ein Hosenbein hoch und zeigte auf die feine weiße Narbe auf ihrem Schienbein. »Die Spuren des Astes, der mir das halbe Bein aufgerissen hat, sieht man immer noch.«

»Selbst schuld«, sagte Verònica.

Die Anspannung der letzten Wochen löste sich in einem Lachen, das irgendwann in einem beinahe hysterischen Lachanfall der beiden Frauen eskalierte. Sie schüttelten sich und hielten sich den Bauch. Plötzlich verwandelte sich Iñes' Lachen in ein abgehacktes Schluchzen. Sie krümmte sich wie unter großen Schmerzen.

»Iñes, um Himmels willen, was ist denn los?«, fragte Verònica schockiert. Sie stellte ihr Glas ab, beugte sich vor und machte den unbeholfenen Versuch, ihrer Stiefnichte den Arm zu tätscheln. Doch die zog ihn mit einem Ruck weg und wandte sich ab.

»Er hat mich angesehen«, sagte Iñes. Ihre Stimme war nur noch ein hohes Fiepen.

»Wer hat dich angesehen?«, fragte Verònica ahnungslos.

»Mein Vater. Er hat mir die ganze Zeit in die Augen gesehen.« Iñes wurde wie von Krämpfen geschüttelt. Rotz lief ihr aus der Nase. Verònica reichte ihr ein Taschentuch, doch sie nahm es gar nicht wahr.

»Wann, Iñes? Sag mir, wann das war.«

»In der Nacht. In der Küche.«

Verònica wurde übel.

»Er hat mir das Leben zur Hölle gemacht«, fuhr Iñes fort.

»Du? Du hast das getan?«

»Von Anfang an war ich nicht gut genug. Meine ganze Kindheit bestand aus nichts anderem als Drill und Verboten. Eine Kugel Eis im Sommer? Nicht für mich. Stattdessen Ballettstunden und eine Lehrerin, die mir ein Lineal auf den Rücken klatschte, wenn meine Haltung nicht so aufrecht war, wie sie hätte sein sollen. So war das bei uns. Das hast du nie mitgekriegt. Oder hast du?« Ihr Ton wurde aggressiver, als konnte Verònica etwas dafür, die damals selbst noch ein Kind, gerade mal fünf Jahre älter, gewesen war.

»Aber warum jetzt?«, fragte Verònica bestürzt.

»Ich wollte meine Ehe beschützen.«

»Deine Ehe?« Verònica konnte nicht glauben, was sie hörte. Diese Verbindung war doch offensichtlich schon lange marode gewesen.

»Ja, meine Ehe. Die Stänkereien meines Vaters waren schuld daran, dass sie nicht funktionierte. Das glaubte ich zumindest. Da wusste ich auch noch nicht, was ich jetzt weiß. Miquel hat mich nie gewollt!«

»Und nun bist du sie beide los. Einer ist tot, den anderen lässt du unschuldig an deiner Stelle ins Gefängnis gehen.«

»Hier! Nimm doch das Telefon und ruf deinen Chefinspektor an. Lass mich festnehmen!«, schrie Iñes und hielt ihr das Telefon hin.

Verònica betrachtete sie lange. Sie sah eine gebrochene Frau, die bis ans Ende ihrer Tage mit der Schuld würde leben müssen. Sie nahm ihr eigenes Telefon aus der Tasche und wählte eine Nummer.

»Hier spricht Verònica Martí«, sagte sie gleich darauf. »Verbinden Sie mich bitte mit Chefinspektor Ferrer.«

Iñes schnappte nach Luft. Verònica konnte sie nicht ansehen. Da meldete sich Ferrer.

»Hier spricht Verònica. Ich schulde Ihnen noch ein Essen, Gabriel. Indisch, schon vergessen? Heute Abend bei mir?« Sie verabredeten eine Zeit und beendeten das Gespräch.

»Danke«, flüsterte Iñes.

»Ich will deinen Dank nicht, Iñes. Ich vertraue auf deine Einsicht, dass das Unrecht aus der Vergangenheit deiner Tat keine Rechtfertigung verschafft. Tu das Richtige und stell dich selbst.« Iñes griff nach ihrem Arm, doch sie stand auf und schüttelte sie ab. »Leb wohl, Iñes. Ich wünsche dir Glück.«

Die Sonne war untergegangen, ohne dass Verònica es wirklich bemerkt hatte. Im Gehen blickte sie nach oben und sah ganz deutlich die ausladende Krone des Feigenbaumes über sich, der einst genau an dieser Stelle gestanden hatte. Sie war sicher, er wiegte sein Haupt in stillem Einverständnis. Und zum Abschied. Ihre Entscheidung war gefallen. Sie wollte dieses Haus nicht mehr. Sie würde ein neues Zuhause schaffen und es mit neuen Geschichten füllen. Die Vergangenheit sollte für immer ruhen.

60

»Was ist denn hier passiert?«, fragte Salvà. »Dein Auto sieht aus wie eine Wohnung nach einem Einbruch.«

»Sehr witzig«, erwiderte Ferrer. »Ich hatte in den letzten Wochen nicht gerade viel Zeit, mich auch noch darum zu kümmern.« Er beobachtete, wie Salvà kaum wusste, wohin er seine Füße setzen sollte, als er auf dem Beifahrersitz in seinem Mercedes Platz nahm.

Eigentlich war der Wagen immer gewienert, sowohl innen als auch außen. Heute stapelten sich im Fußraum ausgelesene Zeitungen, platt gedrückte Pappbecher einer Coffee-to-go-Kette und ein Paar getragene Socken. Über allem verstreut waren Tabakkrümel.

Die waren es, die Salvàs Aufmerksamkeit besonders auf sich zogen. »Das musst du mir erklären. Ich denke, du rauchst nicht mehr.«

»Tue ich auch nicht. Nicht wirklich.«

»Aha, nicht wirklich nennst du das«, sagte Salvà, als er das Handschuhfach öffnete und ihm zuallererst eine Zigarettenschachtel entgegenfiel.

Ferrer setzte zu einer Erklärung an, doch Salvà öffnete bereits die Schachtel, wohl um zu kontrollieren, wie viele Zigaretten er schon geraucht hatte. Als er den Inhalt der Schachtel sah, warf er Ferrer mit hochgezogenen Augenbrauen einen Blick von der Seite zu.

Die in der Schachtel verbliebenen Zigaretten waren allesamt mindestens einmal durchgebrochen worden, aus manchen hatte Ferrer auch drei Stummel gemacht.

»Du drehst dir aber nicht aus diesen Bröseln Zigaretten mit fragwürdigem Zusatz?«, fragte Salvà.

»Spinnst du?«

»Was soll das dann?«

»Ich hab das Rauchen aufgegeben, ehrlich. Nur neulich, als ich das Haus von Crespí observiert habe, bin ich kurz rückfällig geworden. Dabei ist mir beinahe ein schwerwiegender Fehler unterlaufen. Deshalb hab ich die so zugerichtet.«

»Wirf sie doch weg«, sagte Salvà verständnislos.

»Nein, die behalte ich als Mahnung.«

»So ein Quatsch. Aber das musst du ja selbst wissen.« Salvà stopfte die Schachtel wieder zurück in das kleine Fach und drückte die Klappe zu. Mit seinen Füßen schubste er den Unrat hin und her.

Das machte Ferrer nervös. »Schieb die Zeitungen einfach zusammen und pack sie unter die Fußmatte«, sagte er.

Als Salvà die Matte anhob, stutzte er. Dort lag ein brauner Umschlag mit einer Aufschrift, die ihm sehr bekannt vorkam. »Was macht der denn hier?«

Allmählich wurde Ferrer ungehalten. Sollte Salvà doch ein Taxi nehmen, wenn ihm sein Auto nicht sauber genug war. Doch als er sah, wovon Salvà sprach, bekam er einen Schreck.

Es war der Umschlag, der zu dem Fund aus der Tiefkühltruhe in Crespís Haus gehörte. Der mit den Fotos, die Crespí und Joan Mayol zeigten. Ferrer hatte vergessen, dass er sie dort deponiert hatte. Sie hätten längst den Ermittlungsakten beigefügt werden müssen, die später noch für die Gerichtsverhandlung gebraucht wurden.

»Verdammter Mist! Ich hatte sie dabei, als wir zu Mayols Mutter gefahren sind. Ich dachte, vielleicht sagt ihr der Name Crespí nichts. In dem Fall hätte ich ihr die Fotos gezeigt. Danach sind wir zu den Coves del Drac gefahren und, na ja, weißt du ja selbst. Ich hab sie vollkommen vergessen.«

»Dann stecke sie besser in deine Jackentasche. Und morgen gibst du sie ab. Ich werde dich daran erinnern.«

Salvà klang ein bisschen tadelnd, fand Ferrer. Doch er nickte ergeben und steckte den Umschlag in die Innentasche seiner Lederjacke, bevor er endlich startete und losfuhr. Es war Dienstschluss, und sie wollten noch gemeinsam ein Bier trinken gehen.

»Apropos Fotos«, sagte Salvà. »Wie ist es denn da eigentlich so?«

»Wo?«

»Im ›Cartagena‹.«

Ferrer lachte los. »›Caracas‹, du Holzkopf.«

»Oder das.«

»Wir fahren hin.«

»Im Ernst?«

»Klar. Da ist zwar noch nichts los, Bier wird es wohl trotzdem schon geben.«

Es war früher Abend und noch dazu ein Wochentag. Ferrer bezweifelte, dass außer ihnen beiden überhaupt jemand dort sein würde, doch so hatte er wenigstens erreicht, dass Salvà aufhörte, blöde Fragen zu stellen. Dachte er wirklich, der Nachtclub würde sich so sehr von anderen unterscheiden?

Zwanzig Minuten später waren sie in El Terreno angekommen. Tourismusseiten im Internet priesen den Ausblick vom Castell de Bellver, nannten den Stadtteil verwunschen und begründeten dies gern mit dem Charme der Kolonialstilhäuser.

Seltener las man etwas darüber, was El Terreno auch war. Ein Problemviertel, welches zunehmend dem Verfall überlassen wurde. In manchen Straßen quollen die Müllcontainer über, und Graffiti bedeckte die Hauswände. Nach den Trinkgelagen der Jugendlichen an den Wochenenden stank es nach Urin und Alkohol von den zerbrochenen Flaschen auf den Gehsteigen.

Die Anwohner waren mit der mangelhaften Unterstützung aus dem Rathaus in Palma inzwischen mehr als unzufrieden. Man musste schon beide Augen zudrücken, um El Terreno einfach nur urig oder gar charmant zu nennen.

Ferrer und Salvà überquerten zu Fuß die Plaça Gomila, wo ein Angestellter des »Club Caracas« gerade das schwere Gitter beiseiteschob, das den Haupteingang versperrt hatte. Die Neonreklame über der Tür wurde eingeschaltet und flackerte kurz, als müsse sie erst aus dem Schlaf erwachen. Einen Moment später jedoch leuchtete der Name des Nachtclubs in bunten, geschwungenen Buchstaben über den ganzen Platz.

Ferrer und Salvà traten ein. Sie spazierten geradewegs auf den Tresen zu.

»So ungeduldig? Kann mich nicht erinnern, jemals so frühe Gäste gehabt zu haben.« Der Barmann sah ihnen belustigt, aber erfreut entgegen. Er trug eine Anzugweste mit Nadelstreifen, darunter nichts.

Salvà starrte auf die wohlgeformten Bizepse und den Waschbrettbauch.

»Neidisch?«, fragte Ferrer. »Das hast du nicht einmal hinbekommen, als du noch regelmäßig Sport getrieben hast, oder?«

»Dafür habe ich mehr Haare.« Salvà schlug sich eine Hand auf die Brust und fuhr sich mit der anderen durch seinen rabenschwarzen Lockenkopf. Der Oberkörper des Barmanns war so haarlos wie der Kopf und der genauso blank poliert wie der Tresen.

Als Ferrer und Salvà vor ihm standen, kniff er die Augen zusammen, die Hände in die Hüften gestützt. »Wir beiden Hübschen hatten doch schon mal das Vergnügen. Du bist doch der Inspektor. Gabriel, nicht wahr?«

»Chefinspektor inzwischen«, entgegnete Ferrer. Sogleich kam er sich für diese Richtigstellung lächerlich vor. »Aber ansonsten hast du recht. Manuel, wenn ich mich richtig erinnere? Wir hatten –«

Manuel schnalzte mit der Zunge. Gespielt empört schüttelte er den Kopf. »Manuela, wenn es dir nichts ausmacht.«

Ferrer korrigierte sich. Von der Seite warf er einen Blick auf Salvà. War der tatsächlich rot geworden? Ferrer konnte sich ein Grinsen nicht verkneifen.

»Was darf ich euch beiden antun?«

»Gib uns zwei Bier. Dies ist übrigens mein Kollege, Inspektor Rafael Salvà.«

Salvà nickte stumm. Im nächsten Moment bereute Ferrer auch schon, dass er nicht einfach auf die Vorstellung verzichtet hatte.

»Gabriel und Rafael. Ihr seid mir ja ein himmlisches Pärchen …« Manuela grinste breit. »Seid ihr privat unterwegs? Oder jagt ihr böse Jungs?«

»Wie man es nimmt. Unseren letzten Fall haben wir gerade abgeschlossen. Das Mordopfer war hier Gast. Zum Abschluss wollte Rafael daher sein Bier unbedingt hier trinken, also sind wir hier.«

Salvà sah Ferrer entrüstet an. »Was redest du denn da? Das war doch dein Vorschlag.«

Ferrer stieß ihm den Ellenbogen in die Seite. Er deutete auf die Wand hinter ihnen. »Siehst du? Santiago Russinyol. Im Warhol-Style.«

Salvà drehte sich um. Sein Blick fiel auf das verzierte Porträt des Malers.

Manuela drohte ihnen spielerisch mit dem erhobenen Zeigefinger. »Keine Kommentare, bitte. Bei uns herrscht künstlerische Freiheit. In jeder Hinsicht.«

»Das Bild hat uns bei den Ermittlungen weitergeholfen. Das ist alles«, erwiderte Ferrer.

»Das Bild? Ihr wart doch nicht einmal hier in der letzten Zeit. Ich hätte das mitbekommen.«

Ferrer zog den Umschlag mit den Fotos aus der Innentasche seiner Lederjacke. In dem Bewusstsein, dass Salvà es nicht für richtig befand, dass er Beweismaterial einfach so herumzeigte, legte er ein Foto auf den Tresen vor Manuela. »Hier, siehst du? Das Porträt von Russinyol hat uns darauf gebracht, dass das Foto hier aufgenommen wurde. Das war sehr wichtig für unsere Ermittlungen. Wir würden also niemals eure künstlerischen Fähigkeiten in Frage stellen.«

Der letzte Satz entbehrte nicht eines Hauchs von Ironie. Manuela schien es nicht übel zu nehmen. Er verteilte ein paar Schälchen mit Nüssen, kam zurück und betrachtete das Foto. »Und was haben die beiden Typen mit einem Kriminalfall zu tun?«

»Der Mann links ist unser Mordopfer. Und der andere, rechts von ihm –«

»Der war oft hier«, sagte Manuela und tippte mit dem Finger auf das Bild.

»Der andere neben ihm –«

»Sekunde mal eben«, sagte Salvà. »Was haben Sie gerade gesagt? *Wer* war oft hier?«

Noch einmal tippte Manuela auf das Foto. Aber nicht auf Crespí, sondern auf Mayol.

Ferrer erstarrte. Wie alt mochte der Mann sein, mit dem

sie sich gerade unterhielten? Immerhin war das Foto schon vor zwanzig Jahren aufgenommen worden. Unmöglich war es nicht. Der durchtrainierte Körper täuschte nicht darüber hinweg, dass Manuelas Gesicht bei genauerer Betrachtung einige Falten aufwies. Und wenn er damals vielleicht in den Zwanzigern gewesen war …

Als hätte Manuela Ferrers Gedanken gelesen, lieferte er sofort eine Erklärung. »Ich arbeite hier seit der Eröffnung vor dreiundzwanzig Jahren. Damals habe ich noch an den Tischen bedient. Ich kenne alle, die hier ein und aus gehen.«

»Bist du sicher?«, vergewisserte sich Ferrer noch einmal.

»Also wirklich, mein lieber Gabriel. Ich kenne doch meine Gäste. Das ist Joan. So einen gut aussehenden blonden Typ vergesse ich nicht so schnell.«

»Und der andere?«, fragte Salvà und deutete auf Crespí.

»Der war nur ein- oder zweimal mit dabei. Unangenehmer Kerl. Ich hab mich damals gefragt, was für eine seltsame Begleitung der gute Joan da anschleppte. Das hatte er gar nicht nötig. Er war sehr beliebt. Aber der andere, der hatte so etwas Verschlagenes an sich.« Neue Gäste waren eingetreten, die ihre Bestellung aufgeben wollten. »Sorry, Jungs, ich bin später wieder bei euch.« Er wandte sich ab und ließ einen konsternierten Ferrer und einen nicht minder perplexen Salvà stehen.

Sie standen unter Schock. Anders konnte man es nicht beschreiben. Minutenlang rührten sich beide nicht von der Stelle. Auch sagte keiner etwas. Schweigend leerten sie ihre Bierflaschen.

Es war Ferrer, der als Erster die Sprache wiederfand. »Der Vater von Mayol war tatsächlich homosexuell.«

»Und Crespí hat das herausgefunden«, ergänzte Salvà.

»Für ihn war das ein gefundenes Fressen, um seine Erpressung in Gang zu setzen.«

»Er hat so getan, als gehöre er dazu, und hat die Fotos gemacht.«

»Beide sind inzwischen tot.«

»Mayols Sohn sitzt im Knast.«

»Und seine Witwe ist im Sanatorium.«

»Es muss niemand wissen, was wir wissen, oder?«, fragte Salvà.

»Nein. Wir machen Feierabend. Nichts weiter.«

»Hast du noch was von dem *Cabraboc*-Gin?

»Genug für uns beide.«

»Dann lass uns verschwinden.«

»Unbedingt«, sagte Ferrer und warf ein paar Münzen auf den Tresen.

Danksagung

Mein Dank gilt zuerst all denen, die mich in der Endphase der Entstehung dieses Romans ertragen haben. Ich weiß, es war nicht immer einfach. Da sind zum einen meine Eltern, denen ich nicht nur aus diesem Grund dieses Buch widme. Und da ist Luís, der mit unerschütterlicher Geduld Launen aushält, Zweifel ausräumt und immer eine Antwort auf meine Fragen hat. Danke euch von Herzen.

Auch wäre dieses Buch wohl nie entstanden, wenn mir nicht der writers' room in Hamburg einen Arbeitsplatz zur Verfügung gestellt hätte, als Baumaßnahmen dazu geführt haben, dass ich zu Hause keine Zeile schreiben konnte. Danke, dass ihr mir Schreibasyl gewährt habt.

Last, but not least gilt mein Dank meiner Agentin Lianne Kolf, meiner Lektorin Susann Säuberlich, Stefanie Rahnfeld und vielen anderen Mitwirkenden vom Emons Verlag. Alle haben ihren Teil dazu beigetragen, dass Sie, liebe Leserinnen und Leser, dieses Buch heute in der Hand halten. Danke auch dafür.

Ihre Claudia Wenk